I0891687

Preciosa

Danielle Steel

Preciosa

Traducción de

M.ª del Mar López Gil

PLAZA & JANÉS

Papel certificado por el Forest Stewardship Council®

MIXTO
Papel | Apoyando la silvicultura responsable
FSC® C117695

Penguin Random House Grupo Editorial

Título original: *Beautiful*
Primera edición: julio de 2024

© 2022, Danielle Steel
© 2024, Penguin Random House Grupo Editorial, S. A. U.
Travessera de Gràcia, 47-49. 08021 Barcelona
© 2024, M.ª del Mar López Gil, por la traducción

Penguin Random House Grupo Editorial apoya la protección del *copyright*.
El *copyright* estimula la creatividad, defiende la diversidad en el ámbito de las ideas y el conocimiento, promueve la libre expresión y favorece una cultura viva. Gracias por comprar una edición autorizada de este libro y por respetar las leyes del *copyright* al no reproducir, escanear ni distribuir ninguna parte de esta obra por ningún medio sin permiso. Al hacerlo está respaldando a los autores y permitiendo que PRHGE continúe publicando libros para todos los lectores.
Diríjase a CEDRO (Centro Español de Derechos Reprográficos, http://www.cedro.org) si necesita fotocopiar o escanear algún fragmento de esta obra.

Printed in Spain – Impreso en España

ISBN: 978-84-01-03286-8
Depósito legal: B-9202-2024

Compuesto en Comptex & Ass., S. L.
Impreso en Black Print CPI Ibérica
Sant Andreu de la Barca (Barcelona)

L032868

Para mis preciosos hijos:
Beatrix, Trevor, Todd, Nick,
Samantha, Victoria, Vanessa, Maxx y Zara.

Que los retos que afrontéis sean pequeños y gratificantes,
que siempre estéis protegidos del mal
y que os sintáis seguros, felices y amados.
Con todo mi corazón y mi amor

MAMÁ/D. S.

Llegará un momento en que creerás
que todo ha terminado.
Ese será el comienzo.

Louis L'Amour

1

Al ritmo de una música a todo volumen, cincuenta modelos despampanantes caminaban con paso resuelto sobre el satén blanco, cuidadosamente extendido entre las sillas, colocadas en primorosas filas. Las imágenes de las modelos y de los asistentes se reflejaban en los espejos. Las modelos se entrecruzaban en una estudiada coreografía en el desfile de *prêt-à-porter* que Chanel había organizado para la Semana de la Moda de París en marzo de 2016. Las imágenes de las chicas caminando con brío se intercalaban con las del público y el pelotón de fotógrafos captó cada instante, cada chica, cada rostro de entre los asistentes, mostrando la colección de otoño.

Véronique Vincent fue la primera modelo en salir. Abrió el desfile con un abrigo de color carmesí y lo cerró con un sugerente vestido de terciopelo negro que le arrastraba por detrás y dejaba al descubierto algo más que un mero atisbo de sus pechos. Era alta y delgada, pero no tan lánguida como otras. Muchas de las chicas, con expresión adusta, maquillaje impecable y el cabello esculpido, lucían una delgadez extrema. Se respiraba un ambiente vibrante, en consonancia con la música. Véronique esbozó una tenue sonrisa al pasar con garbo junto a los fotógrafos. La conocían bien: desde hacía cuatro años era la estrella de cada desfile en el que participaba.

Había comenzado su singladura a los dieciocho años. Su color natural de pelo era castaño, pero dejaba que los directores de *casting* lo tiñeran del tono que se les antojara. Era conocida por lo sencillo que resultaba trabajar con ella, y, a sus veintidós años, era una consumada profesional. Algunas de las chicas apenas superaban los quince años; la mayoría se hallaban en la adolescencia tardía, como ella en sus inicios. Véronique tenía unos grandes ojos verdes, y una sonrisa en los labios cuando no estaba trabajando. El mismísimo Karl Lagerfeld, el famoso diseñador de Chanel, caminó con ella para hacer la reverencia del cierre, agarrados del brazo. Véronique figuraba entre sus favoritas, y a ella el desfile de Chanel siempre era el que más le gustaba. Era perfecto, lo mismo que ella.

Salía en dos o tres desfiles al día durante la Semana de la Moda, y llevaba cuatro semanas corriendo de uno a otro. La Semana de la Moda comenzaba en Nueva York, con los diseñadores estadounidenses, y continuaba unos cuantos días en Londres para mostrar el trabajo de los diseñadores británicos. Después de Londres se trasladaba a Milán, y la última se celebraba en París, a lo largo de casi diez días, con un intenso programa para las modelos más importantes. La agenda de Véronique era igual de extenuante en septiembre, fecha en la que los diseñadores de los cuatro países mostraban sus colecciones de primavera. Los creadores menos conocidos presentaban también sus diseños, pero se prescindía del desfile. Las pasarelas eran grandes producciones que costaban millones, y la puesta en escena resultaba casi tan cara e impresionante como la ropa. Chanel era conocido por los decorados más elaborados, diseñados por Peter Marino, que se sentaba entre el público a observar el desarrollo vestido de cuero negro de la cabeza a los pies.

Los desfiles eran un espectáculo de principio a fin. El público se componía de directores de revistas, responsables de compras, famosas estrellas de cine de todo el mundo, esposas de jefes de Estado y personalidades de la industria de la moda. Véronique también era la estrella de los desfiles de alta costura, aún más elitistas, que se organizaban en enero y julio. Desde hacía cuatro años, su presencia se había convertido en habitual en la portada de las revistas de moda. No se trataba de un trabajo fácil, pues requería aguante y una gran dedicación. Las pruebas que se efectuaban la víspera de los desfiles, donde los exigentes diseñadores se encargaban de que cada prenda le sentara como un guante a cada modelo, a menudo se alargaban hasta las dos de la madrugada. En todos los desfiles había un gran bullicio entre bastidores mientras los directores de escena de las firmas supervisaban cada detalle y, en algunos casos, los ayudantes desvestían a una modelo y volvían a vestirla en cuestión de segundos, junto con un nuevo repertorio de joyas y complementos a juego. Solo conservaban el mismo peinado y maquillaje.

Véronique se tomaba todo con calma; nada era nuevo para ella después de años con la misma rutina. Durante el resto del año realizaba sin cesar sesiones fotográficas por todo el mundo, y había trabajado con los fotógrafos más importantes. Siempre estaba muy solicitada y se había entregado a su carrera en cuerpo y alma, sabiendo que el hecho de estar en el candelero no duraría demasiado y que algún día se acabaría. Ganaba mucho dinero y se lo entregaba a su madre, que tenía buen ojo para los negocios y lo invertía con acierto. Véronique confiaba plenamente en ella. Marie-Hélène Vincent era abogada y llamaba la atención lo unida que estaba a su hija. Muchas jóvenes procedentes de países del Este de Europa ponían rumbo a París desprotegidas para hacer fortuna como modelos durante el máximo tiempo posible, con la esperanza de encontrar a un hombre para casarse o que las mantuviera. Los hombres que perseguían a las supermodelos eran de una raza especial, adictos a la belleza que deseaban lucirse con una chica joven del brazo. Algunos se mostraban sumamente generosos, otros no tanto. Utilizaban a las chicas como floreros para realzar su propia imagen. Muchas de ellas caían en las drogas una vez que entraban en la vorágine, pero Véronique era una excepción.

A los trece años ya deslumbraba con su belleza. Los hombres se quedaban mirándola por la calle; algunos la acosaban. Su madre, que había insistido en que antepusiera su formación a su carrera como modelo, le había proporcionado una buena protección y cultura. Véronique compaginó los dos primeros años de profesión con los estudios a tiempo parcial en la Sorbona, en la especialidad de Historia del Arte y Literatura Francesa. Se encontraba en el ecuador de una titulación de Magisterio de la que no tenía intención de sacar provecho hasta que fuera mucho más mayor y no le quedara otra salida. Mientras tanto había sido la modelo principal de una compañía aérea durante un año, la imagen de un perfume y, recientemente, la de una línea de cosméticos muy conocida. Las firmas de joyería la reclamaban para contar con ella en sus anuncios. Jamás le faltaban encargos; tenía que hacer malabares para compaginarlos. Formaba parte de una industria en la que ella era el producto que estaba vendiendo.

Para su madre resultaba un alivio que, a pesar de la mucha atención que generaba, hasta la fecha nada de esto se le hubiera subido a la cabeza. Véronique se tomaba su trabajo en serio y jamás se permitía distraerse, como era el caso de muchas otras chicas, las cuales sucumbían ante su propia belleza. Su madre siempre le recordaba que la belleza exterior era efímera y que la verdadera belleza residía en el interior. Ahora formaba parte de ella, como una mano o una pierna. Su preciosa cara era simplemente una parte más de su cuerpo, de la que sacaba un gran partido. No le obsesionaba su apariencia, y su concepto de sí misma difería con respecto al de las demás. Le pagaban bien por lo que hacía, como un regalo recibido sin merecerlo. Consideraba su belleza como un capricho del destino, como una hermosa voz para el canto o el don para la pintura. Su extraordinario físico le había propiciado una lucrativa carrera.

De jovencita no le había prestado atención en absoluto, y lo asumía como un trabajo como otro cualquiera. El modelaje le había abierto puertas, y era muy consciente de que no podía considerar como algo serio a los hombres que la perseguían. A su edad no entraba en sus planes mantener una relación estable; lo pasaba bien con los hombres con los que salía, pero sus relaciones no duraban más de unos cuantos meses. Las firmas para las que trabajaba la invitaban a navegar en yates y a viajes de empresa. A veces le pagaban por asistir a fiestas con fines publicitarios, y nunca le faltaban acompañantes. Su «ligue» actual era lord Cyril Buxton, un apuesto joven de veintisiete años procedente de una excelente familia británica. Se suponía que trabajaba para su padre en un banco en Londres, pero pasaba mucho más tiempo divirtiéndose en París, y con ella, y para gran disgusto de sus padres, los evitaba en la medida de lo posible. Véronique los había conocido en Londres, cuando realizó una sesión fotográfica para la edición británica de *Vogue.* Ellos agradecían que su hijo no saliera con otra codiciosa modelo rusa cazafortunas, pero no se mostraron cariñosos con ella. Querían que su hijo pasara rápido esa etapa de su vida, que madurara y se tomara en serio su trabajo. Él no tenía interés en sentar la cabeza, renunciar a las diversiones de su vida o salir con las mujeres que, según ellos, le convenían. Anhelaban emparejarlo con una aristócrata británica de su misma clase.

A Cyril le interesaba tan poco el matrimonio como a Véronique, que no estaba segura de si algún día se casaría. A ella le parecía un enorme compromiso. Sus padres no se habían casado, cosa que jamás le había importado. Su padre, estadounidense, también ejerció la abogacía. Su madre lo conoció en un congreso de juristas en Nueva York. Mantuvieron una aventura apasionada durante dos años, hasta que Marie-Hélène se quedó embarazada con cuarenta y un años y fue consciente de que tal vez jamás se le presentaría otra oportunidad. Con el consentimiento de Bill, decidió llevar a término el embarazo. Cuando dio a luz a Véronique tenía cuarenta y dos años, y Bill Smith, sesenta y uno. Él murió en un accidente de coche cuando Véronique tenía seis meses. Marie-Hélène era reacia a hablar acerca de ello, y jamás le contó a su hija los detalles de su muerte, tan solo que había fallecido en el acto en un accidente de tráfico cerca de Nueva York, cuando un camión chocó contra su deportivo una noche lluviosa. De modo que Véronique no llegó a conocer a su padre, solo sabía que sus padres se querían con locura. Véronique, que había tenido una infancia feliz con su madre, siempre decía que era imposible añorar lo que no se conocía. Las únicas referencias de su padre eran las fotografías que había en casa, varias de ellas en su cuarto, y las historias que su madre le relató sobre él y sobre lo enamorados que estuvieron. Véronique no lo ponía en duda, ya que, después de él, su madre jamás había vuelto a mantener una relación seria con un hombre, y, a juzgar por las fotografías, fue un hombre apuesto. Alguna que otra vez, a lo largo de su niñez, se preguntó cómo sería tener un padre, cuando veía a sus amigas disfrutando de un momento especial con los suyos, pero la mayor parte del tiempo se contentaba con su madre y con pasar ratos con los padres de sus amigas ocasionalmente. Habían atravesado una mala racha durante la adolescencia de Véronique, pero fue una etapa pasajera, y ambas mujeres reconocían sin tapujos que eran sus mejores amigas. Se enorgullecían de lo unidas que estaban y se respetaban la una a la otra.

Véronique siempre pedía consejo a su madre y confiaba en su buen juicio, salvo en lo tocante a los hombres. Marie-Hélène aún veía con malos ojos el tipo de hombres malcriados y autocomplacientes con los que salía Véronique. Siempre iban detrás de ella por interés, por su fama como supermodelo, no por quien era en realidad. Pero a Véronique le daba igual; lo pasaba bien con ellos, cosa que de momento le bastaba. Tenía su propio apartamento en la rue de l'Université, en el moderno distrito VII parisino de la orilla izquierda del Sena, que su madre le había permitido comprar a los veintiún años realizando una buena inversión. Era pequeño y le resultaba práctico disponer de su propio espacio, pero los fines de semana que no tenía planes a menudo se quedaba con su madre en el tranquilo y selecto distrito XVII, donde se había criado. Se trataba de un barrio residencial de familias burguesas de clase media-alta. Marie-Hélène trabajaba mucho ejerciendo de abogada, y también afrontaba largas jornadas. Ambas eran muy trabajadoras, con una ética del trabajo fuera de lo común.

En la vida de su madre, que ahora tenía sesenta y cuatro años, no había habido un hombre desde hacía doce años, ni nadie a quien hubiera amado como a Bill. Con Véronique y la abogacía, decía que no tenía tiempo ni ganas. De pequeña, Véronique preguntaba por su padre, pero Marie-Hélène se mostraba renuente a hablar de él. Según decía, su prematura muerte la apenaba demasiado, así que Véronique aprendió a no presionarla; tampoco quería disgustarla. Ni siquiera ahora que era adulta deseaba incomodar a su madre, y sabía cuanto debía saber acerca de su padre: que fue un abogado estadounidense y que tenía sesenta y un años cuando ella nació. Nunca le había preguntado a su madre por qué no se habían casado. Durante su infancia, el hecho de que los padres de varias de sus amigas no estuvieran casados no se consideraba extraño ni chocante, de modo que le daba igual.

Los padres de Marie-Hélène habían sido unos aristócratas mojigatos y chapados a la antigua con muy poco dinero. Vendieron el castillo, las obras de arte y los muebles de la familia incluso antes de que naciera Marie-Hélène. Su madre jamás había trabajado; su padre lo hizo en una respetable entidad bancaria en París. Abrigaban la esperanza de que Marie-Hélène se casara con un buen partido algún día, con alguien perteneciente a su misma clase, y se llevaron un chasco cuando su hija decidió estudiar Derecho, aunque para ella había sido lucrativo. No vivieron lo suficiente para saber que no llegó a casarse y que había tenido una hija natural, lo cual los habría escandalizado. Véronique no conoció a sus abuelos. La única familia que tenía en el mundo era su madre y le bastaba.

No vivían a todo tren, pero sí de manera holgada. El piso era elegante, sin lujos, y espacioso para las dos. Estaba decorado principalmente con las antigüedades que conservaron los padres de Marie-Hélène. Véronique no anhelaba en absoluto la vida glamurosa que su profesión podía proporcionarle y, aunque asistía a importantes eventos sociales del mundo de la moda y disponía de casa propia, disfrutaba por igual pasando un fin de semana tranquilo relajándose y viendo la televisión con su madre en el piso donde se había criado, que siempre había sido su hogar. A ella le parecía perfecto, un refugio donde se encontraba a salvo del mundo acelerado en el que trabajaba. A su madre le agradaba que el éxito de Véronique no la hubiera maleado y que siempre se alegrara de volver. Véronique nunca se había sentido como en casa en su pequeño apartamento.

Nada más salir de la pasarela, Véronique se quitó la ropa rápidamente y se abrió paso entre el gentío que había entre bastidores hasta un pequeño probador en el que había dejado su pantalón vaquero y su camiseta. Se puso unas botas para la moto y llamó a su madre antes de salir del Grand Palais, un magnífico edificio de cristal donde se organizaban numerosos desfiles de moda, además de ferias de antigüedades y eventos de arte.

Marie-Hélène respondió al primer tono de llamada, en cuanto vio el número de Véronique en la pantalla.

—¿Cómo ha ido? —preguntó, siempre contenta de tener noticias de ella. Le constaba lo ocupada que estaba su hija durante la Semana de la Moda y no esperaba que la llamara. Ella no asistía a los desfiles, que eran con invitación y reservados en exclusiva para la élite de la moda, pero veía en internet los vídeos de todos en los que salía Véronique.

—Bien, sin imprevistos. ¿Cómo estás? —En la vorágine de la Semana de la Moda llevaban dos días sin hablar, lo cual era impropio de ellas. Lo normal es que hablaran como mínimo una vez al día.

—Estoy bien, a un ritmo de locos también, aunque no tanto como tú. —Marie-Hélène sonrió. Había conocido de primera mano la locura de la Semana de la Moda cuando Véronique aún vivía con ella. Echaba de menos eso ahora que su hija se había independizado, aunque fuera a casa a verla a menudo, a comer o pasar la noche cuando no tenía nada que hacer—. Debo ir a Bruselas la semana que viene. Probablemente pase allí unos diez días. Puedes venir a verme si tienes un hueco. —Había un tren rápido que conectaba París y Bruselas en una hora y veinte minutos, y los habitantes de ambas ciudades se desplazaban de una a otra con facilidad, por trabajo o para eventos sociales. Allí residían varios clientes de Marie-Hélène, pues muchas familias adineradas se habían trasladado a Bélgica y Suiza cuando los socialistas llegaron al poder en Francia y los ricos comenzaron a marcharse para evitar el pago de elevados impuestos punitivos. De modo que viajaba a Bélgica con frecuencia para reunirse con antiguos clientes.

—Tengo la agenda a tope durante las próximas dos semanas con sesiones de fotos para revistas —explicó Véronique—. Podría ir después, si sigues allí.

—Hagamos eso, y luego vamos a algún sitio unos cuantos días. Nos sentaría bien a las dos.

—Me encantaría. Después tengo una sesión en Tokio para *Vogue*, pero en medio dispongo de un hueco. Sería divertido salir de aquí y tomar un poco el sol. No me he tomado un respiro en un mes —comentó Véronique, al tiempo que echaba un vistazo a su reloj—. Mamá, debo irme. Hay un mototaxi esperándome fuera. Tengo que estar en peluquería y maquillaje dentro de media hora para mi próximo desfile.

—Ojalá no usases esos dichosos servicios de taxis en motos. Son muy peligrosos —protestó Marie-Hélène.

—Es la única manera de poder desplazarme con una agenda tan apretada. —A su madre no le cabía ninguna duda de ello.

—Por cierto, ¿cómo está Cyril? ¿Está aquí? —le preguntó.

—Por supuesto —dijo Véronique entre risas—. Él no se perdería la Semana de la Moda. Fuimos a una fiesta que organizó Chanel hace dos días, y Dior da una esta noche. Yo solo tengo ganas de irme a casa y meterme en la cama, pero sé que se disgustará si no voy. —A él le encantaba salir en la prensa con ella. A ella no la molestaba; eran gajes del oficio e iba aparejado con quien ella era. De no ser una supermodelo, él no estaría saliendo con ella. A su madre le disgustaba, pero a Véronique la traía sin cuidado. Lo pasaban bien juntos. Él tenía una faceta desenfadada e infantil de la que ella disfrutaba muchísimo. A veces se comportaba como un crío.

—Bueno, procura encontrar ratos para descansar y comer de vez en cuando. Empezaré a pensar dónde podemos pasar unos días. Igual en Miami; hay fácil combinación, y en esta época del año hace buen tiempo. —La isla de San Bartolomé y el Caribe eran más de escaparate y a Véronique la reconocerían en todas partes, lo cual le impediría descansar. Era una cara conocida en el mundo entero.

—Te quiero, mamá —dijo Véronique apresuradamente. Se puso un plumífero y se abrió paso a toda velocidad por el *backstage,* que seguía atestado de gente. Al salir por una de las puertas del escenario vio que la estaba esperando el mototaxi, junto a varios más. El conductor la había llevado allí un rato antes. Todas las modelos iban con la lengua fuera para estar a tiempo en el siguiente desfile que habían firmado. Salió disparada en dirección al vehículo mientras un grupo de fotógrafos se abalanzaba sobre ella. Se puso el casco que el conductor le tendió, subió a la moto y, mientras le sacaban fotos en modo ráfaga, el chófer arrancó y lograron escapar sorteando el tráfico parisino. Llegó a su siguiente destino a los diez minutos, en tiempo récord, y vuelta a empezar la locura con otro desfile de moda.

Cyril, que asistió al segundo, se sentó en la segunda fila. Luego la ayudó a subir al Bentley con chófer que había alquilado para que los trasladara al desfile y más tarde a la fiesta de Dior, que se celebraba en una mansión privada que la firma había alquilado para la ocasión.

Cuando volvieron al apartamento después del desfile, Véronique estaba agotada. Se había pasado el día, y las últimas semanas, corriendo de un lado para otro. Se había acostado a las tres de la mañana, después de las pruebas en Chanel. Las modistas trabajaron durante toda la noche en los toques finales, y tuvo que levantarse a las seis para unas pruebas en otro sitio.

—Como me tumbe, me muero —le dijo a Cyril, cuando este le tendió una copa de champán—. Supongo que no querrías quedarte en casa esta noche —añadió esperanzada, y bebió un sorbo de champán.

—Claro que no. No digas tonterías, no podemos perdernos la fiesta de Dior. —Ella se la habría perdido de buena gana, pero no quería decepcionarlo.

Llevaba puesto un fabuloso vestido de satén rojo que le habían prestado y que le estilizaba la figura; se cepilló su larga melena castaña, que le caía por la espalda. Cuando salieron del apartamento, le dio la sensación de que caminaba sonámbula, y a punto estuvo de quedarse dormida en el Bentley. Sin embargo, se espabiló cuando llegaron a la fiesta. Se divirtió, tenía que reconocerlo. Coincidió con un montón de conocidos, a Cyril y a ella los fotografiaron sin parar mientras bailaban, y él estaba encantado. Cuando se marcharon de la fiesta a medianoche, él quiso ir a bailar a una discoteca.

—No puedo —repuso ella, estirando sus largas piernas en la parte trasera de la limusina—. Mañana tengo que volver a levantarme a las seis. —La Semana de la Moda era siempre así: una carrera contrarreloj de desfiles a lo largo del día y una interminable ronda de fiestas por la noche. Cyril no quería perderse ni un segundo.

—Trabajas demasiado —señaló él—. Mi padre me ha llamado hoy. Quería saber cuándo volveré. He estado a punto de decirle: «Nunca». Se ha enfurruñado porque estoy aquí. ¡Por Dios, si solo llevo en París una semana! —No había ido a Milán con ella, aunque sí la había acompañado a Nueva York para los desfiles que tenía programados allí—. Los chicos necesitan un pelín de diversión —añadió, y la besó suavemente en los labios. No obstante, muy a pesar de sus padres, por lo general se divertía bastante. Hasta resultaba difícil simular que tuviera un empleo. Como trabajaba para su padre, consideraba que podía hacer lo que se le antojara—. ¿Qué harás cuando acabe esta locura?

—Tengo dos semanas de sesiones fotográficas reservadas, y mi madre acaba de invitarme a irme de viaje con ella unos días. Creo que a lo mejor me voy.

—¡Ah, genial! ¿Puedo ir? Me encanta tu madre. —Era como un niño grandullón, o un perro grande y revoltoso moviendo la colita. Costaba enfadarse con él. Era vivaracho y adorable; a Véronique le gustaba mucho, aunque no estaba enamorada de él.

—No, no puedes venir —repuso ella en tono burlón—.

Me tendrías toda la noche por ahí, de fiesta en fiesta y en discotecas. Me apetece pasar un par de días de relax con mi madre. Trabajo mogollón más que tú y necesito un descanso.

Parecía algo desilusionado cuando llegaron al edificio. Al entrar en el apartamento sirvió otras dos copas de champán. Véronique, sin tocar la suya, fue a cambiarse para irse a la cama mientras él disfrutaba de la vista de la torre Eiffel y apuraba su copa.

Cuando Cyril entró al dormitorio y se sentó en la cama, ella ya estaba acostada. La besó apasionadamente e intentó provocarla. Ella le sonrió adormilada.

—Qué bien lo he pasado esta noche —comentó Véronique. Disfrutaba del tiempo que pasaban juntos, y le encantaba bailar con él. Sencillamente, no podía salir de fiesta a todas horas como hacía él, ni le apetecía. Su ritmo de trabajo no le permitía salir todas las noches, un planteamiento que él era incapaz de entender. A los veintisiete años, Cyril tenía ganas de diversión a todas horas. Había ido a París para eso, no para dormir.

—Deberíamos haber seguido de fiesta yendo a bailar a algún sitio —dijo, y la besó de nuevo.

—Vas a acabar conmigo —comentó ella, y a él le hizo gracia.

—Ni mucho menos. Me lo paso pipa contigo. ¿Por qué iba a querer acabar contigo? Vuelvo en un minuto. —Se dirigió al baño. Aunque había bebido sin parar durante toda la noche, nunca perdía los papeles, ni siquiera cuando estaba borracho, y su tolerancia al alcohol era asombrosa. Con independencia de lo mucho que bebiera, se comportaba como un caballero en todo momento.

Volvió dos minutos después; se había quitado la chaqueta y la corbata y se estaba desabotonando la camisa. Ella estaba en la cama, de espaldas a él. Cyril le besó la espalda y el cuello, y le sorprendió que no se inmutara. Se inclinó sobre ella y, al besarla con creciente pasión, comprobó que estaba profundamente dormida. Había sido un día muy largo para ella, y cuatro semanas interminables.

—Vaya —dijo con una sonrisa, y volvió a la sala de estar a terminar la botella de champán. Véronique estaba roque.

2

Cyril pasó las dos semanas siguientes en París con Véronique. Trasnochó, se dio masajes y comió con amigos mientras Véronique realizaba sus sesiones de fotos y cumplía sus compromisos. Se reencontraban por la noche para cenar o ir a fiestas a las que ella era invitada, o con las invitaciones que él se había agenciado por su cuenta. La gente, sabiendo que ella lo acompañaría, últimamente lo invitaba a todos los eventos. Ella le brindaba acceso a los círculos más elitistas y cerrados de la *jet set*, y, a pesar de las largas horas de trabajo en las sesiones, se animaba a salir con él por la noche y le resultaba mucho más llevadero y menos estresante todo aquello. El padre de Cyril estaba echando chispas en Londres, pero a su vástago le importaba un comino. Era un hijo único mimado que aún no había cumplido las expectativas de sus progenitores, y que tal vez nunca lo hiciera. Véronique estaba acostumbrada a los hombres como él, con un comportamiento más bien infantil. Él tan solo le sacaba cinco años. Era un amante de la diversión y adicto a las mujeres guapas. La de los hombres que perseguían a las top-models era una raza con la que ella estaba familiarizada. Cyril constituía un excelente ejemplo.

Este decía abiertamente que Véronique era la chica más guapa que jamás había conocido, y además lista. Ella lo tenía calado, cosa que a él le hacía gracia. En Cyril no había nada impostado: nunca fingía ser algo que no era, ni prometía nada que no pudiera cumplir. Su vida se regía por un código de honor en consonancia con su educación, que en su caso no incluía el trabajo. No tenía el menor deseo de madurar, quería divertirse durante tantos años como le fuera posible escaquearse. Su amiga no le exigía nada, y no deseaba nada de él a nivel material. En lo tocante a Cyril, ella era la mujer ideal y su relación resultaba perfecta. Ni siquiera su madre podía enfadarse demasiado con él, aunque le pareciera deplorable su falta de ética del trabajo. Tan solo era un niño grandullón en el cuerpo de un joven, sin malicia, y trataba bien a Véronique. Era un hombre caballeroso y amable.

Los planes de Véronique de irse de viaje con su madre se habían concretado y ambas estaban ilusionadas. Se habían decantado por Miami ya que, ostentoso y superficial en su justa medida, resultaba atractivo para ambas y magnífico para ir de compras.

—No es justo —rezongó Cyril al oír a Véronique hacer planes con su madre por teléfono—. Yo también quiero ir.

—No puedes —espetó Véronique entre risas—, a menos que quieras que tu padre te mate o desherede.

—Ah, es eso. Se toma las cosas demasiado en serio —comentó a la ligera—. ¿Por qué no os acompaño a Bruselas, aunque sea para pasar la noche? Os invitaré a cenar a ti y a tu madre, y al día siguiente podemos ir juntos al aeropuerto. Mientras vosotras os vais a Miami, yo regresaré, me abandonaréis en el gélido Londres, con mi deprimente vida. Volveré a París dentro de unas semanas. ¿O estarás fuera para entonces? —Apenas podía mantenerse al tanto de su agenda.

—Me voy a Tokio después de Miami, pero luego pasaré unas cuantas semanas en casa. —Disfrutaba de los viajes para sesiones fotográficas siempre y cuando no se corrieran demasiados riesgos o se realizaran en lugares muy poco civilizados.

—Ojalá tuviera tu vida —dijo Cyril con envidia.

—Qué va, trabajo mucho más que tú —le recordó, lo cual él no discutió.

—Tú también tienes la oportunidad de pasarlo de miedo —le recordó él. Pero le constaba que salía menos que la mayoría de las modelos que él había conocido, las cazafortunas que buscaban diversión. Véronique era sumamente autosuficiente, y no esperaba nada de él. Cyril intuía que ella no lo engañaría, algo raro en ese mundillo. Los valores morales tendían a ser laxos en el ambiente en el que ambos se movían. Ella era poco exigente, siempre divertida, inteligente y de una belleza extraordinaria; todo lo que él deseaba en una mujer. Hasta le caía bien su madre, una persona directa, honesta, abierta, increíblemente lista e interesante que contaba con una larga e impresionante trayectoria en la jurisprudencia. Le gustaba más conversar con Marie-Hélène que con su propia madre, quien no paraba de rezongar acerca de lo difíciles que eran los criados, lo mucho que su padre trabajaba y la gran cantidad de tiempo que pasaba de caza y en el club. Los fines de semana organizaban fiestas en su finca de Kent, en las cuales Cyril se moría de aburrimiento.

Sin el menor inconveniente por parte de su madre, Véronique accedió a que Cyril la acompañara a pasar la noche en Bruselas. Al día siguiente se marcharían temprano en direcciones opuestas.

Véronique y Cyril tomaron el tren rápido a Bruselas el lunes por la tarde. Ella dio cabezadas durante el trayecto mientras él respondía a correos electrónicos en su ordenador. Le envió uno a Véronique diciéndole que la quería, y ella sonrió cuando lo leyó en su teléfono al despertarse. Cyril se puso al día con las noticias y leyó que el principal terrorista responsable de los atentados de París en noviembre había sido detenido en Bruselas dos días antes.

Ambos estaban muy animados cuando subieron al taxi para

ir al apartamento donde Marie-Hélène se alojaba durante sus estancias en Bruselas. Ese día estaba finiquitando el trabajo, con las últimas citas con sus clientes, y tenía previsto reunirse con Véronique y Cyril en el apartamento a la hora de cenar. Véronique ya había protestado por el hecho de que el vuelo a Florida saliera tan temprano y que tuvieran que facturar a las ocho de la mañana al día siguiente, pero Marie-Hélène no quería desperdiciar ni un minuto de sus minivacaciones. Sus planes eran pasar en Florida solo tres días.

—Bueno, a mí me viene bien —le aseguró Cyril—. Como llegaré temprano al banco, mi padre no se mosqueará conmigo.

Véronique puso la mesa cuando llegaron al apartamento; Cyril había comprado una botella de vino tinto exquisito. Como tenían que madrugar, decidieron cenar en casa. Marie-Hélène se presentó con fuagrás, un pollo asado y salchichas, y cenaron en plan informal y distendido en la pequeña cocina. Aunque Cyril había tenido la deferencia de invitarlas a un bonito restaurante, era más cómodo cenar en casa. Pasaron una noche muy agradable charlando en la cocina; ambas se rieron con las anécdotas de Cyril sobre las partidas de caza y fiestas los fines de semana en casa de sus padres.

—Me escaqueo en la medida de lo posible. Son un muermo —dijo mientras apuraban la excelente botella de vino.

Marie-Hélène estaba eufórica ante la perspectiva de irse de viaje con su hija, y Véronique también estaba emocionada.

—Voy a ir zarrapastrosa todo el fin de semana —advirtió a su madre—. Me da igual que me fotografíen. No quiero ver ropa decente en los tres días. Y te lo advierto, mamá: me voy a poner los vaqueros más viejos para el viaje.

Su madre le sonrió.

—Como si quieres viajar en pijama. Estoy contentísima de que las dos hayamos podido disponer de tiempo para hacer una escapada juntas. —Marie-Hélène lo había planificado cuidadosamente para sacar tiempo.

—¡Dejad de hablar sobre vuestro viaje! —gruñó Cyril mientras recogían después de la cena—. Estoy verde de envidia. Voy a regresar a la esclavitud con un frío que pela en el tétrico y lúgubre Londres. Es de muy mal gusto que os regodeéis en ello. No tenéis un mínimo de compasión.

—Yo no —dijo Véronique, y le dio un beso—. Me he pasado las últimas seis semanas trabajando como una mula. —Su madre también trabajaba a destajo.

Se fueron a la cama temprano; Cyril y Véronique durmieron en el cuarto de invitados. A la mañana siguiente a las seis, cuando se reunieron en la cocina, Marie-Hélène preparó café y tostadas para los tres, pero nadie charló como la noche anterior, ya que todos estaban medio dormidos. Volvieron a sus habitaciones a ducharse y vestirse; se encontraban listos a la hora prevista. Marie-Hélène y Véronique tenían que facturar maletas pequeñas. Cyril se había puesto muy elegante con un traje formal, una camisa blanca, una corbata de Hermès y un abrigo de cachemira.

Véronique le hizo un cumplido mientras subían a un taxi para ir al aeropuerto de Zaventem:

—Te pones muy guapo para ir a trabajar.

—Gracias —respondió él con aire taciturno. Parecía como si lo llevaran al matadero en vez de a Londres. Marie-Hélène y Véronique hablaron entre ellas sobre el viaje en voz baja. Cyril, que había dejado algo de ropa en el apartamento de Véronique en París, también llevaba una maleta pequeña. Como buen caballero, cargó con el equipaje a la terminal y las acompañó al mostrador de facturación. Disponía de tiempo hasta la salida de su vuelo.

—Qué detalle por tu parte —le agradeció Marie-Hélène mientras hacían cola para facturar. Eran las ocho menos cinco; habían llegado con tiempo de sobra. Él permaneció de pie detrás de ellas pacientemente con las maletas.

—¿Qué te parece si...? —preguntó Véronique a su madre, pero no consiguió terminar la frase, pues en ese preciso instante, a las ocho menos dos minutos, se produjo una explosión colosal en la terminal de salidas.

Una bomba estalló a pocos pasos de donde se hallaban. El enorme agujero que la bomba causó en el edificio provocó que partes del techo y de las vigas se desplomaran sobre ellos. Una lluvia de metales retorcidos y cristales rotos cayó sobre los pasajeros que hacían cola. La gente se puso a gritar y correr en todas direcciones para alejarse del epicentro de la explosión. En cuestión de segundos, una segunda bomba explotó en el extremo opuesto de la terminal. Por todas partes había cadáveres y heridos en el suelo, personas sepultadas bajo enormes cascotes de acero, obviamente muertas. Una densa humareda oscura flotaba en el aire.

Véronique miró a su alrededor buscando a su madre y a Cyril, pero era imposible localizarlos en la espesa y envolvente nube de humo, y, cuando hizo amago de echar a correr, comprobó que yacía en el suelo debajo de una pesada placa de metal que la estaba aplastando. Le resultaba imposible moverse para salir de allí, o emitir el menor sonido. Alcanzó a oír gritos y voces a lo lejos, y, poco después, sirenas. No sentía su cuerpo, se encontraba aturdida y bloqueada. Nadie acudió a socorrerla, pues era imposible que alguien la viera donde yacía; todo cuanto podía hacer era confiar en que Cyril y su madre hubieran resultado indemnes. Se sentía extrañamente ligera, como si flotara, y los sonidos de alrededor se amortiguaban conforme perdía y recobraba el conocimiento. Siguió a la espera de oír la voz de su madre e hizo amago de gritar su nombre unas cuantas veces, pero de su boca no salía sonido alguno mientras yacía sepultada bajo las vigas y los cascotes del techo de la terminal.

Pensó que habían transcurrido horas antes de oír voces que se aproximaban, pero no le parecieron las de su madre o Cyril. Eran voces masculinas. Sintió que su cuerpo se volvía aún más ligero y estaba segura de que flotaba; seguidamente la deslumbró un resplandor, pero no lograba distinguir formas o rostros. Se preguntó si estaría agonizando o si ya habría muerto. Acto seguido distinguió con claridad una voz que hablaba en francés.

—No, está muerta —afirmó alguien con rotundidad. A continuación notó unas manos en su cuello y oyó más gritos. A quienquiera que se refirieran estaba vivo, no muerto; ella no tenía la menor idea de quién se trataba ni era consciente de que hablaban de ella.

Oyó chirridos de metales pesados y de maquinaria que le retumbaron en los oídos. Aliviaron el peso que la aplastaba durante lo que se le habían antojado horas, alguien dijo «Oh, Dios mío», y después notó que cargaban con ella y la tendían en algún sitio. Cuando la movieron no sintió dolor, estaba completamente entumecida. Una voz femenina le preguntó su nombre y ella respondió.

—Mi madre... Cyril... —susurró.

Cuando los auxiliares sanitarios la colocaron en una camilla y la condujeron a una ambulancia a toda prisa, le dio la sensación de estar volando o moviéndose a toda velocidad. Estaba ensangrentada, con todo el cuerpo acribillado de metralla, de lo cual no era consciente. La explosión le había dejado la ropa hecha jirones. Por el suelo habían quedado esparcidos centenares de heridos, personas que gemían y miembros cercenados que habían salido despedidos por los aires y caído por doquier sin orden ni concierto.

Le resultaba imposible saber que una tercera bomba había explosionado en la estación de metro de Maelbeek una hora después del atentado en el aeropuerto. Dieciséis personas yacían muertas en el aeropuerto, y otras tantas en la estación de metro. Entre los dos emplazamientos, los primeros equipos de emergencias atendieron a trescientas cuarenta personas con heridas inimaginables causadas por las bombas caseras, fabricadas con productos químicos de uso doméstico y peróxido de acetona, con clavos, pernos y piezas de metal en el interior para despedazar cuerpos adrede y causar más daño, si cabe, que con un artefacto convencional. Véronique tenía el rostro tan ensangrentado que a nadie le habría sido posible identificarla, ni siquiera a su madre. Aunque sus cuerpos todavía no habían sido identificados, Marie-Hélène y Cyril habían muerto en el acto en la primera explosión y sus cadáveres aún permanecían bajo los escombros. Fue un milagro que Véronique sobreviviera. Parecía tan malherida y exánime que los sanitarios desplazados allí la dieron por muerta en un principio cuando retiraron la placa del techo que la sepultaba. No les cabía duda de que había sufrido innumerables fracturas y heridas internas de gran alcance; estaba irreconocible bajo una gran cantidad de sangre reseca que le cubría el rostro y el resto del cuerpo. Se hallaba casi desnuda cuando la encontraron y perdió el conocimiento justo después de susurrar su nombre cuando se lo preguntaron.

Al igual que a los restantes heridos, la trasladaron a un hospital militar situado en las inmediaciones que estaba mucho mejor equipado para tratar heridas de esa índole: heridas de guerra causadas por tremendas explosiones que, por lo general, jamás sufrían los civiles. A Véronique, una de las últimas en ingresar en el hospital, la condujeron directamente y a toda prisa al quirófano. Los pasillos estaban atestados de personas en camillas, a la espera de acceder a las habitaciones y a los quirófanos, mientras enfermeras y médicos realizaban el triaje. Los sanitarios trataban las heridas de menor gravedad, pero las leves eran pocas. La mayoría eran muy graves, pues algunas víctimas presentaban quemaduras en todo el cuerpo y otras habían sufrido mutilaciones. Una mujer había perdido ambos brazos y piernas. A los niños se les prestó atención prioritaria.

Los cuerpos de seguridad belgas entraron en acción enseguida. En las explosiones murieron tres terroristas suicidas, pero se llevaron consigo a treinta y dos inocentes e hirieron a más de trescientas personas. El atentado terrorista de Bruselas fue de una magnitud colosal. La policía había estado siguiendo la pista a unos terroristas escondidos en la ciudad, pero habían fracasado en su intento de cercarlos y desbaratar sus planes a tiempo.

Esa noche, a Véronique la sometieron a una intervención quirúrgica de siete horas para retirar la ingente cantidad de metal y metralla que le había perforado el cuerpo. Aunque sería necesario realizar múltiples operaciones más, trataron de extraer las esquirlas más afiladas, pues eran las que conllevaban más riesgos y amenazas para sus arterias. Su diagnóstico fue de estado crítico, y no recuperó la consciencia después de pronunciar su nombre. Los cirujanos se afanaron en salvarla y tratar las profundas laceraciones de su rostro.

Bernard Aubert estaba sentado en el despacho que había compartido con Marie-Hélène Vincent durante treinta años. Conoció la noticia del atentado en Bruselas camino del trabajo esa mañana. Sabía que Marie-Hélène había pasado dos semanas en Bruselas, pero imaginaba que regresaría a París en el tren de alta velocidad. Ella le había dicho que iba a tomarse el resto de la semana libre, pero no que tuviese en mente ir a Miami. A diferencia de Véronique, Marie-Hélène no llevaba bolso, sino una riñonera alrededor de la cintura con el pasaporte dentro, y, como en su documentación oficial él figuraba como la persona a la que debían avisar en caso de emergencia, la policía de Bruselas lo llamó por teléfono esa tarde.

A sus sesenta y cinco años, Bernard llevaba mucho tiempo divorciado. Tenía previsto jubilarse a finales de año y le había transmitido a Marie-Hélène sus intenciones unos meses antes. Llevaban treinta años ejerciendo la abogacía en el bufete que compartían. Él, que la consideraba una amiga íntíma y por la que sentía un profundo afecto y respeto, se quedó consternado cuando le comunicaron que había fallecido en el aeropuerto de Zaventem. Le preguntaron por otra víctima con el mismo apellido. Según le dijeron, había una tal Véronique Vincent hospitalizada, en estado crítico, que en esos momentos seguía en el quirófano.

—Oh, Dios mío, es su hija. No sabía que estaba con ella.

—Dijeron que le mantendrían informado en todo momento, pero que, en caso de que sobreviviera a la cirugía, los médicos tenían intención de inducirle un coma y someterla a más intervenciones quirúrgicas en los próximos días. Colgó el teléfono temblando y rompió a llorar. No podía creer lo que había sucedido, que Marie-Hélène hubiera perdido la vida y que Véronique se estuviera debatiendo entre la vida y la muerte. Decidió esperar antes de ir a Bruselas, pues ella estaba inconsciente y dadas las circunstancias no podía ofrecerle consuelo.

Devastados por la noticia, sus secretarias y pasantes, junto con un socio júnior que trabajaba en algunos de los casos, iban y venían por el bufete lo más silenciosamente que podían. Sentado a su mesa, alternando los momentos de llanto con la mirada perdida, Bernard tenía un aire sombrío. Su colega y querida amiga había tenido un final cruel, y que su hija, con veintidós años, muriera sería aún más trágico.

Las noticias de las explosiones que se emitían por televisión eran desgarradoras, con imágenes espantosas de la terminal de salidas tras la detonación de las dos bombas, así como de la estación de metro. Habían localizado un tercer artefacto sin detonar en el aeropuerto. Un grupo terrorista había reivindicado la autoría del atentado, que al parecer estaba relacionado con los ataques perpetrados en París cuatro meses antes, en noviembre.

Bernard aplazó su viaje a Bruselas hasta el día siguiente. Solo le permitieron ver unos minutos a Véronique, que se hallaba sumida en un coma inducido tras la operación, en la unidad de cuidados intensivos. Bernard habló con el médico responsable de sus cuidados, que le informó de que aún se debatía entre la vida y la muerte. Todavía tenía el cuerpo lleno de metralla, algunos fragmentos alojados en puntos críticos. De momento habían extraído cuanto habían podido, pero ni mucho menos todo. En caso de que sobreviviera, lo haría con restos de metralla dentro de su cuerpo para siempre, pues extraer algunos fragmentos sencillamente era demasiado peligroso. También corría el riesgo de perder un ojo. Bernard vio los gruesos vendajes que le cubrían el rostro; según el médico, necesitaría cirugía reconstructiva para las heridas faciales. Asimismo, había daños internos en órganos vitales. Mientras escuchaba el diagnóstico, Bernard se derrumbó de nuevo, consciente de lo desconsolada que se habría quedado Marie-Hélène al conocer el estado en el que se encontraba su hija. El médico calculaba que tenía entre un quince y un veinte por ciento de posibilidades de sobrevivir, pero se mostraba poco optimista. La única baza de Véronique era su juventud, que la ayudaría a recuperarse si salía de esta. Quienes habían fabricado las bombas habían conseguido maximizar el daño que causarían en el cuerpo humano con una gran efectividad. Poco consuelo era que los terroristas hubieran muerto también.

Se programó otra operación para Véronique a los dos días con el fin de continuar extrayendo la metralla que suponía una amenaza para su vida. Corría un gran riesgo de contraer septicemia debido a la suciedad durante el proceso de fabricación del artefacto. Para entonces habían localizado el piso donde se fabricaron las bombas, identificadas como explosivos de peróxido de acetona, similares a las de los atentados de París. Todos los componentes eran fáciles de conseguir en farmacias y tiendas de bricolaje.

Bernard, abatido tras conocer el diagnóstico, regresó a París en tren esa noche. Prometieron ponerse en contacto con él en cuanto tuvieran alguna novedad. Una vez en casa, telefoneó al hospital en intervalos de pocas horas para informarse acerca del estado de Véronique. No se preveía que recobrase la consciencia hasta pasados unos meses, después de muchas más operaciones, pues tras salvar sus órganos vitales sería necesario realizarle las de cirugía plástica. Según el médico, a corto plazo sería imposible determinar el alcance de los daños visibles que Véronique había sufrido en el rostro y el cuerpo, pero se temían que revistiesen gravedad. Cabía la posibilidad de que, en caso de sobrevivir, quedara irreconocible, incluso después de la cirugía reconstructiva. En su opinión, si salía de esta, necesitarían fotografías de ella para conseguir reconstruir su rostro de la manera más aproximada posible. No obstante, le advirtió a Bernard que no esperase milagros, pues si se recuperaba, su aspecto sería muy diferente. Encontrar fotografías de ella era lo único que resultaría sencillo; bastaría con comprar cualquier revista en un quiosco y saldría en ella. Dada la gravedad de las heridas que había sufrido en la explosión, no parecían optimistas acerca del resultado que podían conseguir. La hija de Marie-Hélène se hallaba sumamente cerca de la bomba cuando esta detonó.

Pasó toda la noche en vela y sintió náuseas cada vez que se acordaba de ella. Véronique era muy joven para encontrarse en una situación tan lamentable, tan malherida. También se percató de que, por suerte, no habían atado cabos y averiguado su identidad. Lo último que necesitaban era que la prensa pusiera el foco en ella, publicando que tenía la cara destrozada. Tenían entre manos problemas más importantes como para que encima la prensa echara leña al fuego y Véronique se viera obligada a lidiar con eso cuando saliera del coma. Él rezaba para que recobrara la consciencia. Además de la pena de perder a su madre, iba a tener mucho que afrontar. Bernard era el albacea de Marie-Hélène, cuya herencia iría a parar íntegramente a manos de su hija. Véronique tenía el porvenir resuelto, pero, si quedaba desfigurada, ¿qué tipo de vida llevaría? Era una chica muy joven y bella. Véronique había perdido a su madre y su carrera en un visto y no visto. A Bernard, sentado despierto hasta altas horas de la madrugada, con lágrimas resbalándole por las mejillas, le parecía inconcebible.

3

El mundo seguía conmocionado por el atentado en el aeropuerto de Bruselas mientras Véronique afrontaba su segunda intervención, a la que le siguieron una tercera y una cuarta. Hasta ahora había resistido, y, tras la tercera operación, sus órganos internos corrían menos peligro. Limpiaron las zonas situadas junto a las arterias, y el hígado, el órgano más afectado, pudo regenerarse a tiempo. Presentaba profundas heridas en el cuerpo, pero no había perdido ningún miembro, a diferencia de muchas de las víctimas, tanto en Bruselas como en París, con amputaciones de brazos, piernas, manos y pies, bien en la explosión o bien a consecuencia de la gangrena en los días posteriores.

El socio de Marie-Hélène continuó recibiendo partes diarios poco alentadores. Los restos de Marie-Hélène se hallaban en una morgue militar en Bruselas, junto con los de muchas otras personas, a la espera de instrucciones por parte de las familias. Bernard prefería no tomar ninguna decisión sobre el sepelio de Marie-Hélène hasta que Véronique saliera del coma y pudiera hacerlo ella misma, si es que sobrevivía. Y si no, él las enterraría juntas.

En junio, casi tres meses después del día de la explosión de la bomba en el aeropuerto de Zaventem, los cirujanos del hospital militar resolvieron sacar a Véronique del coma inducido, desenchufar el respirador y dejar que respirara por sus propios medios. Al principio se encontraba muy aturdida y no entendía dónde estaba ni por qué estaba allí, pero al día siguiente recordó la explosión y adónde se dirigían. Seguía ingresada en la UCI, donde un equipo de enfermeras la tenían en observación y disponía de ayuda inmediata si surgía alguna complicación imprevista, pues todavía cabía esa posibilidad. Aún no se hallaba fuera de peligro, y no se preveía que lo estuviera a corto plazo.

Cuando una de las enfermeras se aproximó a ella para cambiarla de postura, Véronique, con gran parte del rostro vendado, la miró con los ojos muy abiertos. Con las vendas que le cubrían la cabeza y un parche sobre el ojo herido, parecía una momia. Le habían salvado el ojo en una de las múltiples operaciones, pero no se sabía si perdería la visión.

—¿Cómo está mi madre? —susurró, mientras la enfermera la cambiaba de postura con delicadeza. Ligera como una pluma, no había salido de la cama en tres meses y estaba más delgada, si cabe. El ojo con el que veía tenía una expresión ansiosa mientras la enfermera le decía algo reconfortante, y, cuando salió del cubículo de Véronique, avisó al médico. Este era el momento del que ya había hablado con el equipo de psiquiatras. Al cabo de una hora apareció una psiquiatra de cincuenta y tantos años, que trataba a sus pacientes con una actitud maternal. Habían afrontado nuevos retos atendiendo a más de un centenar de civiles, lo cual era muy diferente a tratar a soldados heridos en intervenciones militares.

—¿Cómo te sientes, Véronique? —le preguntó la psiquiatra. Ella se limitó a asentir con la cabeza. Llevaba mucho tiempo sin hablar, la voz se le quebraba al intentarlo, y aún notaba la garganta irritada por el respirador—. ¿Te duele algo? —Ella negó con la cabeza. También tenía las manos y los brazos vendados, debido a las heridas que había sufrido en ellos.

—¿Cómo está mi madre? —dijo de nuevo. Era la pregunta más apremiante que tenía en la cabeza.

La médica la miró con serenidad y, con la mayor delicadeza posible, explicó que Marie-Hélène no había sobrevivido a la explosión. Nada más oírlo, Véronique empezó a jadear. No podía respirar ni hablar. La psiquiatra se quedó con ella dos horas, hablándole con calma, y al final la sedaron. Era un hecho que debía afrontar y ellos pensaban que ya estaba lo bastante recuperada como para comunicarle la noticia. Pero era imposible que supieran lo unida que Véronique estaba a su madre y todo lo que esta significaba para ella.

Bernard Aubert llegó de París al día siguiente, y lloraron juntos. Véronique no daba crédito a lo que había ocurrido. Estaba dispuesta a soportar todas sus secuelas con tal de que su madre siguiera con vida. No podía imaginar su vida sin ella. La pena la consumía. Al día siguiente sacó fuerzas para hablar.

—¿Y Cyril? —preguntó a Bernard. Él la miró extrañado—. Cyril Buxton, estaba con nosotras. Es amigo mío. Pasó la noche con nosotras en Bruselas y tenía previsto regresar a Londres en cuanto despegáramos. Estaba de pie a nuestro lado cuando... sucedió. —Titubeó y fue incapaz de pronunciar la palabra «bomba».

—No lo sé —respondió él—. Lo investigaré. No sabía que os acompañara alguien. —Se sorprendió.

Antes de marcharse del hospital, al consultar la lista oficial de víctimas mortales, comprobó que Cyril figuraba en ella. Cuando preguntó, le comunicaron que, como en el caso de la madre de Véronique, había muerto en la primera explosión. Su familia ya había reclamado sus restos. Bernard pasó la noche en Bruselas. Puso a Véronique al corriente a la mañana siguiente, la cual se quedó consternada y paralizada; le resultaba incomprensible que ella hubiera sobrevivido y ellos no. Bernard, a falta de algo mejor, dijo que había sido cosa del destino. Como es lógico, ella se encontraba profundamente abatida por toda la situación, en especial por su madre, pero también apenada por Cyril. Era un chico la mar de dulce, inocente y amante de la diversión, y no merecía que sesgaran su vida de forma tan prematura. Ninguno de ellos lo merecía. Se sintió fatal por sus padres, que habían perdido a su único hijo.

—Tenía veintisiete años —le dijo a Bernard, que parecía haber envejecido diez años desde la muerte de su socia.

Este sacó a relucir el doloroso tema de qué hacer con el cuerpo de Marie-Hélène, pues era necesario tomar una decisión. Entre sollozos, Véronique decidió que fuera incinerada y que enviaran las cenizas a París. Bernard prometió guardarlas hasta que Véronique regresara y organizaran un funeral. Eso le dio a todo un cariz aún más definitivo. Cuando se marchó, Véronique se pasó horas llorando. Ahora también lloraba por Cyril.

Dos días después, Véronique volvió al quirófano, en esta ocasión para someterse a la primera de muchas operaciones de cirugía reconstructiva del rostro. Bernard les había proporcionado las fotografías que le pidieron; el despacho de Marie-Hélène estaba lleno de portarretratos con fotos de su hermosa hija. Se las había enviado directamente al cirujano plástico, que las examinó con detenimiento antes del día de la operación. Le habían encomendado una misión imposible: que su paciente recuperara sus rasgos y que estos fueran lo más parecidos a los que tenía antes de la explosión. Pero no podría aproximarse ni siquiera de lejos. Aún no habían informado a la joven del alcance de sus heridas ni de hasta qué punto había quedado desfigurada, y resultaba inviable que lo viera bajo tantas vendas.

Hizo dibujos y diagramas precisos de lo que sería necesario reconstruir y cómo abordarlo. Una vez anestesiada, mientras estaba tendida sobre la mesa de operaciones, se tomó su tiempo para examinarla con detenimiento. El ayudante de cirugía también la observó, y ambos facultativos intercambiaron una larga mirada.

—Sería un reto fascinante si no fuera tan trágico —dijo el cirujano jefe en voz baja a su colega—. Es como si hubieran dibujado una línea de arriba abajo en el centro de su cara, destruido una mitad y dejado la otra intacta. —Las heridas de un lado, superficiales, habían cicatrizado bajo los vendajes en los últimos tres meses. La otra mitad, de momento, estaba irreconocible, pero el cirujano admitía que, incluso una vez reconstruida, quedarían dos o posiblemente tres cicatrices profundas entrecruzadas sobre el rostro. No sería posible hacerlas desaparecer por completo. Tras escudriñar de nuevo las fotografías, se pusieron manos a la obra.

Después de ocho horas realizando una labor minuciosa y concienzuda, quedó satisfecho de haber hecho todo cuanto habían podido por ahora. Volvieron a vendarle la cara y la trasladaron a la sala de reanimación. El ayudante de cirugía se quedó con él para intercambiar impresiones.

—¿Qué opinas? —le preguntó.

El jefe de cirugía era uno de los mejores de la plantilla y había obrado casi milagros en el pasado, pero no era mago.

—Hacemos lo que podemos. Haré cuanto esté en mi mano, pero precisaría un milagro. Las cicatrices son demasiado profundas. —La metralla le había destrozado la mitad del rostro—. No me explico cómo el otro lado ha quedado tan intacto. Debió de ser por el ángulo en el que se encontraba cuando ocurrió, o por un extraño capricho del destino.

—Sabes quién es, ¿verdad? —preguntó su colega. El jefe de cirugía asintió con la cabeza.

—Al principio no, pero me di cuenta al ver las fotografías que me enviaron, y me puse a indagar. Es una de las modelos más cotizadas del mundo, o lo era hasta la fecha. Es increíblemente bella. De verdad, es atroz ver lo que le ha pasado.

—¿Cuándo vas a decírselo? —le preguntó.

—Cuando sea necesario, y cuando hayamos reconstruido un poco más los tejidos más dañados. Ella sabe que sufrió heridas en la cara; simplemente desconoce el alcance en el tiempo. No ha preguntado demasiado acerca de ello, pero salió del coma hace poco y ha estado más preocupada por su madre, que murió en el atentado. No obstante, a la larga esto va a suponer un gran problema para ella. Sus días como modelo han acabado, y, si eso formaba una parte fundamental de su identidad, como asumo que debe de haber sido, tendremos que bregar con un gran problema. Ser una belleza y, de la noche a la mañana, sufrir este tipo de heridas, es un gran revés. Su concepto de sí misma se verá totalmente alterado: quién es, lo que hace, cómo se ve a sí misma, cómo la ven los demás, su carrera entera... Esto conllevará una tremenda crisis personal para ella. Tendrá que reconstruir, no solo su cara, sino toda su personalidad e idiosincrasia.

—¿Sabes algo más acerca de ella? —le preguntó el ayudante de cirugía. Se enfrentaban a un enorme desafío, y siguieron conversando mientras salían del quirófano. Ambos se encontraban agotados después de ocho horas de cirugía, y les daba mucha lástima Véronique, sobre todo por ser tan joven y porque al parecer no tenía a nadie que la apoyara.

—Muy poco —respondió el jefe de cirugía—. El único contacto que tengo es el socio del bufete de su madre, y no me ha contado gran cosa acerca de ella. Por lo demás, no tiene parientes. Él envió las fotografías, sin más información, pero hablan por sí mismas. Es una belleza y una de las modelos más cotizadas del mundo. ¿Qué más hay que saber?

—Sería conveniente conocer algo de su carácter, de su fortaleza.

—Acaba de perder a su madre. Eso será bastante duro de

digerir. Y al parecer las acompañaba un amigo, que también murió. Ahora toda su vida está patas arriba.

—Pero al menos está viva —le recordó el ayudante.

—A veces eso no es suficiente. Yo no me considero un hombre vanidoso, pero no estoy seguro de cómo sobrellevaría el hecho de perder media cara.

—La estructura sigue ahí, el problema es todo el tejido blando. Al menos es posible reparar la estructura ósea.

—Lo que me preocupa, y seguro que a ella también, es el resto. Será necesario que se arme de coraje para afrontar algo semejante.

Ambos se quedaron preocupados al despedirse. Aquella noche, el jefe de cirugía se llevó a casa las fotografías del antes y después de Véronique para examinarlas con más detenimiento y decidir qué abordar en la siguiente operación. Les quedaba un largo camino por delante, al igual que a ella, que además tenía que superar el trauma.

Véronique formuló muy pocas preguntas después de la operación y el doctor Moreau, el jefe de cirugía, se preguntó si le daría miedo hacerlo. Era como si su mente rehuyera la realidad; él llegó a la conclusión de que tal vez fuera lo más conveniente de momento, pero no podría engañarse a sí misma eternamente. Algún día regresaría a un mundo lleno de espejos e irremediablemente tendría que afrontar las reacciones de la gente ante su aspecto. Por otro lado, ellos habían visto pacientes que habían perdido las cuatro extremidades, lo cual podría ser incluso peor. Ella podría llevar una vida normal, simplemente con un aspecto distinto al de antes; aunque eso era tremendo, sobre todo después de haber sido objeto de tanta adulación como modelo. Le habían arrebatado su belleza, que antes era un don.

Todo el equipo tenía presente lo que Véronique debía encarar y se hacía una idea de la realidad a la que se enfrentaría a su salida del hospital. Era imposible saber quién se había ido de la lengua, pero en julio un periódico sensacionalista británico de escasa relevancia publicó un artículo en el que se decía que Véronique había quedado desfigurada en el atentado y que su carrera había acabado. Milagrosamente, nadie se hizo eco de ello ni le dio credibilidad. Como si hubieran anunciado que mantenía una aventura con un marciano. El tabloide que lo publicó era conocido por su falta de credibilidad y sus bulos. No obstante, también era obvio que alguien del hospital había cobrado por la noticia: nadie del exterior sabía lo de su cara.

Bernard montó en cólera; el director del hospital pidió disculpas y prometió estar más atento. A petición de Bernard, ella no vio el artículo. Estaba aislada del mundo, sin ordenador, periódicos, revistas, ni siquiera televisión. Pero la noticia fue para el equipo médico una muestra de lo que sucedería cuando ella regresara a París: los paparazzi persiguiéndola, la gente fotografiándola con sus teléfonos móviles por la calle... De la noche a la mañana se convertiría en una friki, en una víctima de la curiosidad y los instintos más bajos de las personas. Véronique ni siquiera disponía de teléfono móvil en el hospital, ni falta que le hacía. El suyo había desaparecido en la explosión. Aún se sentía demasiado decaída como para importarle y decía que, sin su madre, no había nadie a quien quisiera llamar. No necesitaba telefonear a su agente, puesto que no podía trabajar, y Bernard les había comunicado que estaría inactiva durante una temporada, sin dar más explicaciones. Además, como se hallaba en pleno duelo por su madre, no le apetecía hablar con amigos ni con otras modelos. No tenía nada que decir. Abrumada de dolor y sin contacto con el mundo, de momento se encontraba a salvo, aunque no por mucho tiempo. Su rostro desfigurado la señalaría como una víctima durante el resto de sus días. Los médicos iban a sugerirle que se pusiera una mascarilla quirúrgica cuando se marchara a casa y que la usara siempre que saliera a la calle, al menos hasta que finalizaran las operaciones, tal vez incluso de manera permanente si no se veía capaz de lidiar con las inevitables miradas y comentarios.

Véronique no llegó a ver el mediocre periódico sensacionalista británico con su foto en la portada. Como la imagen había sido cortada en sentido transversal, tan solo aparecía la mitad de su rostro, y en las páginas interiores se narraba con pelos y señales el episodio de la explosión. A Véronique el artículo le habría parecido abominable, pues la convertía en un objeto de lástima, pero por fortuna no se enteró de ello y se ahorró la humillación pública. Llegaría el día en que se vería obligada a conocer la verdad: que tenía la mitad de la cara destrozada y que la otra mitad era un cruel recordatorio de lo que había sido antes.

El verano transcurrió lenta y dolorosamente para ella. Los médicos y las enfermeras se iban y volvían de vacaciones. Ella continuaba hospitalizada, con diversos dolores y molestias a consecuencia de las heridas. Se sometió a una operación cada dos semanas; había previstas cuatro más para finales del verano. El cirujano plástico no estaba satisfecho con los resultados, y la lentitud de la cicatrización dificultaba apreciar los progresos. Su aspecto había mejorado ligeramente, pero no lo suficiente. Ella no se había visto todavía y no tenía la menor idea de lo lejos que habían llegado. Su estructura ósea facial estaba alineada de nuevo, pero gran parte del tejido que la cubría continuaba muy dañado.

No tenía distracciones y le costaba leer con la herida en el ojo. Con el ojo bueno veía bien, pero se cansaba enseguida.

Se pasó todo el verano pensando en su madre, y en las cosas positivas que esta le habría dicho para sobreponerse a una experiencia tan terrible como esa.

Precisamente estaba pensando en eso un día que Bernard fue a verla. Se iba de vacaciones al día siguiente, pues las pasaba en Bretaña todos los años. Él consideraba que había llegado la hora de darle a conocer el testamento de su madre; era necesario que supiera ciertas cosas acerca de la herencia de Marie-Hélène. Le había advertido que lo llevaría ese día. A ella le daba pavor: hacía que la muerte de su madre adquiriese un cariz aún más real. De todas formas, Véronique pensaba en ella todos los días, al igual que en Cyril y en las horripilantes circunstancias en las que habían perdido la vida. Quería escribir a sus padres, pero todavía no había sacado fuerzas para ello. Le parecía inimaginable lo duro que habría sido el golpe para ellos, puesto que era hijo único. Se preguntaba si la culparían por haber estado con él en aquel instante. Ella misma se sentía culpable de estar viva y que él no lo estuviera. Aunque estar viva era una cuestión relativa en esos momentos, pues todavía se sentía muerta por dentro y, a veces, deseaba haber muerto también en la explosión.

La psiquiatra iba a verla casi a diario para hablar del tema. Ahora ella se sentía como una prisionera: todo el equipo médico se marchaba de vacaciones, como en el resto de Europa, mientras ella seguía ingresada, pasando una y otra vez por el quirófano. Los terroristas habían cometido el crimen y ella, junto con las demás víctimas, sufrían el castigo por ello. Anhelaba irse a casa, pero tenía miedo, y sabía que se le rompería el corazón al entrar en el piso de su madre y no verla allí, en el hogar donde ella se había criado. A veces, fantaseando, Véronique se decía a sí misma que su madre estaba en París y que la vería al regresar a casa, pero luego se le caía el mundo encima ante la realidad, como si el techo del aeropuerto se desplomara de nuevo sobre ella. Cada vez le costaba más huir de la realidad.

Cuando Bernard fue a verla, llevaba encima un gran sobre de papel de estraza, cuyo contenido vació encima de la cama de Véronique, que para entonces había salido de la UCI y había sido trasladada a una habitación individual. En realidad se encontraba más sola en una habitación, lejos del ajetreo del pabellón de cuidados intensivos y de la gente ingresada allí, y pasaba la mayor parte del tiempo sumida en sus propios pensamientos. En opinión de la psiquiatra, necesitaba un tiempo de reflexión para asimilar el escenario que tenía por delante. Véronique pensaba que todavía requeriría cirugía reconstructiva en la cara, pero lo que aún ignoraba era que poco podía hacerse para devolverle su aspecto anterior. Ya no contaba con el gran apoyo de su madre ni con las distracciones a las que estaba acostumbrada en su exitosa carrera. Su vida entera había dado un vuelco, más de lo que se imaginaba.

Bernard llevaba consigo una copia del testamento de Marie-Hélène, el cual no deparó ninguna sorpresa. Véronique había heredado todo, incluido el piso del distrito XVII, del que ahora era propietaria. No era lujoso, pero constituía una sólida inversión y era un inmueble de cierto valor. El patrimonio de Marie-Hélène prácticamente se reducía a eso, pero Véronique se llevó una gran sorpresa con sus extractos bancarios, igual que Bernard antes que ella. En el testamento figuraba una cuenta bancaria acompañada por un escrito en el que se explicaba que había sido legada a Véronique por su padre, para su sustento y educación a largo plazo. En vez de destinarla a ese propósito, Marie-Hélène la había conservado intacta, invirtiendo sabiamente, mientras mantenía a Véronique con lo que ganaba en su próspero bufete. A Véronique la asombró que su padre le hubiera dejado un millón de dólares. Marie-Hélène aportaba algo menos de esa suma con los ingresos acumulados a lo largo de los años, sumado al valor del piso. Y, en una cuenta diferente, Marie-Hélène había depositado el dinero que Véronique había ganado como modelo desde sus inicios, que ascendía a poco más de dos millones de dólares. También lo había invertido con buen tino y se había incrementado considerablemente. De modo que, entre el dinero de su padre, el de su madre y el que había ganado ella misma, contaba con bastante más de tres millones de dólares, cerca de cuatro, además del piso materno. Y también podía poner a la venta su apartamento, pues no lo necesitaba. Vender el piso de su madre le parecía un sacrilegio y no estaba dispuesta a hacerlo, por lo que decidió mudarse allí y vender su pequeño apartamento del distrito VII. Disponía de dinero de sobra para vivir con desahogo en adelante. Gracias a su padre, a la cautelosa gestión de su madre y a su duro trabajo, estaba muy bien situada, y lo que había heredado de su madre entre dinero e inmuebles era la guinda del pastel.

El gran sobre de papel de estraza contenía fotografías de Marie-Hélène con el padre de Véronique y varias de este con ella en brazos, de bebé. Había muchas enmarcadas en el apartamento, pero sacó un montón más del sobre en las que aparecía Marie-Hélène sonriendo radiante junto a él, las cuales Véronique se alegró de tener, como testimonio de su pasado y prueba tangible de la existencia de su padre. Se parecía mucho a él, algo que Marie-Hélène siempre decía. Y la suma que le había dejado en herencia a través de varias inversiones era realmente dinero caído del cielo. Él se llamaba Bill Smith; ahora se sentía tan huérfana que barajó la posibilidad de cambiarse el apellido al de Vincent-Smith, para honrar la memoria de su difunta madre y de su padre. Era algo que sopesar.

Aparte de los informes financieros, muy prolijos y bien organizados, había una carta en un sobre sellado. Leerla sería como recibir un mensaje de su madre desde la tumba; le parecía morboso e intimidatorio, y sin embargo ansiaba recibir noticias de ella por última vez. Se preguntó cuándo la habría escrito y qué diría. Que ella supiera, su madre no escondía grandes secretos. Como llevó una vida tranquila y transparente, Véronique asumía que solo se trataría de una tierna despedida, escrita con mucha antelación, quizá en un momento emotivo. Aunque le costaría leerla, se moría de ganas, y decidió esperar a que Bernard se marchara, con el fin de poder saborearla a solas y llorar si era necesario. Dejó el sobre sellado encima de la mesilla de noche, guardó el resto de documentos en el sobre grande, lo metió en un cajón para tenerlo a mano y le dio las gracias a Bernard.

Este se quedó una hora más, dándole conversación. A Véronique le agradó tener compañía, pues era la única visita que recibía. Cuando finalmente se levantó para irse, ella le deseó que disfrutara de las vacaciones. Luego se quedó tumbada en la cama durante un buen rato, intentando armarse de valor para abrir la carta de su madre. No podía imaginar su contenido. Añoraba a su madre más que nunca; era un dolor físico que padecía a todas horas, peor que las heridas de metralla.

4

Nada más abrir la carta de su madre, vio que la había escrito un año antes, el día en que Véronique cumplió veintiún años. Con su pulcra y esmerada letra, le decía que, ahora que había alcanzado la mayoría de edad, sentía que era su deber confesarle la verdad acerca de su padre. Y tenía previsto hacerlo, en el momento oportuno, o tras su muerte si aún no lo había hecho, cosa que había sido el caso. Al leer esas palabras sintió un escalofrío por la espalda. La verdad acerca de su padre. ¿Qué verdad era esa, aparte de lo que su madre ya le había contado? Véronique recordó lo que ya sabía, que era un abogado estadounidense y que falleció a los sesenta y un años, el mismo año en que ella nació, y que no se habían casado. Pero en la carta su madre la dejó atónita al revelarle dos detalles importantes. La razón por la que no se habían casado era que él ya lo estaba, y tenía tres hijos de ese matrimonio. Él pasó años queriendo divorciarse de su esposa, sobre todo a raíz de conocer a Marie-Hélène, pero antepuso su ambición política, es posible incluso que con miras a la presidencia. De hecho, explicó Marie-Hélène, se presentó como candidato a la vicepresidencia, perdió las elecciones junto con su compañero de fórmula y posteriormente se convirtió en senador. Sin embargo, de haber salido a la luz que mantenía una aventura extramatrimonial, que tenía una amante y una hija ilegítima en

Francia, el escándalo le habría arruinado la vida y malogrado sus aspiraciones políticas para siempre. Pasó una considerable cantidad de tiempo con Marie-Hélène en Francia; le encantaba estar allí. Estuvo presente cuando nació Véronique y se quedó un mes con ellas. Pero, al final, Marie-Hélène confesó en la carta que ella se había apartado de su vida para no interponerse en su camino y perjudicar su futuro político. Ella puso fin a la relación con tal de que él pudiera perseguir sus sueños. Lo que consternó a Véronique fue que él lo hubiera permitido.

La carta continuaba diciendo que él le había proporcionado una importante suma de dinero con el fin de garantizar la seguridad, la educación y el bienestar de Véronique de cara al futuro. Desde entonces, Marie-Hélène y él solo se habían visto en una ocasión, en un encuentro secreto, aunque siguieron manteniendo el contacto de modo esporádico. Marie-Hélène daba por sentado que Véronique ya estaría informada de la suma heredada, pues en las instrucciones que había dado a su albacea, Bernard, estipulaba que no se revelase a Véronique la existencia del dinero ni de la carta hasta que ella falleciera, lo cual él había cumplido. Como albacea, él no tenía conocimiento del contenido de la carta, únicamente de las disposiciones económicas.

Lo terrible era que Bill no había fallecido cuando Véronique era un bebé: Marie-Hélène lo había abandonado, por su bien, realizando el mayor sacrificio de su vida, el de su propia felicidad y bienestar, en aras de las aspiraciones políticas de Bill. A Véronique le consternó que probablemente fuera un hombre egoísta por permitir que su madre actuara así, y un insensible por abandonarlas. El dinero que había dejado a su hija era una compensación por la generosidad sin límites de Marie-Hélène. Acordaron decirle a Véronique que había muerto y resulta que, durante todo este tiempo, había estado vivito y coleando. Véronique ignoraba si seguía vivo. En vista de lo mayor que era cuando ella nació, ahora contaría ochenta y tres años, pero sí que vivía el año anterior, fecha en la que Marie-Hélène redactó la carta. Por aquel entonces seguía siendo senador, aunque a ella le constaba que estaba delicado de salud y que tenía previsto jubilarse. Su verdadero nombre era William Hayes; jamás había intentado ver a su hija; aunque según Marie-Hélène preguntaba por ella de vez en cuando, y siempre mantuvo el contacto.

A Véronique le sonó el nombre nada más leerlo, y cayó en la cuenta de por qué su cara también le resultaba familiar en las fotografías. Le sonaba haber visto imágenes de él en alguna parte, tal vez en la prensa. De modo que él se había forjado la carrera política que tanto anhelaba, Marie-Hélène había perdido al hombre que amaba, y Véronique, a su padre. No le agradaba el hecho de que su madre hubiera mentido acerca de aquello, pero le resultaba difícil enfadarse con ella ahora que no estaba. Aun así había sacrificado mucho por el bienestar de él, por amor. En todo caso, más que enojarse, Véronique se conmovió y, gracias a su madre, nunca le había faltado nada. El dinero que él le había dejado permanecía intacto, para usarlo más adelante; se lo había entregado a Marie-Hélène al separarse, para evitar una batalla legal cuando él muriera, y esa anticipación también evitó la humillación de todos. Su esposa jamás supo de la existencia de Marie-Hélène. Eso explicaba por qué no llegaron a casarse, a pesar de que afirmara que había sido el amor de su vida. En opinión de Véronique, su madre había pagado un alto precio por ello. Mientras leía la carta, las lágrimas resbalaban por sus mejillas. Más que nada, lo sentía por su madre, que había renunciado a tanto. Y había sido una madre sumamente entregada y cariñosa.

La carta planteó un dilema a Véronique. Ya no era huérfana como creía: había perdido a su madre, pero su padre tal vez seguía vivo. Era una gran tentación tratar de localizarlo, para tener un vínculo con alguien en el mundo y no estar completamente sola. Odiaba su egoísmo y lo que le había hecho pasar a su madre, pero a pesar de todo era su padre y le picaba la curiosidad. No tenía la menor idea de cómo localizarlo, y quería reflexionar. Se sentía agradecida de que su madre hubiera escrito la carta y se hizo cargo de lo doloroso que le habría resultado. Marie-Hélène pidió perdón a Véronique por mentirle, aunque ella era lo bastante madura como para entenderla y perdonarla por ello. A quien le costaba más perdonar era a su padre, por permitir que su madre se le escapara de las manos y abandonarlas a su suerte. Consideraba que este tenía derecho a conocer la noticia del fallecimiento de Marie-Hélène, lo cual le parecía otra razón de peso para ponerse en contacto con él. Sintió la gran tentación de hacerlo. Se preguntó si él se tomaría la molestia de responder. Le dio algo en lo que pensar, aparte de en sus heridas y su porvenir incierto. El único regalo después de tantas pérdidas era el hecho de saber que tenía un padre que continuaba vivo.

Releyó la carta varias veces aquella noche y contempló las fotografías de Bill Hayes y su madre. Sus padres. Se preguntó qué clase de hombre sería, teniendo en cuenta que había engañado a su mujer con una amante, había tenido una hija con ella y luego las había abandonado en aras de su carrera política. Solo con eso parecía muy egoísta. Se pasó el resto del mes de julio y todo agosto cavilando en torno a este asunto entre operación y operación. Tenían previsto darle el alta en septiembre. Dado que su padre tenía problemas de salud, deseaba conocerlo antes de que falleciera. Tenía mucho en lo que pensar ahora que conocía su existencia y se sentía agradecida por la carta de su madre y por conocer por fin la verdad.

Las cosas parecían ir muy despacio en el hospital durante julio y agosto, ya que gran parte de la plantilla médica se había ido de vacaciones. En julio tenía pendientes otras dos operaciones para que le extrajeran más metralla y, en agosto, otra larga intervención de cirugía plástica en la cara y una más corta. A esas alturas llevaba ingresada más de cinco meses y se había recuperado lo suficiente como para empezar a sentirse inquieta y enclaustrada. Seguía sufriendo molestias y dolores extraños e inexplicables en todo el cuerpo debido a la metralla; le dijeron que tendría que vivir con ello. Ahora alcanzaba a distinguir formas, luces y sombras con el ojo dañado, que según los médicos tal vez no mejorase. En teoría, podría conducir con un parche en el ojo, pero fuera o no legal, con limitaciones en la visión se sentiría insegura al volante. Aún sería preciso someterla a otra operación en unos meses, aunque de momento las de agosto eran las últimas. Se preguntaba cuánto tiempo tardarían en desaparecer las cicatrices. Sabía que los cirujanos plásticos eran capaces de obrar milagros.

A principios de septiembre, cuando le retiraron el vendaje, tuvo su primer bocado de realidad: dos cicatrices profundas le atravesaban el lado derecho de la cara, junto a una tercera más pequeña por debajo. Según le dijeron, se produciría una leve mejoría y se atenuarían, pero sería imposible borrarlas por completo. Ella se limitó a observarlas atentamente en el espejo y rompió a llorar. Tenía media cara intacta y la otra media marcada por espantosas cicatrices. La realidad la golpeó; estuvo a punto de desmayarse al ver por primera vez las heridas de un lado en contraste con la otra mitad de su cara, indemne. Parecía una foto mala de esas de antes y después. En ese instante fue consciente de que ahora esa era su cara, medio perfecta y medio destrozada, como una maldición. La psiquiatra pasó horas con ella consolándola mientras lloraba. Intentó caminar por el hospital con la mascarilla quirúrgica que le habían dado para ocultar las cicatrices y se sintió agobiada e incapacitada.

Cuando volvió a su habitación, se quedó de pie frente al espejo de nuevo, llorando, y se negó a hablar con la psiquiatra al día siguiente. Estaba cansada de médicos y enfermeras, de vendajes, del olor del hospital, del dolor posterior a cada operación y de su espantosa imagen actual. ¿Cómo iba a poder quedar con alguien o salir de casa? No tendría más remedio que llevar mascarilla a todas horas. Según el cirujano, las cicatrices se suavizarían en unos cuantos meses y las más pequeñas desaparecerían, pero nada se podría hacer con las tres más profundas.

Se había mantenido en el anonimato tras la explosión y no había visto a nadie excepto a Bernard Aubert. Pero ¿cómo iba a retomar su vida en adelante? Y no contaba con el apoyo de su madre. Deseaba huir y esconderse, si bien, dondequiera que fuera, su cara medio destrozada la acompañaría. Le resultaba inconcebible relacionarse con nadie, o llevar una vida normal, así. No solo se había truncado su carrera, sino cualquier resquicio de vida.

Estaba sentada en su habitación, planteándose un futuro cuya perspectiva le parecía desalentadora, cuando sonó el teléfono. Dio por supuesto que se trataba de Bernard, pues era el único que la llamaba. Aparte de que el atentado la había pillado en el aeropuerto de Bruselas y que no podría trabajar en varios meses, él no había dado más información a la agencia de modelos. De todas formas, como en verano tampoco había trabajo, no se habían puesto en contacto con ella. Había desconectado el teléfono de la habitación del hospital y en cinco meses apenas lo había encendido. A pesar de que mucha gente le había escrito para darle el pésame por la pérdida de su madre, todavía no se encontraba con fuerzas para contestar, aunque le habían emocionado los mensajes que Bernard le había trasladado. Muchos ignoraban que Véronique había resultado herida, pero ella no tenía ganas de dar explicaciones, y menos ahora. La secretaria de Bernard recogía la correspondencia en el apartamento cada semana, pagaba las facturas y le enviaba el resto.

Descolgó el auricular para responder, esperando oír la voz de Bernard, pero en vez de eso escuchó un cauteloso «hola» de una voz femenina.

—Véro, ¿eres tú?

Tardó un minuto en ubicarla hasta que cayó en la cuenta de que se trataba de Gabriella Foch, una chica con la que había estudiado en el colegio, que se había mudado a Bruselas con sus padres cinco años antes. Se quedó pasmada al oírla.

—¿Gabriella?

—Sí, soy yo. Resulta que estaba leyendo en una revista belga lo del atentado en Zaventem y vi tu foto. Había una página entera de pequeñas fotos del tamaño de sellos de correos de todas las víctimas, entre ellas la tuya, y leí tu nombre. No di crédito. Siento mucho la pérdida de tu madre. —Aunque no habían sido íntimas, estudiaron en la misma clase durante años y era una chica agradable—. Decía que todas las víctimas habían sido trasladadas al hospital militar. Se me ocurrió intentar averiguar si seguías aquí. ¿Estás bien?

Véronique no estaba segura de qué responder. ¿Algo amable o la verdad?

—Sí, estoy bien —contestó tras unos instantes—. Me voy a casa dentro de dos semanas. —Lo que no dijo fue que la habían operado veintiséis veces, que tenía la mitad de la cara destrozada y que llevaría metralla en el cuerpo durante el resto de su vida. A pesar de todo, otros habían salido peor parados, con miembros cercenados, mientras que ella estaba viva. Los psiquiatras no dejaban de insistir en ello, pero ahora se planteaba si haber sobrevivido era una bendición o una maldición.

—¿Puedo ir a verte?

—Esto es bastante deprimente —dijo Véronique en tono sombrío, con la duda de si le apetecía o no verla. Tendría que ponerse mascarilla. Pero a lo mejor la reacción de Gabriella sería un buen indicio de lo que se avecinaba.

—Me da igual si es deprimente. Quiero verte. Ojalá me hubiera enterado antes. Te he seguido la pista desde que nos mudamos aquí. Al principio odiaba esto, pero ahora me gusta. Trabajo para mi padre en su galería de arte. ¿Retomarás el trabajo de modelo a tu regreso a casa?

—Pues..., mmm..., creo que no. Es demasiado pronto. —No se le ocurrió qué otra cosa aducir. Gabriella temía preguntarle qué heridas la habían mantenido hospitalizada durante cinco meses. Abrigaba la esperanza de que no hubiera perdido un brazo o una pierna. Según el artículo que había leído, era el caso de muchos, y las bombas habían sido fabricadas expresamente para causar el mayor daño posible en el cuerpo humano; lo mismo que había sucedido en los atentados perpetrados en Francia.

—¿Puedo ir? —Parecía entusiasmada ante la perspectiva de reencontrarse con su antigua compañera de clase.

Véronique accedió a verla al día siguiente por la tarde, y se arrepintió nada más colgar. Le dieron ganas de cancelar el encuentro inmediatamente, pero hizo un enorme esfuerzo por ceñirse al plan. No se había relacionado con nadie de su edad, ni visto a ninguna de sus amigas, en cinco meses. No tenía ganas de ver a ninguna de sus amigas modelos en París. ¿Cómo iba a hacerlo ahora, presentándose allí con semejante cara? Ya no tenía la menor idea de quién era. Todo cuanto la definía había quedado destruido. Ya no se sentía persona, ni mujer, ni siquiera una chica: era una víctima de guerra más, alguien de quien apiadarse o apartar la vista con espanto.

Al día siguiente, a la hora prevista, Véronique seguía con el pijama y la bata del hospital. No se había vestido con ropa normal desde su ingreso. La suya había quedado hecha jirones en la explosión y nadie le había dado una muda. De cualquier manera, no necesitaba ropa. No podía salir a ningún sitio. Pero cayó en la cuenta de que precisaría algo que ponerse cuando le dieran el alta. Se cepilló el pelo hacia atrás para hacerse una coleta, y la cruel ironía era que, al girar la cara hacia un lado, parecía ella, y, si la giraba en la dirección opuesta, todo cuanto veía era el horror de sus heridas en toda su crudeza. Las secuelas estaban localizadas al completo en el lado derecho de su cara. Al oír que llamaban a la puerta se puso la mascarilla, y apareció Gabriella prácticamente con el mismo aspecto que en el colegio, como si los años apenas hubieran pasado por ella, con un bonito vestido veraniego azul marino y un collar blanco. Nada más ver a Véronique, sonrió y se aproximó a ella.

—¿Puedo abrazarte o te haré daño en alguna parte? —le preguntó, y Véronique sonrió.

—No, estoy bien. Sigo llena de metralla, pero estoy mejor y no me dolerá si me das un abrazo. —Mientras Gabriella la abrazaba con cuidado, Véronique cayó en la cuenta de que no había recibido un abrazo o una caricia en cinco meses. La ternura del gesto hizo que las lágrimas asomaran a sus ojos. Entonces vio que Gabbie le había llevado un ramito de rosas de color rosa. Se sentaron en las dos únicas sillas de la habitación—. ¿Quieres que salgamos al jardín? —sugirió.

—Como quieras —dijo Gabriella con delicadeza. Le dio la impresión de que los ojos de su amiga reflejaban cansancio y tristeza—. ¿Tienes que llevar mascarilla?

—Es para no exponerme a infecciones —adujo, como quien no quiere la cosa. Después de leer el artículo sobre la explosión y los estragos que había causado en las víctimas, Gabriella se hacía cargo del trance por el que había pasado.

—Lo mires por donde lo mires, es un horror. Hace que tengas miedo de ir a cualquier parte. Conozco a dos personas que estaban en la estación de metro, pero lograron salir ilesas. A un amigo mío le pilló en la sala Bataclan en París en noviembre; perdió un brazo, pero al menos sobrevivió. —Suponía que seguramente todas las heridas de Véronique serían internas, puesto que no le faltaba ningún miembro, pero vio en sus brazos las cicatrices de los cientos de laceraciones que había sufrido a causa de las esquirlas de metal y cristal que habían salido despedidas. Le dio la impresión de que su antigua compañera había tenido suerte.

Pasearon por el jardín, se sentaron un rato a la sombra y luego volvieron a la habitación. Fue una visita agradable que a Véronique le sentó bien, aunque se le hiciera raro conversar con la mascarilla puesta. La agobiaba, y en cierto modo la hacía sentirse falsa, como si fingiera ser otra persona, la Véronique de antaño en vez de en la que se había convertido ahora. Odiaba esa actitud impostada, como si pareciera la de siempre, cuando, de hecho, ya nada era lo mismo. Se percibía como una persona diferente.

—Me siento estúpida con la mascarilla puesta —le dijo en voz baja a Gabriella.

—Si corres el riesgo de exponerte a los gérmenes de la gente, haces bien en ponértela. Más te vale no caer enferma ahora.

—No es eso... y no estoy enferma. —Con la mano temblorosa y un rápido movimiento, se desenganchó la mascarilla de papel de la oreja derecha y, mientras Gabriella la observaba, dejó al descubierto ambas mitades de su cara, la de antes y la de ahora. Gabbie puso los ojos como platos al ver las cicatrices y rompió a llorar desconsolada. La imagen era tan devastadora e impactante que le pilló totalmente por sorpresa el trance por el que Véronique había pasado y los estragos causados por la bomba.

—Ay, Véro, cuánto lo siento... Oh, Dios mío, ¿cómo pudieron hacerte eso? —Véronique también se puso a llorar, mientras seguían sentadas con las manos agarradas. La reacción de Gabriella era lo que necesitaba. ¿Acaso iba a permitir que alguien la viera así? Ni pensarlo. Nadie sería capaz de soportarlo.

—Supongo que tuve suerte. Algunas personas perdieron brazos, piernas o ambas cosas. En mi caso solo me afectó a la cara. —Intentó restarle importancia también para sus adentros, pero fue en vano. El reto al que se enfrentaba era enorme, y Gabriella lo había confirmado.

—Eras tan guapa... —dijo casi con envidia, y se mordió la lengua—. Lo sigues siendo. ¿Mejorará? —preguntó con un hilo de voz.

—Un poco, no mucho. Pueden atenuar las cicatrices con más cirugía plástica, pero me han adelantado que no desaparecerán por completo. Las cicatrices son demasiado profundas. Quieren dejar que pasen unos cuantos meses. Puede que vaya a un médico en París, pero de momento han hecho todo cuanto han podido. Me recomiendan que me ponga mascarilla, pero la odio. Eres la única persona que me ha visto hasta ahora, aparte de los médicos, las enfermeras y el socio del bufete de mi madre, pero él no me llegó a ver sin vendajes. Si no me pongo mascarilla, asustaré a los niños por la calle —dijo Véronique con tristeza.

—No, qué va. Lo que pasa es que me has pillado desprevenida cuando te la has quitado. Como he visto que no te faltaba ningún miembro, me figuraba que todas tus heridas eran internas.

—Se me seccionó el hígado, pero al parecer se regenera —explicó Véronique—. Solo tendré que acostumbrarme. Fíjate qué terrible ironía, pues durante cuatro años me he ganado la vida por el hecho de ser «preciosa». Así que ahora, por si fuera poco, estoy sin trabajo.

—¿Y qué harás? —preguntó Gabriella, preocupada por ella. Conocía a chicas que se habrían suicidado por tener la cara tan desfigurada. Abrigaba la esperanza de que no fuera el caso de Véronique, que en el colegio nunca se había caracterizado por ser vanidosa. Había sido bellísima. Esto iba a conllevar un tremendo cambio para ella, y mucho con lo que lidiar.

—Me he planteado ponerme un burka, pero me sentiría como una estúpida y también falsa. Supongo que es la mascarilla quirúrgica o nada. Creo que a la gente le dará miedo contratarme para un trabajo corriente, porque espantaría a los clientes. —Al decirlo se sintió como una leprosa y una paria, pero Gabriella sabía que tenía razón—. Y no sé hacer otra cosa que no sea posar delante de una cámara.

—A lo mejor podrías dedicarte a la fotografía —sugirió Gabriella.

—Puede. No se me había pasado por la cabeza. Prácticamente me he dedicado a salir adelante día a día entre una operación y otra. No me he parado a pensar en esto hasta ahora. Y será muy raro volver a una casa vacía sin mi madre. Voy a mudarme a su piso. —Para ella sería como regresar al nido, algo que ahora necesitaba, pero doloroso sin el calor de su madre.

—Mantén el contacto, Véro —dijo Gabriella al marcharse—. Yo ya nunca voy a París, pero, si fuera, te llamaría. Y tú puedes llamarme siempre que necesites hablar. Seguramente tendrás un millón de amigas. —Llevaba años siguiéndole la pista a su antigua compañera de clase en los círculos de la jet set, y ahora estaban a años luz la una de la otra.

—No creas que tengo tantas amistades en el gremio. No paraba de trabajar. Por una de esas extrañas casualidades, el chico con el que salía nos acompañaba. También murió. —El hecho de mencionarlo le recordó a Véronique algo que quería hacer y no se había atrevido a afrontar todavía. Gabbie había abierto una puerta esa tarde, y Véronique se dio cuenta de que no podía seguir rehuyendo la realidad eternamente.

La visita se levantó para marcharse y Véronique la acompañó sin mascarilla hasta la puerta. Se volvieron a abrazar en el umbral, le dio las gracias por el encuentro y las flores, y Gabriella se volvió hacia ella.

—Siento haber reaccionado así al ver tu cara. Me ha dado

lástima. Cuánto me alegro de que estés viva. Eso es lo único que importa.

—¿Sí? No paro de darle vueltas a eso. ¿Qué es lo que importa ahora: mi apariencia, lo que hago o lo que soy? Ya no estoy segura de quién soy. No soy la misma de hace seis meses, ni por dentro ni por fuera.

—Nadie lo sería. Ya lo averiguarás.

Sin embargo, ambas sabían que no resultaría fácil. Encontrarse a sí misma y un nuevo rumbo en su vida sería más duro que someterse a veintiséis operaciones y sobrevivir al atentado. Ahora debía encontrar su camino, pero no tenía ni idea de cómo hacerlo. La reacción de Gabriella al verle la cara marcada de cicatrices le había bastado para saber cómo reaccionaría la gente. Había una cosa segura: ya no era bella. Todo cuanto había sido hasta entonces ya no existía. Ahora tendría que ser algo más que eso irremediablemente. Pero ¿qué? ¿Y cómo? No tenía ni la más remota idea.

5

Después de la visita de Gabriella, Véronique le pidió a la enfermera papel y un sobre. Tenía que escribir una carta y llevaba tiempo postergándolo. Gabriella había sido la emisaria de un mundo más grande, que se extendía más allá del hospital, de las operaciones y las medicaciones. Véronique, que se iría a casa en breve, empezaba a pensar en el mundo que había dejado atrás, prácticamente enterrado en el olvido, desde hacía seis meses más o menos. Cyril había formado parte de esa vida pasada, a pesar de que lo tuviera presente.

Aquella noche escribió una carta a la madre de Cyril; no pudo parar de llorar mientras la redactaba. Tenía muchas cosas que decir, pero no conocía bien a sus padres, pues solo había coincidido con ellos en una ocasión. Tratándose de su único hijo, imaginaba el golpe que su pérdida habría supuesto para ellos. Le dijo a su madre cuánto lo sentía y el joven tan encantador que había sido. Le transmitió su sentido pésame y se disculpó por no haber escrito antes. Se limitó a decir que había pasado una mala racha, sin justificarse poniendo como excusa las veintiséis operaciones. Al menos ella seguía con vida... Él no.

Aunque no esperara respuesta por parte de ella, se sintió aliviada después de escribir la carta, cerró el sobre y pidió a la enfermera que hiciera el favor de echarla al buzón; se sabía de memoria la dirección de Cyril. Aquella noche la embargó de nuevo el sentimiento de culpa del superviviente. Él tan solo las había acompañado a ella y a su madre al mostrador de facturación para echarles una mano, lo pilló allí en el momento más inoportuno, lo mismo que a todos. Se encontraba al lado de Marie-Hélène, ayudándola con la maleta, mientras que Véronique se hallaba a pocos pasos; los pocos pasos que habían marcado la diferencia entre la vida y la muerte. No alcanzaba a entender por qué ella había sobrevivido y ellos no, salvo por puro capricho del destino.

A la mañana siguiente Véronique dio otro paso hacia la vida real. Bernard le había dejado algo de dinero en efectivo por si lo necesitaba, pero no se había dado esa circunstancia hasta la fecha. Como no tenía nada que ponerse cuando le dieran el alta, pidió a una de las enfermeras más jóvenes que le comprara algo de ropa, unos pantalones vaqueros, un suéter y unas zapatillas de deporte, además de un neceser para sus cosas de aseo y un bolso. Llevaba meses sin pensar en qué ponerse, pues su atuendo eran los pijamas, las batas y las pantuflas de papel del hospital.

A petición de Véronique, Bernard había encargado a la secretaria de Marie-Hélène que vaciara el apartamento de su hija, que llevara los muebles a un guardamuebles y que enviara todo lo demás en cajas al piso de Marie-Hélène. El apartamento de Véronique estaba a la venta; todas sus pertenencias se hallaban ahora en el piso de su madre. A su regreso sería necesario revisarlo todo, junto con la ropa y los papeles de su madre. Al menos así tendría alguna ocupación durante un tiempo.

La doctora Verbier, su principal terapeuta, la sondeó acerca de esto aquella tarde. Con el alta del hospital a semanas vista, las sesiones se habían intensificado en lo concerniente a sus planes: a quién iba a ver, dónde viviría, si se había puesto en contacto con algún amigo, en qué iba a ocupar el tiempo...

—¿Cómo te sientes ante la perspectiva de irte a vivir al piso de tu madre? —le preguntó la doctora.

—Es lo que quiero hacer —respondió Véronique en voz baja. No deseaba tener que justificarse—. Me crie allí. Voy a vender mi apartamento, ya está a la venta. —No sentía apego por él y tampoco lo necesitaba ya.

—Ahora será duro para ti, Véronique, estar donde vivía tu madre sin ella.

—Soy la dueña del piso —dijo Véronique, deseando zanjar el tema.

—Estará lleno de recuerdos, con todas sus pertenencias.

Ya sabía que sería duro, pero también le serviría de consuelo. Una parte de ella fantaseaba con la idea de encontrar a su madre allí a su llegada a casa. Todavía le resultaba duro asumir lo contrario.

Tenía pendiente organizar el sepelio de su madre. Bernard conservaba las cenizas de Marie-Hélène en la caja fuerte del despacho.

—¿Has pensado lo que vas a hacer cuando llegues a casa?, ¿en qué vas a trabajar? —le preguntó la doctora Verbier. A Véronique la avergonzaba admitir que, gracias a su madre y a sus propios ahorros, se podía permitir el lujo de vivir de las rentas durante una temporada. La doctora sabía de buena tinta que Véronique había sido una modelo de gran éxito y que en adelante se vería obligada a dedicarse a otra profesión. A su regreso no le quedaría otra que adaptarse al cambio: ninguna faceta de su vida anterior permanecía inalterable. Toda la plantilla de psiquiatría había estudiado su caso y preocupaba el riesgo de que se quitase la vida, pero la doctora Verbier estaba casi segura de que eso no sucedería. Sin embargo, lo que sí tenía muy claro era que el alta de la paciente conllevaría un enorme proceso de adaptación, y que sin duda lo pasaría mal. Se vería obligada a dar un giro totalmente nuevo a su vida. Véronique estaba harta de hablar con ellos del tema. Se sentía preparada para irse a casa, con independencia del reto que supusiera.

Como tenía en mente otro proyecto que deseaba llevar a cabo, pidió a Bernard que le enviara un ordenador con el fin de empezar a trabajar antes de recibir el alta. Se puso manos a la obra en cuanto recibió el portátil. Quería investigar a su padre, leer todo lo publicado acerca de él. Quería averiguar qué clase de hombre era.

Encontró toda la información que buscaba; descubrió que se había retirado en junio, poco después de perder a su esposa. Marie-Hélène había muerto en marzo, y Florence un mes después. Según un artículo, Bill Hayes había renunciado a su escaño en el Senado por motivos de salud.

Leyó todo cuanto pudo acerca de él, desde su historial de voto hasta la fallida campaña electoral de muchos años atrás, cuando presentó su candidatura a la vicepresidencia. Pensó en lo curioso que habría sido si su padre se hubiera convertido en el presidente de Estados Unidos. Pero al parecer sus ambiciones políticas se enfriaron poco después de perder las elecciones. Posteriormente consiguió su escaño de senador, y lo avalaba una trayectoria muy respetada. No pudo evitar preguntarse si en algún momento se habría arrepentido de dejar escapar a Marie-Hélène, si habría merecido la pena sacrificar a la mujer a la que amaba y que tanto lo amaba en aras de su carrera de senador.

Le pareció atractivo en las fotografías que vio en internet. Aparecía en varias con su esposa y sus hijos durante las campañas; al contemplarlas, sintió lástima de nuevo por su madre. Se preguntó si Marie-Hélène le habría seguido la pista en las redes o si le habría resultado demasiado doloroso. No fue una mujer que se lamentara por el pasado, siempre había sido de carácter enérgico, optimista y previsor, y jamás había expresado ninguna queja a su hija, ni siquiera en su última carta.

Véronique pasó horas leyendo acerca de su padre. Encontró su dirección postal en Nueva York; ignoraba por completo si la carta llegaría a sus manos en caso de que le escribiera, pero quería intentarlo. Decidida a no pecar de indiscreta o causar algún problema, pasó dos días redactando la carta. Dirigiéndose a él con el tratamiento de «senador», le informó de que por desgracia Marie-Hélène Vincent había fallecido en el atentado del aeropuerto de Bruselas. Se presentó como la hija de Marie-Hélène, le preguntó educadamente si sería posible mantener una conversación con él, por correo electrónico o por teléfono, y le facilitó su email y el número de teléfono de la casa de su madre, aunque de todas formas daba por sentado que lo tendría, porque Marie-Hélène vivía allí cuando se conocieron y desde entonces habían contactado de manera esporádica a lo largo de los años, según la carta que esta le dejó.

Véronique releyó lo que había escrito varias veces, revisando que no contuviera ninguna referencia excesivamente personal o algo que a él pudiera parecerle ofensivo. Era una carta que hasta una secretaría podría haber leído. Le cabía la duda de si llegaría a sus manos o de si vería con buenos ojos su iniciativa de ponerse en contacto con él, pero estaba convencida de que debía intentarlo, por su propio bien y por su madre. Marie-Hélène finalmente le había revelado la identidad de su padre, y a Véronique le daba la sensación de que le había abierto esa puerta para que pudiera localizarlo, si ese era su deseo, cuando ella ya no estuviera. Cerró el sobre con cuidado y le pidió a una enfermera que enviara por correo la carta. En ella mencionaba la fecha en la que regresaría a París, y la circunstancia de que acompañaba a su madre en el aeropuerto aquel día, sin entrar en detalles sobre las heridas que había sufrido. No quería su pena, sino hacerse una idea más aproximada de quién era. Su madre lo había calificado como un ser increíble y extraordinario, como un hombre maravilloso. Véronique quería averiguar si era cierto y cómo fue capaz de dejarlas al margen de su vida durante tantísimo tiempo. Calculaba que sus tres hijos serían como mínimo veinte años mayores que ella; con la edad que él tenía cuando ella nació, podía perfectamente haber sido su nieta y Marie-Hélène su hija.

Pasó los últimos días en el hospital ocupándose de cosas prácticas y con los preparativos para cuando recibiera el alta. Compró un teléfono móvil y reactivó su antiguo número. Lo encendió en unas cuantas ocasiones, pero no recibió mensajes ni llamadas. Como ya no ejercía de modelo ni estaba activa en la agencia, daba la impresión de que todo el mundo se había olvidado de ella, de lo cual ahora casi se alegraba. Ya nadie ponía en duda si volvería al mundo del modelaje. Era una de esas historias trágicas que la gente contaría algún día acerca de la supermodelo que había volado por los aires en un ataque terrorista y de la que nunca más se supo. De vez en cuando sus fotografías volverían a aparecer, como una de las más grandes modelos de su época, con una corta carrera que solamente duró unos años.

Llevaba puesta la mascarilla cuando fue a comprar el teléfono móvil; el vendedor la miró con ojos inquisitivos, pero no hizo ningún comentario. Se sintió como una de esas mujeres neuróticas con fobia a los gérmenes, pero más valía eso que la verdad: que la mitad de su cara parecía sacada de una película de terror. Los médicos le aseguraron que el brillo de las cicatrices más visibles se apagaría en cierta medida con el paso del tiempo, pero, de momento, después de la operación más reciente a la que se había sometido, aún estaban muy frescas. Ella procuraba no mirarse al espejo cuando se cepillaba los dientes o peinaba, pero sus ojos siempre la traicionaban y se quedaba con la vista fija en su imagen, como si albergara la esperanza de que por arte de magia su aspecto hubiera experimentado un cambio radical, o que no quedara rastro de cicatrices. Seguía sin asimilar que ese sería su aspecto para siempre, igual que el hecho de que jamás volvería a ver a su madre.

Bernard la llamó por teléfono unos días antes de que le dieran el alta para asegurarse de que se encontraba bien y preguntarle cómo tenía pensado irse a casa. Aunque se había ofrecido a acompañarla, ella sabía lo ocupado que estaba y le había dicho que prefería realizar el trayecto sola.

Dos días antes de marcharse recibió respuesta de la madre de Cyril. Era una carta comedida y cortés, pero carente de afecto, en la que transmitía a Véronique sus condolencias por la pérdida de su madre. Leyendo entre líneas, le dio la impresión de que lady Buxton la culpaba de la prematura muerte de Cyril. De no haber sido por Véronique, él no habría estado en Bruselas ni en ningún sitio próximo al lugar del atentado. Dijo que su muerte había sido un terrible golpe para ellos y una pérdida inconmensurable. Le transmitió su esperanza de que se recuperara de las heridas. Se mirase por donde se mirase, la carta era un ejemplo de buenos modales y buena cuna, pero no destilaba un ápice de cariño, ni un mínimo de compasión, hacia la última mujer de la vida de su hijo. Véronique estaba convencida de que lady Buxton se había planteado la misma pregunta que ella se había hecho a sí misma miles de veces: ¿por qué había sobrevivido ella y no él? Él no se merecía morir más que cualquiera de los demás, ni ella se merecía las terribles heridas que había sufrido. En los últimos seis meses había pasado por un infierno, y todavía le quedaba por delante un largo camino que recorrer para superar el trauma.

Todos los psiquiatras tenían sus reservas en lo tocante a darle el alta, sobre todo por la imposibilidad de que se trasladara a casa de alguien, ya que carecía de familia que la apoyara en las inevitables dificultades a las que se enfrentaría. Sin embargo, desde el punto de vista médico ya no existía ningún motivo para mantenerla hospitalizada. También era deprimente para ella. Casi todos coincidían en que era preciso que se reincorporara a la vida activa, en la medida en que fuera capaz. Sería necesario que regresara al hospital para pasar por el quirófano con el fin de conseguir alguna leve mejoría en las cicatrices de su rostro. Todavía existía el riesgo de que el desplazamiento de cualquier resto de la metralla que tenía alojada en el cuerpo pusiera en peligro su vida, pero era imposible predecirlo. Apenas habían realizado cirugía plástica en las extensas cicatrices de su cuerpo; Véronique había optado por no hacerlo, pues siempre podría abordar ese frente más adelante. Las heridas seguían estando muy frescas. De momento, en vez de continuar pasando por el quirófano, prefería ponerse camisas de manga larga, jerséis y pantalones para ocultar las cicatrices del cuerpo. Según ella, no le importaba. Ya no trabajaba de modelo y la belleza había dejado de ser una necesidad profesional o algo importante para ella. Las únicas cicatrices que le preocupaban eran las de la cara, el estar tan sumamente desfigurada, precisamente las que menos posibilidades tenían de mejorar. Aunque los médicos habían hecho lo imposible, incluso ellos estaban decepcionados por los resultados. La mitad de la cara que no tenía dañada servía de recordatorio, tanto para ellos como para ella, de lo perfecto e inmaculado que había sido su rostro.

Antes de marcharse insistió en ver a las demás víctimas que había conocido en el hospital, aunque a algunas solo de vista. Incluso transcurridos seis meses desde la explosión, la mayoría no se encontraba en condiciones de salir de su habitación. En alguna que otra ocasión se había cruzado con varias víctimas con miembros amputados y postradas en sillas de ruedas, acompañadas por enfermeras en el jardín. Y, con sus continuas operaciones, durante muchos meses ella tampoco se había encontrado con fuerzas para salir de su habitación.

Cuando se despidió, le desearon suerte. Le regaló una caja de bombones a la joven paciente de la habitación contigua, que había perdido ambos brazos y un pie, a la que esperaban en casa tres niños de corta edad que estaban al cuidado de su madre. Su marido había muerto en la onda expansiva de la bomba. Eso le recordó a Véronique de nuevo que, en muchos sentidos, había sido afortunada. Y, sin necesidad de trabajar siquiera, a nivel financiero contaba con recursos para mantenerse. Gran parte de las víctimas pasaban apuros económicos puesto que no se encontraban en condiciones de trabajar, y las ayudas gubernamentales para los heridos no terminaban de llegar. Las víctimas del atentado de París, cuatro meses antes que el de Bruselas, también seguían a la espera de recibir fondos gubernamentales. La maquinaria estatal no funcionaba con celeridad. En muchos aspectos, Véronique se hallaba en mejores circunstancias que las restantes víctimas.

Las enfermeras organizaron una pequeña fiesta con tarta la noche anterior a su partida; ella les dio las gracias a todas por la ayuda que le habían prestado. Se alegraban por ella de que se marchara, y dijeron que la echarían de menos.

Cuando regresó a su habitación, una de las enfermeras le comentó a otra:

—Solía verla en las revistas y envidiarla por su belleza, pero ahora me pregunto qué será de ella.

—Le irá bien —la tranquilizó la enfermera de más edad—. Es joven, lo superará. —Sin embargo, ambas sabían que no siempre era el caso. Las víctimas de sucesos demoledores como el que a ella le había tocado vivir, incapaces de adaptarse a los cambios a los que tenían que enfrentarse, a menudo se quitaban la vida. Al menos Véronique no había dado señales de tener tendencias suicidas hasta la fecha.

Les dijo que volvería para someterse a más intervenciones. Su intención era seguir en manos de los médicos que conocía, no quería ponerse a buscar en París. Nadie le había dado referencias de ninguno, ni deseaba pedir recomendaciones, y había recibido atención médica de por vida. No tenía queja alguna respecto a los cuidados recibidos en el hospital militar, pero le resultaba insoportable la idea de seguir pasando por el quirófano.

Esa noche se desveló y apenas pegó ojo. Tenía sentimientos encontrados, entre pavor y euforia, ante la perspectiva de irse a casa. En su fuero interno seguía creyendo que, por arte de magia, su madre estaría allí para recibirla y decirle que todo se trataba de un gran error, que estaba viva y que llevaba esperándola en París desde el principio. Aunque le constaba que eso no iba a suceder, mantenía la esperanza de todas formas.

Se marchó en silencio a la mañana siguiente; las enfermeras le dijeron adiós con la mano mientras subía a un taxi para ir a la estación de tren. Llevaba una pequeña bolsa de lona con sus artículos de aseo personal y su ordenador, además de ropa interior que le habían proporcionado en el hospital. Iba vestida con lo que la enfermera le había comprado: unos vaqueros y un jersey gris, con unas zapatillas de deporte azul marino, y se había puesto la mascarilla quirúrgica para el viaje. Tenía la impresión de que quien regresaba a París era una extraña, no ella.

Compró el billete para el TGV, el tren de alta velocidad que iba a París, y, sentada en el asiento mientras observaba las imágenes vertiginosas del campo, de pronto se puso rígida, aterrorizada ante la idea de que se produjera una explosión a bordo. Se echó a temblar al imaginarlo vívidamente; las imágenes del atentado de Zaventem se reproducían sin cesar en su cabeza. Para cuando el tren entró en la estación, tenía en la cara gotitas de sudor. Se dispuso a salir a toda prisa del tren y, en el instante en que bajó, tomó grandes bocanadas de aire para calmarse. Tras haber sobrevivido al viaje, estar de vuelta en París le sentó de maravilla. Llamó a un taxi y, de camino al distrito XVII, a punto estuvieron de saltársele las lágrimas al ver todos los monumentos que tan familiares le resultaban. Pensaba que jamás volvería a ver su hogar; la de veces que se le había pasado por la cabeza que moriría en el hospital, y la de veces que lo había deseado. Cuando el taxi se detuvo delante del edificio, se quedó inmóvil un rato observándolo fijamente.

—¿Es esta la dirección correcta? —le preguntó el taxista. Ella asintió con la cabeza. Le extrañó que ella no bajara. La mayoría de los pasajeros tenían prisa; esta no. Parecía vacilante, como si no estuviera segura de qué hacer y se encontrara en un lugar desconocido. Véronique estaba saboreando el momento y, al mismo tiempo, amedrentada ante la idea de entrar en el piso vacío.

Como había perdido todas sus llaves en el aeropuerto, Bernard le había enviado un juego que Marie-Hélène guardaba en el despacho para emergencias. Las sujetó con una mano temblorosa, pagó al conductor y por fin bajó del taxi. Tecleó los números del código de la puerta exterior, empujó el pesado portón de hierro y entró. Abrió con un mando a distancia una segunda puerta y, despacio, subió por las escaleras hasta la segunda planta. El edificio se halla en silencio y vacío a esa hora del día; el portero debía de estar almorzando. Véronique abrió la puerta despacio con manos temblorosas, desconectó la alarma en el recibidor a oscuras y echó un vistazo a su alrededor. Todo permanecía tal y como su madre lo había dejado: había una chaqueta de punto azul marino encima de una silla, un paraguas en el perchero, las antigüedades que Marie-Hélène había heredado de sus padres y con las que Véronique había crecido.

La mujer que se ocupaba de la limpieza había mantenido el apartamento limpio de polvo y en orden. Había correspondencia amontonada, la cual la secretaria de Bernard iba a recoger cada semana y revisaba para pagar recibos, abrir cartas y tirar la propaganda a la basura. La puerta del pequeño estudio de su madre estaba abierta y no había el menor indicio de actividad. Alcanzó a ver la sala de estar con los muebles de siempre. Las cortinas estaban corridas en toda la casa. Todo despedía un aire marchito y quebradizo, como una hoja seca: el comedor vacío, el dormitorio de su infancia al final del pasillo, contiguo al de su madre, la cocina al fondo... Todo seguía allí, pero ni rastro de su madre, tal como se temía, y se sintió más sola que nunca en su vida. Se sentó en una silla en el recibidor, con las piernas temblando sin cesar, y se puso a llorar con el sentimiento de una niña abandonada. Al quitarse la mascarilla, un mar de lágrimas se derramó por su cara y le empapó las cicatrices. Lloró hasta que no le quedaron más lágrimas que derramar, y seguidamente se internó en el pasillo en dirección al dormitorio de su madre. La cama estaba hecha y sus zapatillas, de satén rosa con un pequeño pompón de plumas, colocadas bajo la mesilla de noche. Véronique se las había regalado por el Día de la Madre el año anterior. Se le antojaba que habían pasado siglos.

Al entrar en el pequeño vestidor de su madre, vio toda su ropa colgada, las cosas que su madre se ponía y que le resultaban tan familiares, sus trajes de vestir, sus prendas informales para los fines de semana, sus jerséis favoritos, el vestido de terciopelo negro que lucía todos los años en Navidad... A Véronique se le cortó la respiración. Y, cuando entró en el cuarto de su infancia, estaba atestado de cajas apiladas con todas las cosas que habían enviado desde su apartamento. Todo estaba allí. Había vuelto a su hogar. Pero su madre se había ido para siempre; en ese momento fue consciente de ello. Su fantasía no se había hecho realidad, pues su madre no estaba esperándola. Sus pasos resonaron en el apartamento vacío cuando se dirigió a la cocina. No tenía ni idea de cómo iba a sobrevivir viviendo allí sin su madre, pero no le quedaba otra. De camino a su habitación, al vislumbrar fugazmente su reflejo en un espejo del pasillo, vio la verdad sin tapujos delante de sus ojos:

quien era ahora. Había dejado de ser la chica a la que la gente se quedaba mirando cuando caminaba por la calle por su belleza o porque la reconocían por haberla visto en un centenar de revistas. Era una extraña incluso para sí misma. Media cara le recordaba aquellos días de felicidad y despreocupación, y, la otra media, su realidad presente y futura. Era la chica que había sobrevivido a una explosión colosal y las profundas y feas cicatrices daban fe de ello. En lo sucesivo no tendría más remedio que vivir presenciando gestos de estupefacción, y con el batiburrillo de recuerdos del peor día de su vida, cuando perdió a su madre. El hecho de que le hubiesen arrebatado la belleza era lo de menos, y de buena gana lo habría aceptado con tal de que su madre hubiera sobrevivido. Pero no era el caso. Y, con el corazón y el alma heridos, La Véronique de antes tampoco lo había hecho.

6

Véronique pasó su primera noche en casa revisando las cajas de su apartamento. La empresa de mudanzas había embalado todo con cuidado y pericia. Había cajas con algunos libros y papeles, junto con unos cuantos adornos. No tenía gran cosa en el apartamento. El resto era principalmente ropa, entre la que encontró cosas que Cyril había dejado allí antes de ir a Bruselas: unas camisas, un bléiser, unos vaqueros y unos bonitos zapatos de ante marrón chocolate muy de estilo inglés. Las dejó aparte e intentó decidir si donarlas o enviárselas a la madre. Como no quería dárselas a extraños, pensó que era mejor mandárselas, pues tal vez tuvieran un valor sentimental para ella, de modo que las guardó con cuidado en una caja.

Revisó el resto de su ropa. Le resultaba impensable volver a lucir los vestidos de noche. Ya no llevaba ese estilo de vida y no recibiría invitaciones a galas de Chanel y Dior. ¿Cómo iba a ponerse un vestido de noche con semejante cara? Sería patético fingir que su vida no había dado un giro radical. Puso las prendas más sofisticadas a buen recaudo, pues no estaba preparada para desprenderse de ellas, pero tampoco quería parecer una friki, convertirse en un hazmerreír o dar lástima.

Solo colgó la ropa más sobria y corriente, las cosas más ponibles, aunque de momento únicamente se veía bien con tejanos, jerséis viejos y la obligada mascarilla quirúrgica cada vez que saliera de casa. Como por supuesto le sería imposible comer en público con la mascarilla, no tenía intención de ir a ninguna parte, aunque de todas formas tampoco tenía a nadie con quien quedar a comer. No se hallaba preparada para llamar a ninguno de sus viejos amigos ni a las chicas a las que conoció durante su etapa de modelo. Tampoco es que hubiera intimado con ninguna de ellas. Había despertado muchas envidias, y, como la profesión de modelo no duraba demasiado y tomaban otros derroteros, muchas eran adolescentes.

Se pasó la noche organizando el armario de la habitación de su niñez, amontonando ropa para donarla. Tampoco se veía con tacones de quince centímetros o zapatos de noche forrados de raso: ya no encajaban con su estilo de vida. De ahora en adelante no se luciría, ni haría acto de presencia en galas ni la invitarían a ninguna parte. Esa era su actual realidad. Se dijo para sus adentros que daba igual, que lo único que importaba era dar un paso tras otro y hacer lo que tenía que hacer. A última hora de la noche, cuando terminó de organizar los armarios y colocar la ropa, cayó rendida en la cama. Había un gran espejo sobre la cómoda de su dormitorio. Lo descolgó antes de acostarse y puso en su lugar un cuadro que siempre le había encantado y que estaba colgado en la habitación de su madre. Era el retrato de una joven, mirando con gesto soñador por una ventana, hacia un campo verde que se extendía a lo lejos. Destilaba una frescura veraniega que le recordaba a su madre. Había tenido una extraña sensación al entrar a por él al dormitorio de Marie-Hélène. A pesar de que la habitación de su madre era más grande, Véronique no tenía intención de instalarse en ella. Seguiría durmiendo en la de su infancia.

A la mañana siguiente experimentó una sensación de pesadumbre al despertarse, como si el peso del mundo le oprimiera el pecho. Entonces se acordó: se hallaba en casa, su madre no estaba y jamás lo estaría. Véronique se sentía como si fuese otra persona la que hubiera regresado. La de seis meses antes era una desconocida, puesto que ahora estaba tan muerta como su madre.

Pasó el resto del día abriendo las cajas de su antiguo apartamento. Recogió las cosas de su madre desperdigadas por la casa —las gafas de la cocina, un bolso que se había dejado en el estudio, un camisón que la señora de la limpieza le había dejado doblado sobre la cama, como si fuera a volver—, lo puso todo en el vestidor y decidió ocuparse de ello más tarde. Aún no estaba lista para desprenderse de las cosas de su madre. El cepillo y la pasta de dientes de Marie-Hélène seguían en su cuarto de baño, igual que algunos medicamentos, su perfume, su maquillaje y unas cuantas cremas para el contorno de ojos. En un momento dado tendría que tirarlo todo, pero todavía no se encontraba con ánimo para hacerlo. Primero tenía otra dura tarea pendiente.

Llamó a Bernard para gestionar el enterramiento de las cenizas de su madre. Había decidido prescindir de funeral, pues sería demasiado doloroso, aun cuando significara privar a sus amistades y clientes de la oportunidad de despedirse de ella. Ya habían transcurrido seis meses desde su pérdida. Véronique deseaba enterrar a su madre en la intimidad, únicamente en presencia de Bernard. No tenía ganas de verse en la obligación de dar explicaciones a nadie por llevar la mascarilla. Aunque le parecía egoísta por su parte organizar una ceremonia privada por ese motivo, pensó que su madre lo entendería y le habría dado libertad para hacerlo a su conveniencia.

Telefoneó personalmente a la parroquia y localizó a un sacerdote que no conocía. Aunque su madre no acostumbraba a ir con asiduidad a misa, sí iba de vez en cuando, movida por la llamada del alma. Véronique le explicó la situación al sacerdote, que recibió la noticia con estupor y mostró una profunda empatía. Bernard la llamó para decirle que había adquirido una sepultura doble en el cementerio, con el fin de que algún día pudiera ser enterrada junto a su madre, si ese era su deseo. Le habían facilitado las horas disponibles para un entierro al pie de la sepultura, y ella informó al sacerdote. Eligieron el viernes a primera hora de la tarde. Bernard dijo que llegaría con tiempo al cementerio, que se hallaba a media hora de la ciudad. Él llevaría la urna con las cenizas para evitar que Véronique se ocupara de eso.

Después de llamar al sacerdote, miró el móvil que había comprado en Bruselas y lo encendió con el fin de que a Bernard le resultara más fácil localizarla, en caso necesario, o al sacerdote para concretar los detalles del servicio. Seguidamente fue a prepararse una taza de té y, entre las marcas que había en el armario, eligió la favorita de su madre. En cuanto se sentó a la mesa de la cocina, el teléfono empezó a sonar. Al descolgar, dando por sentado que sería Bernard, se quedó de piedra al oír la voz de su agente al otro lado de la línea. No había sabido de ella desde la víspera de su viaje a Bruselas, cuando recibió su último encargo. Bernard les había comunicado que Véronique se encontraba en el aeropuerto de Bruselas cuando se produjo la explosión, pero sin entrar en detalles acerca del alcance de sus heridas. Únicamente les comunicó que se tomaría unos meses, pues en aquel momento ignoraba que jamás volvería a trabajar. No fue evidente hasta que le retiraron los últimos vendajes de la cara, después de las operaciones más recientes. Sin embargo, ni él ni ella habían informado a la agencia. Véronique no quería que nada la hiciera parecer trágica o patética. Desde que el periódico sensacionalista de segunda publicara la noticia acerca de ella, no había suscitado más interés por parte de la prensa y de alguna manera ningún otro medio de comunicación se había hecho eco. Por suerte, la dejaron en paz y desapareció de la escena pública sin hacer ruido durante el verano. Pero con la llegada de septiembre, el mundo de la moda habría retomado la actividad y sabía que, tarde o temprano, se vería con el agua al cuello. Aparecerían caras nuevas, chicas nuevas que se convertirían en las nuevas top-models. Ella había tenido su época de gloria, que había terminado en Bruselas. Sin embargo, su agente aún lo ignoraba.

—¿De verdad eres tú? —le preguntó Stephanie—. Iba a enviarte un mensaje de texto, pero decidí dejarte uno de voz. Tu teléfono lleva meses apagado —le reprochó con acritud.

—He pasado un tiempo hospitalizada —respondió ella, cosa que ya sabía Stephanie, aunque pensara que no revestía gravedad.

—Ya. ¿Dónde estás ahora? —Parecía que estaba hablando con una colegiala que había hecho novillos. Muchas de las modelos a las que representaba eran jovencísimas, algunas incluso rozaban la adolescencia.

—Volví ayer. Me estoy quedando en casa de mi madre. —Véronique se sintió como una niña al decirlo.

—Te he dejado a tu aire durante el verano —dijo Stephanie en tono estresado y apremiante—. Menos mal que estás de vuelta, todo el mundo te reclama. Te necesitamos desesperadamente. La Semana de la Moda empieza dentro de diez días. La Semana del Infierno. Tengo nueve diseñadores que quieren que desfiles para ellos, con pruebas incluidas para todos ellos, claro. Puedes empezar la semana que viene. —Parecía aliviada—. No le dijimos a nadie lo de Bruselas. Tu abogado nos lo pidió cuando llamó. Lógico, no necesitabas a un ejército de paparazzi apostados en la puerta del hospital. Fuimos muy discretos. Y ahora vuelta al tajo. No hay que dar explicaciones acerca de dónde te has metido. Supongo que ya te encuentras bien y lista para trabajar. —«No si me vieras la cara», pensó Véronique. Stephanie no le dio un segundo para meter baza.

—Esta vez no voy a desfilar —repuso en voz baja. Ni ahora ni nunca.

—¿Cómo? ¿Por qué no? Tienes que hacerlo. Todos te reclaman.

—No puedo. Y, de hecho, me retiro, Stephanie. —Hizo acopio de todo su valor para decirlo. Fue como tirarse por un precipicio.

—¿Es que has perdido las piernas o te has casado con un multimillonario? Porque no me vale ninguna otra excusa. Cancelamos el viaje a Japón y todos tus compromisos de abril y mayo. Y nadie trabaja en verano. Pero ahora tienes que regresar sí o sí. No puedes retirarte. Ni pensarlo.

Véronique no deseaba ponerla al corriente de lo que le había ocurrido en la cara.

—No estoy en condiciones para ello. Me sometí a la última operación hace tres semanas y todavía me quedan más. No puedo y punto. Ha llegado la hora de retirarme. —Procuró decirlo con serenidad y convicción.

—Cabrones. No puedes permitir que destruyan una carrera como la tuya por el mero hecho de que resultaras herida en el atentado. Te ha dejado traumatizada. Pero estás en la cresta de la ola. Hazme el favor de participar en la Semana de la Moda y después ya se nos ocurrirá algo para excusarte durante una temporada. Puedo cubrirte diciendo que estás embarazada. Eso te dará cuatro o cinco meses para terminar tus operaciones y recuperarte. Espero que sea llevadero. —Como Véronique estaba en casa, Stephanie daba por supuesto que se hallaba lo bastante restablecida como para trabajar durante una semana. Y por teléfono parecía encontrarse estupendamente. Véronique no se molestó en explicarle lo sucedido, pues Stephanie no era de esa clase de personas; el hielo corría por sus venas. La suya era la mejor agencia de modelos de París. Le importaba el negocio de la moda, nada más. Podía forjar o destrozar una carrera a su antojo. No era conocida precisamente por su compasión ni amabilidad. Obligaba a las chicas a trabajar el día de los funerales de sus padres, les decía que se pusieran los tacones y se dejasen de gimoteos.

—No puedo hacerlo, Stephanie. Se acabó. Ni siquiera por ti. Es imposible.

—Las carreras pueden terminar de un día para otro y es imposible reactivarlas. Lo lamentarás. No seas tonta. Los diseñadores y las revistas se mosquearán —adujo con irritación. A Véronique le entraron ganas de colgar. Pero sus amenazas eran en vano: los terroristas habían truncado su carrera mucho más deprisa de lo que podría haberlo hecho cualquier diseñador o incluso Stephanie. Sin embargo, no deseaba que la verdad saliera a la luz en toda la prensa sensacionalista ni convertirse en un personaje trágico que inspirara lástima. No le quedaba otra que apechugar con el rostro que tenía ahora y con las consecuencias durante el resto de su vida, y deseaba retirarse discretamente, con dignidad.

—La decisión es irreversible. Me retiro, Stephanie. Quiero irme con el broche de oro. Es innegociable. Te agradezco todo lo que has hecho por mí. Ha sido fantástico, pero se acabó.

—Maldita sea, las chicas como tú tomáis decisiones de lo más estúpidas. Una vez fuera, no es posible rebobinar la película, aunque, con tu cara, probablemente sí. Pero corres un tremendo riesgo, porque carreras como la tuya no se forjan a menudo, y pueden concluir de una manera fulminante. —Las bombas habían puesto fin a la suya en cuestión de segundos.

—Lo sé. Han sido los cuatro mejores años de mi vida. Lo voy a dejar ahí. Todavía estoy recuperándome del trauma. —Pensó que ese podría ser un argumento más convincente.

—La mejor vía para superarlo es retomar el trabajo. Seguro que fue espantoso, pero con quedarte de brazos cruzados comiéndote la cabeza únicamente conseguirás deprimirte. Esta vez te sacaré de esta, pero ya llevas ausente seis meses, de modo que no tientes a la suerte. —Estaba empecinada en conservar a una de las más cotizadas y mejores modelos a las que jamás había representado. Véronique nunca había puesto pegas al trabajo hasta la fecha. Stephanie no tenía ni idea de lo que le estaba pidiendo, ni por lo que estaba pasando. Si la hubiera visto, se habría llevado el mayor susto de su vida.

—Lo digo en serio. Se acabó.

—Acude a terapia, liquida lo de tus operaciones y mantén el contacto. Haré lo posible, pero no puedo dar largas a todo el mundo eternamente. Siempre aparece alguna cara nueva de la que se quedan prendados. Igual pasas a la historia en un abrir y cerrar de ojos. Nadie es irreemplazable.

—Lo sé. Gracias por llamar. Siento no poder hacerlo por ti. Si pudiera, lo haría. —A pesar del nudo que tenía en el estómago, procuró adoptar un tono profesional y firme.

—No pierdas la perspectiva de lo que es importante —le advirtió Stephanie—. Eres tu carrera y tu cara en la portada de *Vogue.* Sin eso, no eres nada —añadió con aspereza. Véronique sabía de buena tinta que lo decía de corazón. Acto seguido colgó.

Véronique se quedó con la mirada perdida durante unos instantes, pensando en lo que acababa de oír: que sin su carrera y sin su cara en las portadas de todas las revistas no era nada. De ser cierto, ahora no era nada, y se negaba a asumir eso. La profesión de modelo no duraba eternamente, a veces tan solo un par de años, en el mejor de los casos cinco o diez. Así que, ¿qué pasaba con esas mujeres después? ¿Acaso dejaban de existir y se volvían invisibles? Por sus cuatro años en el sector, sabía que muchas modelos se consideraban un cero a la izquierda a menos que fueran fotografiadas y que desfilaran en las pasarelas durante la Semana de la Moda.

A pesar de que la carrera de Véronique se había truncado de forma prematura, se negaba a convertirse en un cero a la izquierda. Seguía siendo una persona, un ser humano, y su belleza no era su único don. Pensara lo que pensara Stephanie, tenía que haber algo más. El sistema de valores se hallaba seriamente viciado y las mujeres creían que, si no eran bellas, no contaban. Que cuando su belleza se marchitaba, sus vidas se acababan. Ese mito hacía que persiguieran la fuente de la eterna juventud, que se gastaran fortunas en desafiar el paso del tiempo y la edad o que se desesperaran al perder atractivo. Aunque Véronique había perdido el suyo de forma brutal y violenta, en una milésima de segundo, no estaba dispuesta a que su aspecto definiera su vida o su valía como ser humano. Ser modelo era el sueño de toda joven. Significaba que era bella y la validaba como persona, y durante el resto de sus días aspiraría a ese reconocimiento para tener la certeza de que importaba y de que estaba viva.

De repente, la belleza no le pareció tan relevante. No bastaba para echar por tierra todos tus valores. ¿Qué pasaba con las mujeres menos agraciadas? ¿Acaso no tenían también derecho a ser reconocidas o en el juego de la vida solo contaban las guapas? En ese momento, todo le pareció un despropósito a Véronique. Quería demostrar a Stephanie que se equivocaba. Odiaba todo lo que esos valores representaban y deseaba desmarcarse de eso. Era preciso encontrar otra forma de conseguir reconocimiento y llevar una vida de la que enorgullecerse. Fue un punto de inflexión para ella. De pronto notó que le faltaba el aire, necesitaba salir del apartamento. Empuñó la chaqueta azul marino de su madre, se la puso, cogió las llaves y se metió rápidamente la mascarilla en el bolsillo. No quiso ponérsela. No tenía por qué. No deseaba incomodar a nadie con su cara desfigurada, pero tampoco verse obligada a esconderse.

Al salir no se cruzó a nadie entrando o saliendo del edificio. Fue a dar un paseo mientras reflexionaba acerca de lo que Stephanie había dicho. A ella lo único que le importaban eran las bellezas. Se dedicaba a eso. Pero en el mundo había muchísimas mujeres bellas que no tenían una cara bonita. Algunas de ellas brillaban por dentro, algo a lo que ahora Véronique daba más importancia. Algunas personas poseían una luz interior que brillaba hasta tal punto que ni siquiera te fijabas en sus rostros. Véronique anhelaba ser una de ellas, no una modelo. Añoraba su antiguo aspecto, pero a lo mejor podía aprender a vivir de otra manera. Era un ser humano, incluso sin la belleza perdida.

Mientras vagaba sin rumbo por la calle, tomó la firme determinación de intentarlo. Al cruzarse con una mujer que iba de paseo con su perrito, esta la miró y, literalmente, dio un respingo y se alejó de ella. Parecía asustada, como a punto de ponerse a gritar. A Véronique le entraron ganas de echar a correr y esconderse, pero se contuvo. Pasó junto a otras mujeres que paseaban a sus perros, algunas de las cuales ni siquiera repararon en su presencia. Otras se quedaron visiblemente impresionadas y varios hombres fruncieron el ceño al verla. Una niña de corta edad se la quedó mirando y le dijo a su madre algo que Véronique no logró oír. Quizá le preguntó qué le pasaba en la cara.

Tras recorrer un buen trecho, dio media vuelta y se dirigió a casa. Se percató de todas las reacciones: el miedo, el asombro, la aversión y, en una o dos ocasiones, la pena por lo que fuera que le hubiera sucedido. A la vista de su media cara sin mácula, se apreciaba con facilidad su aspecto anterior, pero este era el que tenía ahora. No había sido elección suya. Era una imposición, un reto que debía afrontar, y, de camino a casa, supo que no podía permitir que lo ocurrido la hundiera. Los terroristas le habían arrebatado la mitad de su cara, pero no permitiría que también se apoderasen de su alma. Al entrar en el piso, con las mejillas sonrosadas y las cicatrices enrojecidas por el aire de septiembre, fue consciente de que seguía entera. No podían robarle la identidad.

El entierro de Marie-Hélène, celebrado el fin de semana, fue tan discreto y digno como Véronique deseaba. Bernard la acompañó, junto con el joven sacerdote al que no conocía. Los trabajadores del cementerio habían excavado un pequeño hoyo para enterrar la urna. El sacerdote dio un breve responso por su alma y a continuación un empleado del cementerio introdujo la urna con cuidado. Tras echar sendos puñados de tierra encima, Véronique regresó a casa en un Uber y Bernard volvió al bufete. No había sido tan devastador como ella se temía: experimentó una sensación de paz y un sentimiento de pérdida, pero también de haber cerrado un capítulo.

Esa noche se puso a clasificar la ropa de su madre, conservó algunas de sus cosas favoritas y empaquetó el resto con esmero.

Llevaba horas enfrascada en la tarea cuando la llamaron al móvil. Aún conservaba su antiguo número, pero desde la llamada de Stephanie no había recibido ninguna más. Había permanecido apartada de la escena pública durante tanto tiempo que a esas alturas no intentaban ponerse en contacto con ella ni tenían motivos para ello. Ahora era consciente de que todas las llamadas que antes recibía eran de trabajo o de su madre. Ya no recibiría ni las unas ni las otras. No podía imaginar quién la llamaría; respondió en tono distraído.

—Hola, guapa. ¿Para quién desfilas la semana que viene? Acabo de volver. Bueno, ¿qué tal? —Reconoció la voz al instante. Era Douglas Kelly, un prestigioso fotógrafo irlandés que vivía en Nueva York. Lo conocía desde sus inicios como modelo, y la había fotografiado para varias portadas de *Vogue*. Trabajaran o no juntos, siempre coincidían en la Semana de la Moda. Desde el principio había existido una atracción tácita entre ellos, pero nunca habían llegado a nada. Ella prefería tenerlo como amigo, pues no quería que se echara a perder su amistad.

—Bien, bienvenido. No voy a desfilar para nadie. Me he retirado. Stephanie quiere creer que es algo temporal, pero no lo es. ¿Y tú?, ¿cómo estás?

—¡Mierda! Hija, ¿qué me he perdido? ¿Qué quieres decir con que te has retirado?

—Pues eso. Acabo de decírselo a Stephanie. Se ha mosqueado.

—Y con razón. Es ridículo, no puedes retirarte. Eres la cara que más arrasa en el sector de la moda. Espero que sea temporal. ¿A cuento de qué viene esto?

—Es una larga historia. Se trata de una importante decisión en mi vida. —Movida por un impulso, decidió decirle la verdad, o parte de ella—. Tuve un accidente.

—¿Qué clase de accidente? ¿Te caíste de cabeza y sufres amnesia? Permíteme recordarte que eres Véronique Vincent, la modelo más despampanante del mundo de la moda.

—Ya no —repuso ella en voz baja—. Se terminó.

—¿Estás bien? —preguntó él, preocupado, pues daba la impresión de que parecía convencida.

—Estoy en ello. Acabo de volver a casa esta semana. He pasado fuera seis meses. Y perdí a mi madre. La hemos enterrado hoy.

—Oh, Dios, lo siento. Qué duro. ¿Te llamo mejor mañana?

—No, tranquilo. Murió hace seis meses. Retrasamos el entierro hasta mi regreso.

—¿Dónde has estado estos seis meses? Por favor, no me digas que vas a meterte a monja. Tengo una hermana que es monja, y una de las mejores modelos de Nueva York ingresó en una orden carmelita el año pasado. Sería un terrible desperdicio que hicieras lo mismo. Además truncaría mis esperanzas y mis malas intenciones para siempre. Ni siquiera yo puedo tirarle los tejos a una monja. —Ella se echó a reír—. Bueno, ¿dónde diablos te has metido?

—En un hospital de Bruselas.

—¿Un hospital psiquiátrico? Al menos eso explicaría tu decisión.

—No, aún sigo en mis cabales. En un hospital militar.

—¿Un hospital militar? Por el amor de Dios, ¿qué te pasa? ¿Te has alistado?

—Estaba en el aeropuerto de Bruselas el día equivocado, en el momento más inoportuno, el pasado mes de marzo.

—¿Qué hacías allí? —Y entonces, de pronto, cayó en la cuenta—. Dios, por favor, no me digas que coincidió con el atentado terrorista... —dijo con un hilo de voz. Parecía impactado.

—Por desgracia sí. Ha sido un largo viaje. Acabo de salir del hospital. Me acompañaban mi madre y un amigo. Los dos murieron cuando la primera bomba explotó a pocos pasos de nosotros.

—Oh, Dios mío, Véro, qué horror. Siento lo de tu madre. ¿Estás bien? ¿No perdiste ningún órgano vital? No tenía ni idea de que te pilló allí.

—Fue dos semanas después de la Semana de la Moda. Imagino que ya te habías marchado. Estoy bien, llena de metralla, pero dicen que puedes vivir con eso, siempre y cuando no se desplace. Me han operado veintiséis veces. Y conservo todas las extremidades y la movilidad. Muchos no tuvieron tanta suerte.

—Menos mal que estás bien. ¿Es ese el motivo por el que no desfilas la semana que viene?

—Sí —contestó ella sin rodeos—. Y jamás volveré a desfilar.

—No te culpo, después de algo así. Seguramente habrá cambiado tu perspectiva acerca de lo que importa en la vida. ¿Cuándo puedo verte? ¿Estás libre mañana por la noche para cenar o aún te sigue ese lord británico como un perrito faldero?

Ella guardó silencio unos segundos antes de responder.

—Murió en Bruselas. Estaba conmigo.

—Ay, mierda... Lo siento. Era un chaval encantador. —A Douglas, que tenía treinta y nueve años, Cyril le parecía un crío en comparación con él—. ¿Qué te parece lo de cenar juntos mañana?

—No puedo quedar para cenar. —No podía comer con la mascarilla puesta y no estaba dispuesta a mostrarle el lado derecho de su cara, ni siquiera a revelarle esa parte de la historia—. ¿Te apetece venir a mi casa a tomar una copa? Me he mudado al piso de mi madre.

—Claro. ¿Por qué no? Solo quiero comprobar que estás bien después de todo eso. —No era el caso, pero se encontraba un poco mejor y se alegraría de verlo—. ¿A las seis?

—Estupendo. —Tras tomar nota de la dirección y colgar, se quedó consternado. ¿Y si ella también hubiera muerto en Bruselas? Lo que había leído acerca del brutal atentado le hizo darse cuenta, como a menudo sucedía, de lo rápido que la vida podía cambiar en un instante. Se preguntó si Véronique retomaría el trabajo de modelo o si la retirada sería definitiva. Llegados a cierto punto, todo el mundo acababa quemado. Se trataba de un negocio efímero y narcisista, y ella tenía más sustancia que todo eso. Pero también era una de las grandes bellezas, y él odiaba que renunciase tan pronto. Se moría de ganas de verla. Tenían algo que celebrar, pues estaba viva. Se sentía agradecido de que estuviera sana y salva y de que hubiera sobrevivido al atentado de milagro. En la vida nunca se sabía lo que podía pasar en un momento dado. Él llevaba años exprimiendo cada día como si se tratara del último, y ella también había aprendido la lección.

7

Doug tenía el mismo aspecto de siempre cuando se presentó en la casa de Véronique. Daba la impresión de que su indómito cabello oscuro no había visto un cepillo desde hacía una semana, y lucía una barba de tres días, que era la norma entre los fotógrafos de moda y de la mayoría de los hombres que se movían en ese mundillo. Era alto y delgado, con líneas de expresión en las comisuras de los ojos. Al abrazarla, la apretó con fuerza entre sus brazos, agradecido de que estuviera viva. Al ver que llevaba mascarilla, frunció el ceño.

—¿Y eso?

—Es por los gérmenes. No puedo arriesgarme a pillar una infección después de tantas operaciones. —La creyó, asintió con la cabeza y le aseguró que no estaba enfermo, por si prefería quitársela.

—Qué gran alivio verte. No he podido pegar ojo en toda la noche dándole vueltas a lo que te pasó en Bruselas. Qué cosa más espantosa. Yo perdí a un amigo en la sala Bataclan en noviembre. Fue al concierto y lo mataron a tiros. Corren tiempos locos. —Seguidamente echó un vistazo a su alrededor—. Me gusta tu nuevo piso.

—Me crie aquí. Todavía se me hace raro estar en él sin mi madre. —Él, que lo sentía por ella, asintió con la cabeza. A juzgar por su aspecto, ella parecía estar bien, pero se dio cuenta de que tenía la tez muy pálida alrededor de la mascarilla y alcanzó a ver fugazmente unas desagradables cicatrices en sus antebrazos y muñecas cuando movió los brazos. Cuando se sentaron y ella cruzó las piernas, se fijó en la que tenía en el tobillo. Doug sirvió sendas copas de vino.

—Por cierto, hoy me he encontrado a Stephanie. Mañana voy a hacer una sesión de fotos para *Vogue* y va a mandarme a la nueva chica que quieren. Steph dice que vas a pasar unos cuantos meses viajando, pero que volverás pronto. No le he dicho que había hablado contigo. Sentía curiosidad por saber qué diría.

—Para ganar tiempo, sugirió que contásemos a la gente que estoy embarazada. Fui muy clara con ella.

—Stephanie no se rinde fácilmente. Por lo visto ha recibido un millón de encargos para ti. Según ella, el hecho de que no estés disponible en esta ocasión hará que te lluevan los encargos más adelante. Es probable que tenga razón. ¿Seguro que quieres dejarlo?

—Sí —respondió sin titubeos, mirándolo a los ojos por encima de la mascarilla.

—Esa cosa distrae mucho —comentó él, señalando hacia la mascarilla—. Es como hablar con una mujer cubierta por un burka. No estoy enfermo ni nada de eso —le aseguró de nuevo.

—Se supone que no debo quitármela. Pillar una infección sería peligroso para mí. —Eso no pudo rebatírselo. Sin embargo, su ojo entrenado de fotógrafo reparó en algo inquietante junto al borde de la mascarilla, a la altura de la oreja, donde nacía la cicatriz más grande. No se atrevió a preguntar hasta la segunda copa de vino.

—¿Escondes algo bajo esa mascarilla, Véro? Si es así, puedes decírmelo. —Ella vaciló un instante mientras él la traspasaba con la mirada—. Sabes que te quiero, a pesar de que seas lo bastante lista como para no acostarte conmigo, pero te quiero de todas formas. —A ella le hizo gracia y no respondió a la pregunta—. ¿Qué te pasó en Bruselas?

—Me encontraba a pocos pasos de donde estalló la bomba. Un montón de metralla salió despedida. Me indujeron un coma durante tres meses, mientras realizaban la mayoría de las operaciones. Extrajeron gran parte de la metralla, pero no toda. Y tengo algunas cicatrices bastante feas por todo el cuerpo. Da la impresión de que me ha arrollado un tren. Sería imposible que caminara por una pasarela con un vestido de noche. La gente se pondría a chillar y saldría despavorida en busca de la salida. —Sonrió al decirlo, pero él no.

—¿Y no sufriste ninguna herida en la cara? Es increíble —señaló él, escudriñándola con la mirada.

—Tengo unas cuantas también.

—¿Es por eso por lo que llevas mascarilla? —le preguntó con tiento. En un primer momento ella se quedó callada. Reflexionó acerca de ello y, acto seguido, asintió con la cabeza. Era su amigo y confiaba en él. No le quedaba nadie más.

—No hay necesidad de que lo veas. Todavía impone bastante. Tengo pendientes dos operaciones más, pero tampoco supondrán una mejoría muy apreciable. Yo misma aún intento acostumbrarme.

—No tienes por qué ocultarlo delante de mí, Véro. Somos amigos. Fui auxiliar de emergencias en el ejército; estoy hecho de una madera especial. La mascarilla debe de ser molesta —señaló, haciéndose cargo.

—Te acostumbras. El otro día fui a dar un paseo sin ella, y varias personas me miraron como si estuvieran a punto de ponerse a gritar. Solo es en la mitad de mi cara; el otro lado está perfecto. Recibí un fuerte golpe en el lado derecho.

—No hace falta que lleves mascarilla por mí. Puedes quitártela si quieres. Prometo no desmayarme. —Le sonrió.

—Yo estuve a punto al verme —dijo ella, sin hacer amago de quitársela. El hecho de que él la viera desfigurada era una lección de humildad. No había tocado la copa de vino. No había bebido desde la explosión y quería estar sobria con él, aunque se hubieran desmadrado algunas noches en fiestas a las que habían ido. Aquellos tiempos ahora eran agua pasada para ella. Se le antojaban sus años de juventud sin preocupaciones.

Él alargó el brazo para agarrarle la mano. Se quedaron callados, sin decir nada, mientras ella permanecía apoyada en él. Le sentaba bien el mero hecho de estar con alguien en la intimidad, sin necesidad de fingir que era mejor de lo que era. Permanecieron sentados allí durante unos minutos, hasta que ella levantó el brazo y se desenganchó la mascarilla con delicadeza. Su perfil izquierdo miraba hacia él, mientras que el derecho permanecía oculto.

—Me parece que está estupendo —susurró él, sin soltarle la mano.

—Ese lado sí —susurró ella—. Es el otro. —Y, acto seguido, se giró lentamente hacia él para proporcionarle una imagen completa de lo que le había ocurrido. Él no dijo nada y, al cabo de unos instantes, asintió con la cabeza. A pesar de que tenía lágrimas en los ojos, no reaccionó ni hizo aspavientos. Era desgarrador ver las secuelas, pero no le impactó. Tan solo se sintió apenado por ella.

—No voy a desmayarme. Sigues siendo bella, que lo sepas. A lo mejor incluso más, porque no eres tan perfecta. Bueno, como no tienes que llevar puesta esa cosa delante de mí, ¿puedo sacarte a cenar? ¿O nos ponemos mascarilla los dos y fingimos que somos médicos en una cita? —Ella se rio. sintió como si soltara toda la tensión de su cuerpo. Él tenía razón. No había necesidad de esconderse delante de él. Fue un tremendo alivio.

—No tienes por qué disimular. Sé lo feas que son —dijo ella con tristeza. Ella misma las había visto millones de veces.

—Lo feo es que los seres humanos se hagan cosas así los unos a los otros. Eso es lo feo de esto. Las cicatrices únicamente demuestran que estabas allí. No hay por qué avergonzarse de ello. No es necesario que te disculpes o que protejas a la gente. Quienes no puedan soportarlo, allá ellos; no es tu problema. ¿Qué van a hacer? ¿Echarte la culpa? Si lo hacen, que los jodan —dijo con desparpajo. Ella se echó a reír de nuevo—. Y no puedes llevar mascarilla durante el resto de tu vida, a menos que quieras ser enfermera de quirófano. Eres una preciosidad, con o sin cicatrices. Déjame verte la cara. Solo mirarte es un regalo.

—Estás loco y ciego, Douglas Kelly. ¿Cómo puedes decir eso con esta pinta?

—Porque tu cara sigue siendo tu cara. Tú sigues siendo tú. Eso no ha cambiado. No eres simplemente una nariz, unas mejillas y una barbilla. Eres quien eres por lo que hay en tu interior, eso es lo que cautiva a la gente. El resto es simplemente una fachada muy bonita, pero que no importa una mierda. ¿Cuántas chicas preciosas hemos visto los dos que son tontas de remate, más malas que Caín y unas auténticas arpías? ¿Te parece bonito eso, con independencia de lo bonitas que sean ellas? Sin dudarlo, preferiría ver tus cicatrices que mirarlas a la cara.

—He reflexionado acerca de esto para intentar encontrarle algún sentido. Me resulta difícil —reconoció. Él asintió con la cabeza.

—Eso es porque hacerle eso a otro ser humano no tiene sentido. Y tenemos una imagen distorsionada del concepto de belleza. Se supone que las mujeres deben tener el aspecto de no haber comido como Dios manda en diez años. Están tan anoréxicas que dan asco. Y sus facciones han de encajar con un determinado estereotipo. También tienen que tener el color adecuado, la talla adecuada, los pechos del tamaño adecuado, lo que esté de moda esta semana, ser pechugona o plana. Todo son gilipolleces y bombo publicitario. Los diseñadores les dicen qué ponerse y los expertos qué imagen deberían tener, de modo que se cambian la nariz o la barbilla, o se rellenan los pómulos o el trasero, o se reducen las tetas. Como envejecer es inaceptable, se hacen un *lifting* y parecen momias, se meten tal cantidad de bótox en la cara que les resulta imposible sonreír o se inflan los labios hasta que se parecen al pato Donald. Estoy hasta las narices de fotografiar todo ese artificio.

»Lo bello es bello, con independencia de lo que suceda. Tú eres bella. Lo eras antes, lo eres ahora, lo serás hasta los cien años, y lo eres incluso con unas cuantas cicatrices en la cara. ¿Y qué? Si me hago una cicatriz en la pierna, ¿seré menos hombre, menos persona o menos atractivo? No, qué diablos. Venga, salgamos a cenar como la gente normal porque, si no, voy a emborracharme con tu vino y, una de dos, o me quedo grogui en el sofá o me insinúo y me echas con cajas destempladas. Me muero de hambre. —Se levantó y tiró de ella.

—Yo también —reconoció ella, sonriéndole—. ¿De verdad piensas que puedo presentarme en un restaurante con esta cara? —le preguntó con inocencia. A él le dieron ganas de abrazarla.

—No, pienso que deberías ponerte una bolsa en la cabeza. Yo le mostraré al camarero una foto de cómo eras antes y de paso me comeré tu cena. Pues sí, pienso que puedes ir a un restaurante. Claro que puedes ir a un restaurante. El noventa por ciento de las personas que haya allí serán feas y jamás tendrán tan buen aspecto como tú hoy. Y, por cierto, necesitas engordar un poco. Ya no tienes la excusa de la profesión. Da la impresión de que te han matado de hambre en ese hospital de Bruselas. Voy a sacarte para que comas. ¿Dónde te apetece cenar?

Acordaron ir a un pequeño restaurante cercano. Él pidió un Uber por teléfono, que llegó a la puerta en cinco minutos. Véronique se había puesto unos vaqueros con una chaqueta de pelo corta. Estaba tan bella como él decía. Era una mujer con cicatrices, pero las trascendía.

Todo lo que Douglas le había dicho esa noche era un regalo que la liberó. Al subir al taxi con él, se sintió joven y libre. Lo pasaron bien en la cena. El camarero no movió ni un pelo al verla. Hubo miradas por parte de unas cuantas personas, pero enseguida perdieron interés y dejaron de observarla, menos un hombre que continuó mirándola fijamente mientras salían del restaurante después de la magnífica cena. Doug se detuvo junto a su mesa, lo fulminó con la mirada y le dio unas palmaditas en el hombro.

—Son cicatrices de haberse batido en un duelo. Ojo con ella. No la cabree. Es peligrosa —dijo, y acto seguido se marcharon. El hombre parecía muy avergonzado—. Creo que voy a ser tu guardaespaldas para asegurarme de que la gente se comporte —le comentó a la salida. Ella tenía una sonrisa de oreja a oreja.

Tras dejarla en casa, Doug siguió en dirección al piso de un amigo en el distrito VI, donde se alojaba. Le había prometido llamarla por teléfono al día siguiente; ella sabía de buena tinta que lo haría. Doug nunca le había fallado, tampoco en esta ocasión. Entró al edificio sintiéndose como una persona normal, no como una mujer con la cara destrozada. Él le había infundido confianza, y volvía a sentirse ella misma. No se miró al espejo mientras se cepillaba los dientes antes de irse a la cama. No quiso estropear el momento. Esa noche durmió plácidamente y, a la mañana siguiente, sintió que la vida le sonreía de nuevo. Siguió sin mascarilla cuando llegó la señora de la limpieza. La mujer no dijo una palabra ni se quedó mirándola. Doug había vuelto las tornas la noche anterior para que emprendiera el camino correcto. Ahora todo cuanto debía hacer era aferrarse a sus consejos y seguir adelante.

Ese día recibió una carta de su padre en la que le agradecía que le hubiese escrito y expresaba su deseo de verla, si por casualidad iba a Nueva York. Decía que últimamente no se encontraba bien y que la noticia de la pérdida de Marie-Hélène lo había dejado desolado. Que había sido un final terrible para una mujer maravillosa. Agradeció a Véronique varias veces que le hubiera escrito, y dijo que abrigaba la esperanza de verla pronto. Su salud estaba empeorando y le transmitió su deseo de verla al menos una vez antes de morir. No era posible recuperar el tiempo perdido, pero sí al menos conocerse en la medida en la que el tiempo lo permitiera. Según él, la muerte prematura de Marie-Hélène servía para tener presente que el futuro siempre era incierto. Firmaba la carta con un: «Con cariño, tu padre».

Cuando la leyó, a Véronique se le saltaron las lágrimas. No dejó de darle vueltas en todo el día a si debía ir expresamente a verlo a Nueva York. Él tenía razón: el futuro era incierto, y ella no quería perder esa oportunidad.

Aún estaba cavilando cuando Doug la llamó para invitarla a cenar de nuevo esa noche. Había un sitio en Saint-Germain-des-Prés, en la orilla izquierda del Sena, que siempre les había gustado. Ella aceptó de buen grado y, en la cena, le habló de Bill Hayes.

—¿Bill Hayes, el senador, es tu padre? Menuda noticia —dijo Doug, sorprendido.

—No lo sabía. Mi madre me dijo que murió cuando yo tenía seis meses. Lo único que me contó es que era un abogado estadounidense y que se llamaba Bill Smith. Ella me dejó una carta para que la leyera después de su muerte. Resulta que él estaba casado, se enamoraron locamente, me tuvieron y ella lo abandonó para no destruir su carrera política. Él debió de ser bastante egoísta por permitir que hiciera eso, pero es mi padre y me gustaría conocerlo. Creo que ella estuvo enamorada de él durante el resto de su vida.

—Parece un tío extraordinario. Yo de ti iría a conocerlo. Seguramente será bastante mayor —le advirtió Doug.

—Tiene ochenta y tres años.

—Ve a verlo —dijo él de inmediato. Disfrutaron de otra buena comida y de una divertida noche.

La Semana de la Moda estaba próxima y ambos sabían que una vez que comenzara él estaría ocupado. Ella quería ser prudente; prefería no correr el riesgo de cruzarse con directores de revistas de moda, modelos o fotógrafos a los que conocía, ni con su agente. Tenía intención de pasar desapercibida esa semana, lo cual Doug entendía, pues los del mundo de la moda eran unos cotillas de tomo y lomo. Sin embargo, ya había salido dos veces con él sin mascarilla y a simple vista se encontraba a gusto sin ella, de lo cual él se alegraba. Lo que le había dicho iba en serio.

Después de dejarla en casa, Doug fue a reunirse con la modelo a la que había fotografiado para *Vogue* ese día. La chica tenía veintiún años y se le había insinuado durante la sesión. Él, que se conocía muy bien, sabía que nunca podría resistirse a una invitación abierta como esa por parte de una chica guapa. En su oficio tenía a todas las mujeres que deseaba. Le constaba que Véronique no tenía un pelo de tonta por haberse negado siempre a acostarse con él. Ella sabía lo granuja que era y él la quería por eso. A esas alturas habían recorrido un largo trecho en su amistad como para dar marcha atrás, o cambiar la relación con la que ambos estaban cómodos y que significaba mucho más que sus entradas y salidas con rollos de una noche.

Véronique sospechó lo que Doug se traía entre manos cuando mencionó a la chica durante la cena. Sonrió al llegar a casa. Estaba segura de que esa noche Doug pasaría un buen rato con la modelo, y que al día siguiente volvería a las andadas. No era eso lo que ella quería de él. Consideraba mucho mejor opción tenerlo como amigo, y estaba decidida a que continuara siendo así.

Por la mañana, en el desayuno, decidió ir a Nueva York a conocer a su padre. Doug y él tenían razón: el futuro, en el mejor de los casos, era incierto, y deseaba conocer a su padre antes de que fuera demasiado tarde.

Realizó una reserva por teléfono para cuando concluyera la Semana de la Moda. Quería evitar tropezarse con algún conocido en el avión y le apetecía ver a Doug mientras estuviera en la ciudad. Disfrutaba de su compañía y nunca se sabía cuándo regresaría a París. Su agenda era una locura y cambiaba cada dos por tres según los nuevos encargos que recibía. A ella le encantaba pasar tiempo con él y, a pesar de que le hacía mucha ilusión la idea de visitar a su padre ahora que había dado señales de vida y expresado su deseo de conocerla, podía retrasar el viaje otra semana.

Véronique reservó un vuelo a Nueva York para dos días después de la clausura de la Semana de la Moda. De ese modo se aseguró de que casi todos los neoyorquinos se hubieran marchado para entonces. Como los compradores y editores de moda que asistían a los desfiles rara vez alargaban su estancia en París, porque por lo general regresaban rápidamente a Nueva York para continuar trabajando, se figuraba que todo estaría despejado para esas fechas. Doug se ofreció a acompañarla al aeropuerto, puesto que había terminado sus sesiones fotográficas. Aunque se lo calló, le preocupaba que el hecho de ir a un aeropuerto fuera un trago para ella, ya que sería su primer vuelo desde el atentado. Ella le agradeció su ofrecimiento.

Véronique había alquilado un coche con chófer para el trayecto. Doug le dijo que permaneciera en el vehículo mientras él se ocupaba de facturar la maleta. Ella lo observó desde el coche; en circunstancias normales tendría que haber facturado personalmente, pero él le explicó la situación al encargado de equipajes, señaló en dirección a ella y le entregó el pasaporte de Véronique. El hombre asintió con la cabeza y se hizo cargo.

—¿Necesita una silla de ruedas? —preguntó con empatía. Doug negó con la cabeza.

—Puede caminar —dijo en voz baja.

Cuando volvió al coche, Véronique le preguntó:

—¿Qué ha pasado? ¿Qué te ha preguntado?

—Quería saber si llevabas marihuana en la maleta. Le he dicho que me la he fumado toda. —Le sonrió con malicia. Ella se echó a reír y, acto seguido, se puso seria al echar un vistazo a los mozos de equipajes, los pasajeros y el personal de tierra que iban deprisa y corriendo por el aeropuerto. Todo le resultaba demasiado familiar.

—No pensé que fuera tan duro estar aquí. No me quito de la cabeza... —No fue necesario que terminara la frase, pues a él le bastó con ver su expresión. Parecía aterrorizada por el mero hecho de estar allí sentada.

—Deberías haber volado conmigo —dijo él, sentado a su lado, en tono sereno. Pero él se quedaba unos cuantos días más para ver a sus amigos. Además, tenía una cita con una estilista a la que había conocido en una sesión, una hermosa mujer china que vivía en Londres. Doug era un imán para mujeres atractivas.

Ella permaneció en el coche el máximo tiempo posible y seguidamente Doug le entregó la tarjeta de embarque con la etiqueta del equipaje y la acompañó hasta el control de seguridad. Pensó que ojalá Véronique hubiera recibido algún tipo de tratamiento vip, pero ella no lo había solicitado ni quería dar la nota. Se había puesto la mascarilla antes de salir del coche; él reparó en varias personas que las llevaban, sobre todo asiáticos, más preocupados por los gérmenes que la mayoría de los europeos.

—Pareces un pelín neurótica —bromeó él por el hecho de que llevara mascarilla, pero se fijó en que no tenía la mirada risueña. Estaba muy seria, sujetaba con fuerza el pasaporte en la mano, y él se dio cuenta de que temblaba.

—La alternativa es peor —le recordó ella. Llevaba varios días sin mascarilla en París y, gracias a su amigo, ahora afrontaba con más valentía la idea de ir por la calle sin ella, pero, en un espacio reducido como el de la cabina, no quería llamar la atención. Había sido afortunada y también prudente durante la Semana de la Moda, pues no había salido de su barrio, ni de casa la mayor parte del tiempo, con tal de no encontrarse a ningún conocido. Unas cuantas personas la habían mencionado en sus encuentros con Doug, preguntándose dónde se habría metido. A excepción de una chica británica que había visto el artículo en el periódico sensacionalista hacía unos meses, la noticia al parecer no había llegado a oídos de la mayoría de la gente, y Doug se limitaba a decir que, según creía, estaba pasando unos meses fuera. Sabía que Véronique no quería que fuera contando a la gente que había sido una de las víctimas del atentado de Bruselas, si es que no se había corrido la voz ya. Stephanie, con la esperanza de que Véronique retomase el trabajo, tampoco decía nada.

—Sé buena, y que tengas buen viaje —dijo al abrazarla, y le dio un beso en la mejilla—. Pórtate bien en Nueva York. Saluda a tu padre de mi parte.

Sonrió con picardía mientras observaba cómo avanzaba en la cola del control de seguridad. Cuando ella le dijo el último adiós con un ademán, se dirigió a la calle, donde esperaba el coche que ella había contratado para que regresara a París. La verdad es que estos días Véronique le había atravesado el corazón, pues estaba dando muestras de una gran valentía y determinación por recuperarse. Él se hacía cargo de lo duro que era y no se veía capaz de capear el temporal como ella. Deseaba hacer lo imposible por ayudarla. Una noche, durante la cena, le había recomendado un cirujano plástico de Nueva York para que le pidiera opinión acerca de las operaciones que tenía pendientes. Una modelo a la que Doug conocía había sufrido un atraco en año anterior, en el que recibió una brutal paliza y fue apuñalada. Le destrozaron la cara, pero ahora estaba como una rosa. Cuando Doug la llamó por teléfono para preguntarle el nombre del médico, ella comentó que era un profesional que obraba milagros. Aunque Véronique mostró sus reservas y dijo que confiaba en los cirujanos belgas, Doug la animó y replicó que no perdía nada con contar con una segunda opinión. Confiaba en que llevara el número de teléfono encima. Ella no había vuelto a sacar el tema a colación; no le gustaba hablar de asuntos médicos con él. Estaba decidida a aprender a vivir con la cara desfigurada en vez de peinar el mundo en busca de cirujanos que hacían promesas vacías aunque fueran incapaces de solucionar su problema.

El jefe de cirugía del hospital militar le había asegurado que las posibilidades de una futura mejoría eran muy escasas. La metralla había causado estragos y el impacto de la explosión había sido brutal. A pesar de que tenían previsto reparar y estirar parte del tejido cicatrizal, le advirtieron que no esperara ningún cambio considerable. Esa certidumbre la desmotivaba a pedir una segunda opinión. No obstante, llevaba consigo el nombre del médico que Doug le había recomendado, por si sentía el impulso de ir a verlo. Tenía la impresión de que carecía de sentido.

El vuelo de París a Nueva York fue largo y aburrido. Vio una película, durmió un rato y, como se resistía a quitarse la mascarilla, no comió, tan solo bebió pequeños sorbos de agua levantándosela con cuidado hasta la nariz. Iba sentada al lado de un empresario estadounidense que no hizo amago de trabar conversación con ella y se pasó todo el vuelo trabajando en su ordenador. Dedicó el tiempo que estuvo despierta a pensar en su padre y en lo que había leído acerca de él. Parece ser que gozaba de un gran respeto como hombre de familia y por su honestidad como político. Se preguntó lo diferente que habría sido si la opinión pública hubiera conocido la relación existente entre Marie-Hélène y él. Ella lo había liberado con el fin de que pudiera conservar su intachable imagen, la cual era impostada. Se preguntó cuántos políticos habría como él, con secretos bien guardados que de salir a la luz habrían destruido sus carreras.

Cruzó la aduana sin contratiempos. El oficial le pidió que se retirara la mascarilla si no había riesgos para la salud. Ella desenganchó el elástico de su oreja derecha y lo miró fijamente a los ojos. En cuanto este vio las cicatrices, enseguida le dijo que podía volver a ponérsela y murmuró:

—Lo siento. —A continuación la contempló con empatía y preguntó con delicadeza—: ¿Un accidente de coche? —Era tan bella que el contraste con el lado derecho de su cara le había impactado. Lo pilló desprevenido, pues había dado por sentado que simplemente se trataba de otra viajera con fobia a los gérmenes. Con la gripe galopante había una gran cantidad de gente así, sobre todo durante los vuelos.

—Bruselas —respondió ella sin más—. Zaventem. El atentado en el aeropuerto —dijo escuetamente. Él hizo una mueca de dolor.

—Lo siento —repitió. Ella cruzó la aduana, recogió la maleta y subió a un taxi en la puerta.

Se había hospedado en un céntrico hotel que conocía de cuando trabajaba de modelo, donde se alojaban algunas grandes estrellas, gente de Hollywood, europeos, etcétera. Era moderno y divertido, con las mejores tiendas en las inmediaciones. No había ido de compras desde su regreso a París y la verdad es que no le seducía la idea, pues ya no se sentía guapa ni salía. La habían mimado durante cuatro años, había lucido la fabulosa ropa que los diseñadores le prestaban para cualquier ocasión o que le regalaban después de las sesiones fotográficas, pero ya no la necesitaba. No contemplaba la idea de acudir de nuevo a ningún otro gran evento de moda y, si se mantenía al margen de la escena pública el tiempo suficiente, dejarían de invitarla. Había recibido invitaciones para dos grandes fiestas durante la Semana de la Moda y había declinado asistir a ambas. La habían invitado porque su nombre figuraba en la lista de invitados, pero los eventos de ese tipo eran arbitrarios, y ella sabía que no seguiría en las listas durante mucho más.

Se registró en el hotel y, al llegar a la habitación, se quitó la mascarilla. Por inercia, fue a echar mano del teléfono para decirle a su madre que había llegado sana y salva. Tenía esa costumbre para que Marie-Hélène no se preocupara y, cuando estaba muy liada y se iba directamente a una sesión fotográfica o a una fiesta nada más aterrizar, le mandaba un mensaje. Se quedó inmóvil, con el teléfono en la mano, al caer en la cuenta de que ya no tenía a nadie a quien llamar. A excepción de un padre al que todavía no conocía, estaba absolutamente sola. A nadie le preocupaba si había llegado sana y salva. Era una extraña sensación de vacío. Colgó el teléfono.

Pidió comida al servicio de habitaciones y comió viendo la televisión. Pensó en la perspectiva de conocer a su padre al día siguiente; habían fijado el encuentro por correo electrónico. Se preguntó qué opinaría de ella, si tendrían algo en común de lo que conversar. Él tenía tres hijos a los que había dedicado cuarenta años de su vida, mientras que ella era la desconocida, la hija de cuya existencia nadie sabía ni jamás sabría. A veces, cuando pensaba en ello, sentía el impulso de odiarlo, pero era incapaz. Si llegase a hacerlo, habría muchos otros a quien odiar, y no podía permitirse eso. No quería odiar a las personas que habían destrozado su carrera y su cara, y asesinado a su madre. Caminaba por la cuerda floja cada día para mantener el equilibrio, para mantener el rumbo, para mirar hacia adelante y no hacia atrás. El senador William

Hayes tan solo era un desconocido más. Había sobrevivido sin él durante veintidós años, y seguiría estando igual de bien sin él después de conocerlo. Lo único que deseaba era verlo una vez, para entender mejor al hombre al que su madre había amado y por qué lo había amado.

8

Véronique se puso la mascarilla en el taxi de camino a la zona alta de la ciudad para conocer a su padre. Llevarla puesta la hacía sentirse invisible, como si la gente viera a través de ella.

Iba vestida con un discreto traje pantalón de lana negro, de Dior, con una chaqueta muy chic y un sencillo jersey blanco. Calzaba unos zapatos de tacón alto, los cuales la hacían parecer aún más alta, y su larga melena castaña suelta le caía en ondas sobre los hombros. Ahora podía maquillarse los ojos, lo cual se los realzaba sobre la mascarilla. Su madre siempre decía que se parecía a su padre; a juzgar por las fotografías, algo de razón tenía, pero a esas alturas él era un anciano y tal vez su aspecto fuera muy diferente.

Vivía en un piso en la Quinta Avenida. Tardó media hora en llegar debido al intenso tráfico. Tras recibirla un portero vestido de librea que dio aviso de su llegada por un teléfono interno, un botones uniformado la acompañó en el ascensor hasta la última planta. Ella se había presentado escuetamente como la señorita Vincent. Su acento francés era ligero pero apreciable. Su madre se había ocupado de que hablara inglés con fluidez. Véronique tenía un estilo genuinamente francés. Sus cuatro años de top-model habían pulido su aspecto y despedía un aire muy moderno. Un mayordomo abrió la puerta y la condujo a una pequeña sala de estar con una elegante decoración y vistas a Central Park. Era evidente que su padre vivía holgadamente; según le había comentado su madre, procedía de una familia adinerada. Sabía que había estudiado en Harvard y poco más, aparte de lo que había conocido recientemente a través de la carta de su madre e internet. Por lo que había averiguado en la red, tras ejercer de abogado con gran éxito, se metió en política y se forjó una reputada carrera; de modo que los sacrificios de Marie-Hélène no habían sido en vano.

Estaba mirando por la ventana, pensando en su madre, cuando una enfermera entró en la sala empujando una silla de ruedas con un anciano. Iba vestido con un traje gris oscuro, una camisa blanca y una corbata azul marino, llevaba unos zapatos muy lustrosos y el pelo canoso pulcramente acicalado. Él se levantó para darle la bienvenida con la mirada cálida y la sonrisa que ella reconoció al instante. Le chocó verla con mascarilla. Le tendió la mano, se aferró a la suya y se sentó en un espacioso y cómodo sillón. No parecía enfermo, pero sí de edad avanzada y muy delicado de salud. Era mucho más alto que ella y parecía un veterano hombre de Estado. Intentó imaginárselo con Marie-Hélène, a la que sacaba muchos años. Ella, casi veinte años menor, era muy vital y no aparentaba la edad que tenía. A pesar de que dio a luz a los cuarenta y dos años, Véronique nunca la había considerado mayor. Por aquel entonces Bill ya había cumplido los sesenta y ahora estaba mucho más mayor.

Él esperó a que la enfermera saliese de la sala, se inclinó hacia Véronique y se dirigió a ella en tono cariñoso.

—Llevo mucho tiempo queriendo conocerte. Creo que tu madre me envió todos los recortes de prensa de tus desfiles, y, antes de eso, todas tus fotos del colegio. Tengo todo a buen recaudo en una caja grande dentro de una caja fuerte —dijo con expresión melancólica. A continuación, desconcertado por la mascarilla, observó detenidamente su rostro—.

Siempre pensé que guardas un gran parecido con mi hermana, Delia, que murió con veinte años en un accidente aéreo. Estábamos muy unidos. —Aún no la había soltado de la mano, lo cual parecía un gesto de excesiva confianza para un primer encuentro, pero no había nadie presente en la sala—. ¿Estás enferma? —le preguntó con dulzura, apuntando hacia la mascarilla—. No tienes por qué preocuparte por mí. No me dan miedo los gérmenes. Padezco del corazón, pero los gérmenes de los demás no me afectan gran cosa.

—Resulté herida en la explosión del aeropuerto —respondió ella sin más, sin soltarle la mano—. Impone ver las cicatrices, siguen estando muy frescas. Nos hallábamos muy cerca de la bomba cuando explotó y me acribilló la metralla. Extrajeron una gran cantidad, pero no toda, y me lastimé la cara —explicó. Él la escuchó con gesto compungido.

—No es necesario que lo ocultes delante de mí —dijo con dulzura. Parecía una persona amable, pero, en tal caso, ¿cómo es posible que las hubiera abandonado? A ella no le cuadraba en absoluto, ni le había encontrado explicación desde que lo supo—. Como senador, he presenciado muchos desastres naturales y he visto una gran cantidad de heridos. —Tras unos instantes de vacilación, ella se quitó la mascarilla y la dejó en su regazo. Él le vio ambos lados de la cara al mismo tiempo: el izquierdo, intacto y perfecto, y el derecho, con cicatrices y salvajemente lastimado. Eso le permitió saber, de primera mano, cómo era antes y los estragos que había causado la bomba con la que su madre había perdido la vida—. Oh, querida... —dijo con tristeza.

Aunque él lo considerara una tragedia, Véronique lo miró fijamente con valentía, inclinó la cabeza y dijo en voz queda:

—Daría los dos lados de mi cara, y todas mis extremidades, con tal de que mi madre siguiera viva. Era tan maravillosa... —Él, con lágrimas en los ojos e incapaz de hablar durante unos instantes, asintió con la cabeza.

—Yo también —convino en voz baja—. Era demasiado joven para morir, y muy buena persona. Fue el amor de mi vida. —Lo dijo sin el menor pudor y a Véronique le sorprendió que, después de ocultarlo durante tanto tiempo, lo confesara tan abiertamente—. Cometí una gran injusticia con vosotras. La política es un potente afrodisiaco y una droga peligrosa. Yo quería presentarme como candidato a la presidencia, y tu madre lo sabía. Pero la oportunidad idónea y el momento adecuado jamás llegaron. Volviendo la vista atrás, no valió la pena. Conservé un matrimonio sin amor y renuncié a la mujer a la que amaba, y a nuestra hija. Aunque mantuve el contacto con tu madre, fuimos muy cautelosos. No podíamos vernos; habría sido demasiado peligroso. Yo renuncié a una realidad por una esperanza, pero tu madre nunca me lo echó en cara.

—Creo que te amó hasta el final —dijo Véronique en voz queda. Le caía mejor de lo que deseaba, y entendía por qué su madre lo amó. A simple vista era un hombre amable y cariñoso, aunque quizá se hubiera ablandado con los achaques y la edad, y parecía muy dispuesto a reconocer sus errores, de los que se arrepentía.

—Yo también —le confirmó a su hija—. Siempre soñé con presentar mi candidatura a la presidencia. Si tuviera una segunda oportunidad, renunciaría a todo eso. A veces los hombres son unos necios, y yo ciertamente lo fui. Uno de mis hijos se ha presentado como candidato al Congreso. Yo traté de disuadirlo. Se paga un alto precio por la vida pública. ¿Qué me dices de ti? ¿Qué vas a hacer ahora sin tu madre? ¿Vives en su piso? —Había reconocido la dirección que figuraba en el remite—. No estás casada, ¿verdad? Eres demasiado joven para estarlo. —Por un momento adoptó una actitud paternal—. ¿Tienes algún pretendiente? —le preguntó. Ella sonrió.

—No. —Enseguida se puso seria de nuevo—. El hombre

con el que salía murió en Bruselas. Y no tengo claro qué voy a hacer ahora —reconoció, apuntando hacia el lado derecho de su cara— con esto. La profesión de modelo se ha acabado para mí. Estoy intentando averiguar qué hacer a partir de ahora. Estudié Literatura e Historia del Arte, pero eso no me interesa demasiado. Cuando empecé a desfilar, mi madre me matriculó en la Sorbona para que el día de mañana pudiera conseguir un trabajo al uso. No sé qué hacer. Igual me decanto por la fotografía. —Había estado dándole vueltas, pero todavía no había tomado ninguna decisión al respecto—. Debo volver a Bruselas porque tengo algunas operaciones pendientes.

—¿Estás completamente sola? —preguntó él. Ella asintió con la cabeza y, por un momento, le entraron ganas de llorar, pero se contuvo—. Sé que a Marie-Hélène no le quedaba ningún familiar vivo. Bueno, ahora me tienes a mí. Ya sabes dónde estoy. Quiero que me llames si necesitas cualquier cosa. Iría a París si pudiera, pero es demasiado tarde para eso. —Ella había leído que su esposa había fallecido unos meses antes, más o menos cuando él sufrió un ataque al corazón. Pero tenía a sus tres hijos legítimos—. ¿Vas a ver a amigos en Nueva York?

Ella negó con la cabeza.

—Solo he visto a un amigo desde que volví de Bruselas. Todavía no me siento preparada para eso. Todos pertenecen al mundo de la moda y se horrorizarán al ver mi cara. He venido a Nueva York a verte a ti —dijo sin más—. Quería saber cómo eres y por qué mi madre te quiso tanto. Después de ti, dudo que jamás amara a otro hombre. —Ahora ella intuía lo mismo respecto a él: se le iluminaba la cara al hablar de Marie-Hélène. En la sala había varias fotografías en las que aparecía con su esposa, una mujer de aire distinguido, incluso de joven. No era una belleza, pero sí una mujer atractiva. En las fotografías aparecían en pie el uno junto al otro, rígidos, como extraños, y ninguno de los dos sonreía. Al echar una ojeada, a Véronique le llamó la atención.

—Tu madre y yo fuimos almas gemelas desde el instante en que nos conocimos. Si yo no hubiera sido tan necio y ambicioso en aquel entonces, nos habríamos casado, pero yo ya rozaba los sesenta y anhelaba perseguir mi sueño antes de que fuera demasiado tarde. Fue un sueño que se me escapó de entre las manos. Disfruté de mi etapa de senador, pero de poco consuelo me sirvió en comparación con lo que sacrificamos. Y, para entonces, ya era demasiado tarde. Era demasiado tarde para cambiar mi vida con setenta años. En aquella época mi esposa estaba enferma, y nuestros hijos se habrían llevado un gran disgusto.

Marie-Hélène se las había apañado bien sin él, cosa que Véronique también sabía. Jamás había dependido de nadie salvo de sí misma y fue un sólido y amoroso pilar para la hija que tenían en común. Nunca fue una persona dependiente, sino una mujer inteligente y orgullosa que por nada del mundo le habría suplicado que regresara. Jamás le pidió nada, y lo que él le dio, se lo había dado de corazón, por su hija. En aquel entonces ellas no tenían cabida en su vida, pero rompió dos corazones en el proceso: el suyo y el de Marie-Hélène.

Cuando le preguntó por sus estudios y amistades, ella dijo que su madre siempre había sido su mejor amiga. Él se hizo una idea de lo mucho que significaba su pérdida para ella, incluso más que para él. Al preguntarle por el dinero que había ganado como supermodelo, respondió que su madre lo había invertido bien para ella.

—Tenía una mente privilegiada para los negocios —señaló él, elogiándola—. A pesar de no poder vernos, por la prensa, conversábamos con bastante asiduidad. Yo siempre le pedía consejo. —Lo curioso era que, en cierto modo, pese a no estar juntos, habían sido compañeros de vida durante veinticuatro años—. Mi mujer y yo éramos muy diferentes. Ella detestaba la política y le interesaban, por encima de todo, los caballos. Era una magnífica amazona. Ni siquiera estuvo muy unida a nuestros hijos, no iba con su personalidad. Le despertaban más interés los pedigrís y el mundo ecuestre que las personas. —Daba la impresión de que había sido un hombre solitario, y, poco a poco, ella fue entendiendo el vínculo existente entre sus padres, que ni el tiempo ni la distancia habían sido capaces de romper. Se dio cuenta de que realmente había sido fruto de su amor ilegítimo, en el mejor sentido.

A medida que transcurría la tarde, Véronique se percató de que el cansancio hacía mella en él y no quiso fatigarlo. Cuando a él le dio un ataque de tos y ella dijo que debía marcharse, se entristeció, pero no le pidió que se quedara un rato más.

—¿Vendrás a verme de nuevo? —le preguntó, agarrándola de ambas manos y mirándola a los ojos, que eran idénticos a los suyos.

—Sí —respondió ella en voz baja—. Gracias por recibirme hoy. —No sabía cómo dirigirse a él. El tratamiento de «senador» le sonaba ridículo, y «padre», presuntuoso y raro. Al parecer, él le leyó el pensamiento.

—Puedes llamarme «papá» si quieres. Así es como me llamaba tu madre cuando yo jugaba contigo de pequeña. —Ella sonrió y asintió con la cabeza. Le pareció lo más apropiado. Así era como sus amigos siempre habían llamado a sus padres. En ese momento fue consciente de lo que se había perdido. Era un sentimiento agridulce. Lo ayudó a incorporarse para que se sentara en la silla de ruedas de nuevo—. Eres una chica maravillosa, Véronique. Estoy en deuda con tu madre. El mero hecho de verte hoy es un gran regalo. Y esas cicatrices no cambian nada, ¿sabes?, porque sigues siendo una chica increíblemente bella, aunque quizá se atenúen con el paso del tiempo.

—Eso es lo que prevén los médicos, pero son bastante feas.

—No tienes por qué llevar mascarilla o avergonzarte —dijo él, mientras ella se disponía a ponérsela—. Creo que eres lo bastante valiente como para enfrentarte al mundo sin ella. Te pareces muchísimo a tu madre. Era la mujer más valiente que jamás he conocido. —Sentado en la silla de ruedas, le besó la mano y ella se inclinó para darle un beso en la mejilla—. ¿Cuándo vuelves a París?

—Mañana por la noche. —La visita había sido perfecta, mejor de lo que esperaba.

—Ven a verme de nuevo cuando vuelvas a Nueva York. —Le sonrió, pulsó un timbre y apareció la enfermera. Mientras Véronique se dirigía al vestíbulo y la enfermera se lo llevaba en la silla de ruedas, él sonreía radiante.

Véronique tenía mucho sobre lo que reflexionar. Se metió en el ascensor y salió del edificio minutos después. Caminó por la Quinta Avenida durante un rato pensando en su padre, con quien había pasado casi tres horas. Ahora tenía muy claro por qué su madre lo había amado. Lo único que lamentaba era que no hubieran construido una vida juntos y que a él le hubiera faltado valor para renunciar a sus sueños y a su esposa. No obstante, su madre era una mujer sensata, y, de haber sido así, puede que él le hubiera guardado rencor. Ella decidió liberarlo y conservar su amor. Era obvio que la suya había sido una gran historia de amor. Véronique no cabía en sí de felicidad por haberlo conocido, abrigaba la esperanza de verlo de nuevo y pensó que ojalá vivieran en la misma ciudad. A pesar de que su estado de salud parecía tan delicado que albergaba la duda de si volverían a verse, la visita había sido tan fructífera para ella que tenía la certeza de que la confortaría durante mucho tiempo. Se figuraba que su madre habría sentido lo mismo, y que había tenido en su hija a una parte de él. Es probable que eso la ayudara. Ahora comprendía mejor su relación. Incluso a su edad, él derrochaba encanto.

Después de caminar durante un buen rato, realizó el resto del trayecto por el centro en taxi hasta el hotel. No se había molestado en ponerse la mascarilla y vio que el taxista le lanzaba miradas furtivas por el espejo retrovisor, pero sin hacer ningún comentario. Cuando llegó al hotel y se puso a buscar la llave de su habitación en el bolso, encontró el papel en el que Doug había escrito el nombre del cirujano plástico de Nueva York. Al entrar se quedó mirándolo durante unos instantes, vacilante, con la duda de si llamar o no. Los cirujanos belgas se habían mostrado tan categóricos en cuanto a que las posibilidades de mejoría eran, como mucho, escasas, que le parecía inútil. Y acto seguido, imbuida de optimismo tras el encuentro con su padre, decidió llamar y dejarlo en manos del destino: se dijo a sí misma que si le daban cita para el día siguiente, antes de su vuelo, acudiría, y, si no, desecharía la idea de pedir una segunda opinión. Se negaba a pasar el resto de su vida, ni siquiera los años siguientes, persiguiendo a médicos con promesas vanas, incapaces de obtener los resultados que prometían. Sería una vida de continuas decepciones. Estaba tratando de aceptar la suerte que le había tocado y sobrellevarlo lo mejor posible. Parecía más sensato.

Una recepcionista respondió al teléfono.

—Consulta de los doctores Talbot y Dennis.

Véronique explicó que confiaba en conseguir una cita con el doctor Talbot, que había operado a una modelo amiga de Doug a la que habían agredido. Como seguramente no tendrían hueco para ella con un día de antelación, estaba preparada para una negativa.

—Un momento, por favor —dijo la recepcionista cuando Véronique explicó que tenía que ser al día siguiente, ya que su vuelo a París salía por la noche. Tras cinco minutos de espera, volvió a atenderla—. No hay ningún hueco disponible en la agenda hasta febrero, pero un paciente nuevo ha cancelado su cita de mañana a las diez y cuarto. ¿Le viene bien? —La consulta se hallaba en la esquina de Park Avenue con la calle Sesenta y nueve, de modo que sería preciso desplazarse otra vez a la zona alta de la ciudad, pero no tenía nada mejor que hacer. No tenía planes de ir de compras ni nadie a quien ver en todo el día antes del vuelo.

—Sí —respondió Véronique, casi arrepintiéndose de haber llamado. No le apetecía nada lidiar con más médicos. Pensó que había cometido una estupidez, pero ya no había vuelta atrás.

—Por favor, venga a la consulta a las diez para poder abrirle la historia clínica de nueva paciente y tomar los datos del seguro. —Véronique no se molestó en decir a la recepcionista que pagaría en metálico o con tarjeta de crédito, puesto que no disponía de seguro estadounidense ni tenía motivos para ello. El Gobierno belga había sufragado la totalidad de sus gastos hasta la fecha, aunque, de haberlo preferido, podría haber recibido tratamiento gratuito en Francia con su tarjeta sanitaria, que cubría todos los gastos médicos.

Cuando la recepcionista colgó, Véronique permaneció sentada en silencio, pensando en su padre de nuevo. Le habría gustado verlo otra vez antes de marcharse, pero, en vista de su delicado estado de salud, le daba la impresión de que era pedir demasiado. En la despedida parecía agotado, aunque contento de haberla visto. Decidió llamarlo por teléfono para despedirse, pero sin proponerle otro encuentro tan pronto. Ese día se habían dicho todo cuanto necesitaban decirse. Él le había contado todo lo que ella siempre quiso saber acerca de él y de Marie-Hélène.

Lo mejor de haberlo conocido era que, por primera vez en su vida, sentía que tenía un padre. Papá. Le gustaba cómo sonaba. Aunque jamás lo había echado en falta y solo sentía curiosidad, ahora sabía quién era. Y, a pesar de que apenas la conociera, Véronique intuía que la quería. El hecho de conocerlo ahora era un pequeño consuelo ante la enorme pérdida de su madre, pero significaba algo. A él lo sentía como un vínculo vivo con su madre, el último regalo de esta.

9

Véronique tardó una hora en llegar a la zona alta de la ciudad para ver al doctor. Nueva York era una gigantesca maraña de coches a esa hora. Llevaba encima una revista para leer en el taxi y estaba nerviosa por la cita. Había tenido suficientes consultas médicas de por vida; no se explicaba por qué había consentido añadir una más. Pero Doug se había mostrado muy insistente; de todas formas le pillaba de paso en Nueva York y disponían de un hueco por una cancelación. Sin embargo, al bajar del taxi y dirigirse a la clínica, situada a pie de calle, se le antojó una pérdida de tiempo. Al entrar se quedó de piedra, pues había obras de arte contemporáneo muy caras en las paredes: una de Damien Hirst, otra de Julian Schnabel y dos grandes de Diebenkorns. Salvo por los cuadros, predominaban el blanco y los tonos pastel relajantes. Había voluminosos y confortables sillones de un diseñador italiano muy conocido. La consulta destilaba lujo por los cuatro costados. Las enfermeras vestían coquetos y pulcros uniformes combinados con bailarinas de Chanel. En la sala de espera, las mujeres iban vestidas con ropa deportiva cara y conjuntos chic. Las había de todas las edades; ella supuso que casi todas habían acudido para que les inyectaran rellenos dérmicos y bótox. Sabía de buena tinta que muchas compañeras de profesión se habían puesto bótox a los veinte años para tener la cara tersa y prevenir las arrugas. Todas estaban obsesionadas con combatir el proceso de envejecimiento incluso antes de que comenzara. A Véronique siempre le había traído sin cuidado todo eso. Parecía una estupidez a los veintidós años o cuando quiera que empezaran. En la sala de espera había unas cuantas mujeres de mediana edad, aunque no muchas, y, de pronto, temió que alguna modelo pudiera entrar y reconocerla. No se había molestado en ponerse la mascarilla quirúrgica para la cita.

Rellenó el papeleo enseguida y la hicieron pasar a una amplia sala con más obras de arte impresionantes, una lustrosa mesa de ébano y un bosque de orquídeas blancas exóticas a lo largo de una pared. En menos de cinco minutos, el doctor Phillip Talbot entró en la sala. Era alto, rubio y guapo, de tez ligeramente bronceada, penetrantes ojos azules y una sonrisa con dientes perfectos; parecía una estrella de cine o un modelo. Véronique había trabajado con cientos de hombres parecidos y él no tenía absolutamente nada que envidiarles. Al fijarse en su alianza, supuso que debía de haber desilusionado a muchas de sus pacientes. Calculó que rondaba los cuarenta o cuarenta y tantos años. Llevaba puesta una bata blanca encima de un pantalón de vestir gris con una camisa blanca de Hermès de corte impecable hecha a medida, sin corbata, y unos mocasines de Gucci.

—Siento haberla hecho esperar —se disculpó, sonriendo al entrar en la sala con aire despreocupado y dirigirse a su mesa. La espera no había superado los tres minutos—. Aquí procuramos que las cosas vayan a buen ritmo. Todo el mundo tiene prisa. —Tenía una amplia sonrisa que encandilaba, en consonancia con el resto de sus atributos. Además parecía profesional y amigable en su justa medida, para satisfacer las expectativas de su exclusiva clientela. Conocido por su discreción, contaba con numerosos clientes del mundo de la moda, además de muchas estrellas de cine y celebridades. Al echar un vistazo a la ficha vio el nombre—. ¿Véronique Vincent? La modelo, supongo. —A simple vista no reaccionó al ver el lado derecho de la cara de Véronique, como si su aspecto fuera completamente normal. Ella asintió con la cabeza.

—Sí, pero en la actualidad no. Me he retirado. —Él entendía el motivo, pero se abstuvo de hacer el menor comentario. Era muy profesional y agradable, ambas cosas con la mesura adecuada.

—¿En qué puedo ayudarla? —Era lo bastante prudente como para no dar por supuesto que había acudido a la consulta por las cicatrices de su cara, por si el motivo fuera otro. Eso ocurría a veces, de modo que esperó a que ella respondiera.

Con el fin de no hacerle perder el tiempo, ni el suyo, fue directa al grano, sin abrigar esperanzas:

—Resulté herida en el atentado del aeropuerto de Bruselas en marzo. —Él asintió con la cabeza, con gesto serio, con la certeza de que las secuelas sin duda abarcaban mucho más allá de su cara, y que habría sufrido multitud de heridas de envergadura y daños internos, por no hablar del trauma psicológico—. Me acribilló una gran cantidad de metralla, a poca distancia de donde la bomba explotó. —Enumeró la lista de heridas y los órganos afectados—. Estuve tres meses en coma inducido y me sometieron a veintiséis operaciones. Tengo otra pendiente en diciembre o enero, para intentar atenuar las cicatrices de mi cara, pero ya me han adelantado que no se puede hacer mucho más. Un amigo me sugirió que viniera a verlo. He pasado seis meses ingresada en un hospital militar y acaban de darme el alta en septiembre. Se me ha ocurrido venir a su consulta antes de mi próxima operación, para ver si está de acuerdo con el procedimiento que tienen en mente. Más adelante prevén operarme otra vez, pero me advirtieron que la mejoría sería muy leve. —Mientras ella le daba la información, él mantuvo el semblante muy serio. La actitud informal y la amplia sonrisa habían desaparecido.

—Has sufrido un gran trance, Véronique —comentó él—. ¿Me permites que te tutee? —Ella asintió con la cabeza—. He leído acerca de ello, pero no he visto a ninguna de las víctimas aquí en Estados Unidos. Por lo visto a la mayoría las atendieron en Bruselas. Pero por lo que he leído y por lo que sé sobre sucesos similares, te pusieron en las mejores manos. Las heridas que sufriste, a consecuencia de la detonación de una bomba a escasa distancia, con metralla incorporada, es mejor tratarlas en dependencias militares porque son lo más similar a heridas de guerra, no civiles. De modo que asumo que recibiste el mejor tratamiento posible en Bruselas.

»En cuanto al daño causado en órganos internos y a la pérdida de miembros, una instalación militar dispone de especialistas adecuados para abordar todo eso. Donde es posible que se queden cortos es a la hora de abordar cuestiones estéticas, pues los tratamientos quizá sean menos sofisticados en el ámbito militar que lo que hacemos aquí para pacientes con problemas más delicados y vidas más mediáticas. En tu caso podría ser muy efectivo combinar ambos enfoques —explicó en tono alentador— y puede que se obtengan mejores resultados que lo que pueden ofrecerte en esta fase de tu recuperación. Supongo que también tendrás cicatrices en el tronco y las extremidades.

Ella asintió con la cabeza y se recogió las mangas del jersey. Tenía ambos brazos salpicados de cicatrices que seguían enrojecidas e inflamadas. Algunas eran bastante grandes, pero hasta ahora había aprendido a vivir con ellas y llevaba los brazos y las piernas tapados a todas horas. Cuando le habló sobre la intervención que tenían previsto realizarle en la cara dentro de dos meses, él asintió con la cabeza.

—Vamos a echar un vistazo, ¿te parece? —La enfocó con una potente luz.

—Mi ojo derecho también sufrió daños. Ahora distingo formas y luces. Me salvaron el ojo, pero me he quedado con la visión limitada. —A él no le impresionaron las heridas, como si las viera peores a diario, lo cual hizo que ella se sintiera a gusto. No parecía impactado, ni se mostró excesivamente compasivo, cosa que mucha gente hacía. Se limitó a tratarla como a cualquier otra paciente, no como si hubiera sobrevivido milagrosamente a un atentado.

—Entiendo por qué optaron por el procedimiento que llevaron a cabo, pero, con facciones tan delicadas como las tuyas y el cutis tan fino, yo opino que podemos obtener mejores resultados con un procedimiento más sutil. No requerirá más de ti como paciente, simplemente será una cirugía un poco más laboriosa para nosotros. Estoy de acuerdo en que es imposible eliminar las cicatrices por completo, pero pienso que con una técnica diferente podríamos obtener un resultado bastante satisfactorio. Tan solo será necesario que permanezcas hospitalizada unos días; lo que sí me gustaría es que te quedaras aquí unas semanas con el fin de que podamos hacer un seguimiento de tu recuperación, por si surgieran complicaciones. Luego, a los tres meses aproximadamente, realizaríamos una segunda intervención y a partir de ahí podremos evaluar la situación. —A ella le gustó de inmediato, y lo que decía tenía sentido, también el hecho de que las expectativas de las modelos, actrices y estrellas de cine eran diferentes a las de soldados corrientes. Sintió que, gracias a Doug, había acudido al lugar adecuado—. ¿Sigues viviendo en París? —le preguntó.

—Sí.

—Podrías instalarte aquí temporalmente; disponemos de apartamentos que prestamos a los pacientes que vienen de lejos. Está incluido en el precio de la operación, con servicio de limpieza y un restaurante cercano que sirve las comidas a domicilio. Es posible que te encuentres más cómoda allí que en un hotel. Es más discreto. Puedes pensártelo y ponerme al tanto de lo que decidas. —Hojeó una agenda de piel que había encima de su mesa, para consultar sus citas quirúrgicas, y a continuación levantó la vista hacia ella—. Tengo un día disponible, aunque es probable que no te guste: el 22 de diciembre. Te echará a perder la Navidad, pero como en esas fechas tengo menos operaciones, por razones obvias, y estaré de guardia durante las fiestas, yo mismo podré echarte un ojo en el posoperatorio, y en principio podrías irte a casa a mediados de enero, quizá antes. Cuando te venga bien, teniendo en mente la siguiente operación en marzo. —Le puso las cosas la mar de fáciles, y ella cayó en la cuenta de que la Navidad no significaría nada para ella este año—. Estarás vendada, claro, pero podrás salir a la calle en unos cuantos días. ¿Eso trastocará mucho tus planes en Navidad?

—No tengo ninguno. No tengo familia. Como mi madre murió en el atentado, a lo mejor sería un buen momento —respondió.

Él asintió con la cabeza y le volvió a sonreír.

—No quiero presionarte. ¿Por qué no lo piensas tranquilamente y me dices? Creo que podríamos conseguir un resultado bastante bueno. No será perfecto, ni quedarás como antes, pero pienso que podemos suavizar un poco las cicatrices, hacerlas menos visibles.

Mientras lo decía, entró otro hombre con bata médica. Era más bajo, de pelo oscuro y ojos marrones, y parecía un oso de peluche. Ofrecían un interesante contraste el uno con el otro. Aparentaba unos cincuenta años. Phillip Talbot le presentó a su socio.

—Este es mi socio, Dick Dennis. Se le da de fábula la chapa y pintura, por si alguna vez te decides a eliminar las cicatrices de tus brazos y piernas —comentó despreocupadamente con una cálida sonrisa. El doctor Dennis puso los ojos en blanco.

—Me hace parecer un mecánico en un concesionario de coches de segunda mano —le dijo a Véronique, también con una sonrisa. El doctor Talbot lo puso al corriente del atentado y de las heridas en una jerga técnica muy árida. Dennis también reconoció su nombre al instante y la conocía. Era aún más bella que en las fotos, pensó, pero se lo calló. Le impactaron las heridas de su rostro, pero no dio muestras de ello.

—Está sopesando la idea de hacerse unos retoques en la cara en diciembre. Se lo va a pensar. —A ella le gustaron tanto aquellos cirujanos que le entraron ganas de quedarse y dejar que la operaran en el acto, pero era demasiado pronto. Su última intervención aún estaba demasiado reciente y tenía toda su lógica que el tipo de cirugía facial que el doctor Talbot realizaba fuera más refinada que la castrense—. A lo mejor pasa la Navidad con nosotros. —Sonrió a Véronique y a su socio.

—Pondremos a Papá Noel al corriente de dónde te encuentras —prometió Dick Dennis—. Siento la intromisión, Phillip. Quería que echaras un vistazo a unas fotografías. Te dejo la carpeta aquí. —La puso encima de la mesa de Talbot. A Véronique le gustó la forma en la que Phillip Talbot se había referido a su operación, «hacerse unos retoques», como si se tratase de una fotografía. La manera en la que lo expresó le quitaba hierro, le restaba gravedad. Todo lo que le habían hecho en el hospital militar parecía terrorífico y los médicos se mostraban muy pesimistas respecto a los resultados, especialmente en lo relativo a su rostro.

—¿Se podría hacer cirugía corporal al mismo tiempo? —preguntó ella con cautela—. La verdad es que no entraba en mis planes, pero algunas de las cicatrices son bastante desagradables, sobre todo las de mi espalda y vientre. Hubo enormes trozos de metal que salieron despedidos a diestro y siniestro. Y tengo los brazos horribles. Los llevo cubiertos a todas horas.

—¿Te parece si echo un vistazo? —le preguntó el doctor Dennis. Ella asintió con la cabeza.

—¿Tienes alguna otra pregunta para mí? —quiso saber Phillip Talbot.

—Creo que no. Me ha explicado todo. —Esbozó una tímida sonrisa y él sacó su tarjeta de visita, anotó su número de teléfono móvil y se la tendió.

—Avísame si decides pasar la Navidad con nosotros. Si no, intentaré buscar otra fecha que te cuadre, pero puede que no sea hasta finales de enero.

—Preferiría no esperar —señaló ella. La entusiasmaba la idea de probar lo que él proponía. Sabía que su cara no quedaría perfecta y que jamás volvería a estarlo, pero con que mejorase sería maravilloso, y ambos cirujanos le habían causado muy buena impresión. Le estrechó la mano al doctor Talbot y siguió al doctor Dennis hasta una sala de reconocimiento, donde se desvistió con cuidado, se quedó en sujetador y braguitas, y se dio la vuelta despacio para que le examinase todas las cicatrices de modo minucioso. Para algunas de ellas usó una lupa. Después la miró con gesto serio.

—El impacto de la explosión debió de ser colosal. Creo que tuviste suerte con la cicatriz del pie izquierdo. Podrías haber perdido el pie, incluso la pierna.

—Me lo operaron de urgencia. Por lo visto estuve en un tris de perderlo, pero lo salvaron. Y la que tengo en el abdomen es de la parte del hígado que sí perdí. Tenía metralla alojada en el cuerpo entero y todavía queda bastante, pero extrajeron un montón en las veintiséis operaciones. —Incluso siendo médico, le resultaba imposible imaginar el infierno por el que habría pasado.

—Eres una mujer muy valiente —señaló—. Tengo una hija de tu edad y, si le ocurriese algo parecido, perdería la cabeza. Me figuro que recibirías terapia en el hospital durante tu convalecencia.

—Sí, pero no fui valiente. Pasé tres meses en coma. Llevaron a cabo la mayor parte de las operaciones entonces, mientras estaba inconsciente. Fue más duro cuando me despertaron. —Tenía marcas a todo lo largo de brazos y piernas debido a las numerosas vías intravenosas.

—¿Hasta dónde te gustaría llegar? —le preguntó con tacto.

—Quizá de momento solo reparar las peores, cuando me operen la cara. En Bruselas me hicieron la cirugía plástica en la cara, pero no en las cicatrices del resto del cuerpo.

—Me he dado cuenta. Haremos un poco de dermoabrasión y pulido de la piel —dijo él con una sonrisa— y ya veremos qué te parece. El doctor Talbot hará maravillas con tu cara. Es lo que mejor se le da. Como te ha dicho de forma poco elegante, yo me ocupo de la chapa y pintura. —Él realizaba principalmente liposucciones de vientre y operaciones de pecho, pero ella no necesitaba ni lo uno ni lo otro. También lipoesculturas en muslos y nalgas, cosa que a ella no le interesaba. Véronique tenía un cuerpo escultural, además de una cara perfecta, salvo por la gran cantidad de cicatrices causadas por la metralla. Era un crimen ver lo que le había sucedido, pero, a pesar de las secuelas, era una joven increíblemente bella, y él deseaba ayudarla a recuperar su antiguo aspecto en la medida de lo posible—. Espero verte si decides volver por aquí, Véronique —añadió en tono amable—. Yo estaría en la operación con el doctor Talbot. La recuperación será bastante rápida, mucho más que cuando estuviste en estado crítico. —A ella todo le causó buena impresión, incluidos los dos médicos. También los cirujanos de Bruselas, pero su trato era más serio y castrense, no eran tan exquisitos y simpáticos. Había dado con una clínica de primera categoría, una de las mejores de Nueva York. La entusiasmaba la idea de lo que en principio serían capaces de hacer, y le infundieron un atisbo de esperanza de cara al futuro.

Dio las gracias al doctor Dennis con gesto risueño y salió de la clínica unos minutos después. Era lo más esperanzador que le había sucedido desde el atentado.

Se dirigió a Madison Avenue, y prácticamente cruzó el centro de camino al hotel curioseando en los escaparates. Se detuvo delante de uno de ellos y entró a comprarse un jersey rojo vivo, acorde con su estado de ánimo. Cayó en la cuenta de que había estado vistiendo en tonos apagados para no llamar la atención, y, de repente, dejó de importarle. Sentía que estaba reviviendo. Se moría de ganas de que llegase la Navidad. Sintió el impulso de llamarlos por teléfono para decirles que había decidido operarse, pero se prometió a sí misma que reflexionaría acerca de ello y que no tomaría una decisión precipitada. Le había encantado todo lo que le habían dicho en la cita.

Cuando llegó al hotel, se encontraba muy animada y decidió llamar a su padre para ponerlo al corriente de las novedades. El mayordomo le dijo que el senador Hayes estaba descansando y que no se le podía molestar, que había pasado una mañana complicada. Ella confiaba en no haber contribuido a ello por haberlo fatigado el día anterior; le dejó un recado diciéndole que esperaba que se encontrase mejor y le mandó recuerdos. Como su padre le había dado permiso para telefonearlo con toda libertad a cualquier hora, le había tomado la palabra, y confiaba en no haber metido la pata.

Pasó el resto del día con tranquilidad, reflexionando acerca de todo lo que le habían dicho los dos cirujanos plásticos. Le habían dado una chispa de esperanza por primera vez desde hacía meses, la posibilidad de volver a tener un aspecto más normal, aunque fuera ligeramente. Paseó por el SoHo a primera hora de la tarde, regresó al hotel para cenar temprano y puso rumbo al aeropuerto con tiempo de sobra para su vuelo nocturno a París.

En el aeropuerto, cuando estaba de pie esperando para embarcar, pensando en las últimas veinticuatro horas, en el encuentro con su padre y en la cita médica de esa mañana, decidió no aguardar ni un minuto más para operarse. Sacó la tarjeta de Phillip Talbot de la cartera y lo llamó al móvil. Eran las nueve de la noche, pero no quería que alguien le quitara el hueco para la operación.

Él respondió al instante.

—Siento llamarlo tan tarde, pero quería avisarlo antes de regresar a París. Me gustaría que me operara el 22 de diciembre, como me propuso esta mañana. Y el doctor Dennis me comentó que podría arreglar algunas de las cicatrices de mi cuerpo también.

—Bien, eso son buenas noticias, Véronique. Nos alegrará mucho tenerte con nosotros en Navidad. ¿Te gustaría que te reservara uno de los apartamentos para los huéspedes? —Hizo que pareciera un divertido fin de semana de fiesta en vez de una intervención quirúrgica.

—Sí —respondió ella, sintiendo que le faltaba el aliento. Por nada del mundo habría pensado que la seduciría la perspectiva de operarse.

Él ya la había informado de que la operación se realizaría en el Hospital Presbiteriano de Nueva York y que pasaría tres noches allí antes de trasladarse a uno de los apartamentos para continuar la convalecencia. Al parecer eran sumamente lujosos y cómodos, de lo cual no le cabía duda. También quería preguntarle cuál era el coste de la operación, puesto que carecía de seguro que la cubriera. Iba a emplear parte del dinero que había heredado de su madre. Seguro que a Marie-Hélène le habría alegrado saber a qué iba a destinarlo.

—Me gustaría conocer cuál sería el importe de la operación, para tener una idea. Puedo hacer una transferencia bancaria inmediata antes de venir.

Él respondió en tono serio:

—El doctor Dennis y yo lo hemos hablado después de marcharte, Véronique. Lo que te ha sucedido es un verdadero despropósito, una terrible injusticia. Vamos a operarte gratis. Ambos queremos hacerlo. Es nuestro regalo de Navidad. Tendrás que pagar la estancia en el hospital, pero nuestros honorarios y el uso del apartamento son un regalo. Ya hablaremos de honorarios la próxima vez, pero en esta ocasión nosotros corremos con los gastos. —Ella se quedó pasmada, con lágrimas en los ojos.

—No sé cómo agradecérselo. Los dos han sido tan amables conmigo hoy... Estoy realmente entusiasmada con la idea de la operación.

—El resultado no será perfecto —le recordó él de nuevo, para no crear falsas expectativas—, pero creemos que quedarás bastante satisfecha. Será necesario que vengas un día antes para hacerte unos análisis, o sea, que nos veremos el 21 de diciembre.

—Gracias, de todo corazón —dijo ella, y, al colgar, echó a correr hacia el avión.

Todavía quedaban personas realmente buenas en el mundo, y estaba claro que los dos médicos a los que había conocido gracias a Doug se contaban entre ellas. Cuando el avión despegó, le dio la sensación de volar por sí misma. Luego se pasó todo el trayecto durmiendo hasta París. El viaje a Nueva York había sido fantástico.

10

Después de la euforia que la embargó al marcharse de Nueva York, su llegada a París fue más dura de lo que imaginaba. Al llegar al piso a mediodía, inconscientemente esperaba ver a su madre saliendo del dormitorio u oírla trajinar en la cocina mientras, preparaba café y algo para comer. Era sábado y lo normal hubiera sido encontrarla en casa, pero esta vez estaba a oscuras y vacía, con las cortinas corridas, y reinaba el silencio. Resultaba desolador que hubiese tanta quietud; la realidad de la ausencia de su madre la golpeó de nuevo. Fue a su cuarto a dejar la maleta y se puso a deambular por el apartamento en busca de alguna señal de vida, con la sensación de que el corazón le pesaba como el plomo en el pecho. No había ni rastro de vida, solo silencio y oscuridad por todas partes, y fuera hacía un día gris.

Se sentó en la cocina, reprimiendo las ganas de llorar, y la llamaron al móvil. Tras unos instantes de vacilación, respondió. Como la llamada era de un número oculto, no tenía ni idea de quién era, pero fue un alivio escuchar una voz humana. Se sorprendió al comprobar que se trataba de una modelo sueca a la que llevaba dos años sin ver.

—Soy Ulla —dijo con euforia. Véronique se arrepintió de haber respondido. Nunca habían sido amigas—. ¿Cómo estás? Por fin he retomado el trabajo. Tuve gemelos, pero ya estoy de vuelta. Se me ha ocurrido saludarte. ¿Estás muy ocupada? —Era una chica bastante agradable, pero Véronique nunca había mantenido una estrecha amistad con ella e ignoraba a qué se debía la llamada.

—En realidad ya no trabajo de modelo. Me he tomado un tiempo.

—¿Estás embarazada? —preguntó ella, en tono jocoso.

—No, simplemente necesitaba tomarme un tiempo. Acabo de regresar de Nueva York.

—Me encantaría verte. Mi madre se ha quedado al cuidado de los gemelos dos semanas para que yo aceptara algunos encargos aquí. Me perdí la Semana de la Moda. ¿Cómo fue?

—No lo sé, no estaba aquí. —Sí que estaba, pero escondida.

—Tuve que operarme los pechos después de dar a luz a los gemelos. Amamantar es un desastre. No volveré a cometer esa equivocación. Y tardé un año en perder lo que había engordado. Pero fue agradable estar en casa, en Suecia, con mi madre. —Véronique dio por sentado que Ulla no estaba casada con el padre de los gemelos—. Me habría resultado imposible hacerlo sin ella. Voy a aprovechar para hacerme unos retoques en la cara mientras estoy aquí. Necesito rellenos, y ahora estoy poniéndome bótox. En Suecia me he estado dando unos fantásticos masajes faciales con electroestimulación. Es casi como un *lifting.* —Ulla, con veintinueve años, se acercaba al final de su carrera. Incluso antes de su parón recibía menos llamadas y la demanda de sus servicios se había reducido. A los diecisiete era espectacular, pero doce años después no tanto.

Al cabo de unos minutos, Véronique puso fin a la llamada lo más airosamente posible. La conversación le recordó lo que Doug había comentado sobre lo cansado que estaba de chicas obsesionadas con su peso y su edad, poniéndose inyecciones de bótox y rellenos a los veintidós, haciéndose la cirugía estética, aumentos o reducciones de pechos, pasando hambre para mantener el peso a raya y aterrorizadas ante la aparición de la menor línea de expresión o arruga. Parecía una forma demencial de vivir, y totalmente narcisista. Era el único tema de conversación entre la mayoría de ellas. Véronique, a sus veintidós años, había alcanzado el punto culminante de su carrera, pero en cinco años tal vez ya no fuera así. Añoraba los fabulosos encargos de Dior y Chanel, salir en sus desfiles, aparecer en la portada de *Vogue*, fotografiada por todos los fotógrafos famosos del mundo. Pero ¿cuánto duraba y qué sentido tenía? ¿Y qué pasaba con todas ellas cuando llegaba el final?

Solo unas cuantas de las más famosas continuaban en el oficio cumplidos los treinta. A las demás se las consideraba mayores a los veinticinco, y rivalizaban en la pasarela con quinceañeras a las que contrataban por su aspecto aniñado y sin curvas. Era un tren rápido imposible de alcanzar. Y, cuando acababa, los editores, agentes y fotógrafos eran despiadados.

Véronique se preguntó si tal vez se había ahorrado el bochorno de que su carrera terminara el día menos pensado, cuando le saliera una arruguita en alguna parte y su cuerpo dejara de ser perfecto. El suyo ahora estaba sumamente baqueteado, maltrecho y lastimado a más no poder. La bomba, además de poner fin a su carrera en el acto, la había destrozado. No obstante, la lenta agonía del rechazo por ser considerada demasiado mayor a los veintiséis tampoco habría sido plato de gusto.

Era un negocio de locos, en el que se imponían patrones inhumanos. Las personas de carne y hueso y las mujeres corrientes no se ajustaban a ellos, no pasaban hambre como se exigía a las modelos ni se drogaban para perder peso, o usaban pegamento instantáneo para que los pies no se les salieran de zapatos cuando no eran de su número y luego, al quitárselos, les sangraban. Véronique había sido testigo de todo eso en sus primeros años de profesión, a los dieciocho y diecinueve, luego en su ascenso meteórico al estrellato con veinte, hasta convertirse en la modelo más cotizada del sector. Pero ¿a qué precio?

Odiaba la manera en la que su carrera había concluido y, de haber podido, habría retomado el trabajo. Pero ahora se preguntaba cuándo se habría cansado y cómo se habría sentido cuando dejaran de solicitarla con súplicas a su agente para sacarla en portadas de revistas y realizar sesiones fotográficas en lugares exóticos. Todo parecía muy efímero, y le hizo plantearse de nuevo qué hacer de cara al futuro. A la larga necesitaría trabajar en algo, pero con semejante aspecto, ¿quién la contrataría, aunque fuera para un trabajo de oficina? Ella no tenía experiencia con los niños y los aterrorizaría con su cara. Y, a menos que Phillip Talbot obrara un milagro en Nueva York, no le quedaría otra salida que encontrar un empleo escondida en alguna parte, donde nadie la viera. Ya no encajaba con los patrones de belleza de nadie.

Esa tarde, mientras se compadecía de sí misma en el piso, abatida por la ausencia de su madre, Doug la llamó por teléfono. No estaba seguro de si Véronique habría regresado ya, pero decidió probar suerte. Él se quedaría unos cuantos días más en París.

—¿Qué tal en Nueva York? —le preguntó cuando ella descolgó el teléfono—. ¿Viste a tu padre?

Ella respondió en tono sereno:

—Estuvo increíble. Es un encanto de hombre y, aunque sea demasiado tarde, dice que lamenta las decisiones que tomó. Nunca alcanzó sus metas en la política. Supongo que tenía las miras puestas en la presidencia cuando mantuvo la relación con mi madre. Por eso renunció a todo, incluido el amor de su vida, y se quedó en un matrimonio vacío. Ya está muy mayor y bastante delicado. No obstante, fue encantador conmigo y pasamos tres horas juntos más o menos.

—Me alegro por ti, Véro. Al menos lo has conocido y te ha contado su versión de la historia.

—Mi madre era reacia a hablarme de él, pero, cuando lo hacía, siempre decía cosas bonitas de él. No le guardaba rencor por habernos abandonado. A lo mejor se figuraba que, si mi padre hubiera renunciado a sus sueños por estar con nosotras, habría acabado odiándola por lo que había perdido.

—Es alucinante las decisiones de mierda que todos tomamos a veces, para luego terminar pagando los errores toda la vida. Por eso creo que jamás me casaré. Es un compromiso demasiado grande. ¿Cómo diablos va a saber alguien a los treinta lo que querrá o quién será a los cincuenta o sesenta?

—Pero si no te comprometes, acabas solo, y eso tampoco tiene ni pizca de gracia. —Ella se sentía sola y ahora lo sabía de buena tinta.

—Me parece que prefiero estar solo —dijo Doug. Por eso ella nunca había querido mantener una relación sentimental con él: jamás sentaría la cabeza ni se comprometería en serio. Según él, opinaba lo mismo a los treinta y nueve que a los veinte. Nada había cambiado.

—Por cierto, he conocido a alguien más. —No cabía en sí de la emoción—. Llamé por teléfono al médico que me recomendaste, el de tu amiga. Phillip Talbot, el cirujano plástico.

—¡Vaya! Eso sí que es interesante. ¿Qué te dijo?

—Opina que puede hacer algo para atenuar mis cicatrices. Que no podrán desaparecer por completo, pero sí suavizarlas para que no impacten tanto. No quedaré perfecta, pero sí mejor. Da la impresión de que es un procedimiento mejor que lo que planeaban hacer en Bruselas. Creo que son técnicas mucho más refinadas y sofisticadas.

—Su clientela también —señaló Doug con acierto, y ella estaba de acuerdo—. Mi amiga tiene un aspecto fabuloso ahora, mientras que antes estaba hecha una pena. Aún le queda alguna cicatriz tenue en la cara, pero nada que ver con cómo la tenía antes. Se las puede tapar con maquillaje. —A Véronique le constaba que no era su caso, pues sus cicatrices eran demasiado profundas.

—Dice que cuesta mucho reparar las cicatrices debido a la fuerza de la explosión y a la metralla, pero confía en que quedaré contenta con el resultado. Volveré a Nueva York para Navidad, me operaré y pasaré unos días en el hospital.

—¿Cuánto tiempo estarás allí?

—Dos o tres semanas a partir de la operación, dependiendo de cómo evolucione.

—¡Fenomenal! Yo voy a pasar la Navidad en Irlanda, cosa que lamentaré nada más llegar a casa, porque mis hermanas y mis sobrinos me vuelven loco. Pero regresaré a Nueva York para Fin de Año. ¿Quieres pasarlo conmigo? —A ella la conmovió que se lo preguntara.

—Claro que sí, a menos que para entonces consigas un plan mejor. En ese caso, si algún pibón se cruzara en tu camino de aquí a Año Nuevo, puedes dejarme plantada.

—Tú a mí me pareces un pibón —comentó en tono burlón—. Podemos agarrarnos un buen pedo juntos o ir a ver la caída de la bola en Times Square en Nochevieja. ¿Dónde te hospedarás?

—Tienen apartamentos para pacientes como yo, que vienen de lejos y quieren ser «discretos». Y no te lo vas a creer, pero su socio y él van a realizar la primera intervención gratis, como un regalo, en honor a lo que me pasó.

—La verdad es que es increíble. —Doug se alegró por ella—. Estoy muy contento de que te haya ido bien. Mi amiga lo pone por las nubes.

—Y tiene un socio que se ocupa de las lesiones en el cuerpo. Me va a arreglar algunas de las cicatrices con peor aspecto. Esto es lo mejor que me ha pasado desde el atentado.

—¿Te apetece cenar conmigo mañana? —le propuso—. Porque esta noche no puedo, ya he quedado.

—Me encantaría. Y, de todas formas, estoy demasiado cansada para salir esta noche. He regresado hace apenas unas horas. —Parecía triste de nuevo—. Es duro volver a casa y no encontrar a mi madre. No paro de imaginar que de pronto saldrá de su habitación o me la encontraré en la cocina. Todavía se me antoja muy irreal, como si me estuviera gastando una broma muy pesada y fuera a presentarse en el piso en el momento menos pensado. Pero aquí solo estoy yo.

—Yo también me sentí así cuando mi padre falleció. Cada vez que volvía a Dublín, esperaba encontrarlo allí. Sigo haciéndolo. La muerte, la idea de que la gente desaparezca, se desvanezca de repente y que nunca vuelvas a verlos, es un concepto difícil de asimilar.

—Sí, es lo que hay. —Él siempre la entendía. Era un excelente amigo—. Gracias por la recomendación. Los dos médicos me han causado una buenísima impresión. Uno es una especie de estrella de cine, guapo y con labia, y el otro, que se ocupa de las lesiones corporales, es de esos tíos que parecen ositos de peluche. Ambos son encantadores, y aún no me creo que vayan a hacer esto gratis.

—Algunas personas desean enviar buena energía al universo haciendo buenas obras. Lo que os sucedió a ti y a tu madre fue una injusticia en muchos sentidos. Como la gente se siente incapaz de remediarlo, hace lo mejor que se le ocurre, lo cual no cambia lo que pasó, pero es bonito saber que hay personas así en el mundo. Casi compensan por los otros.

No recuperaría a su madre, pero la conmovió en lo más hondo.

Aquella noche se puso manos a la obra con el armario de su madre y se deshizo de algunas cosas. Amontonó lo que deseaba conservar, tal vez para darle uso o ponerse ella misma, y apartó lo que donaría. Se marcó el objetivo de guardar las cosas de su madre antes de Navidad. Después iba a darle un ligero lavado de cara al piso, a cambiar de sitio algunas cosas, a desprenderse de otras e imprimirle un toque personal. Véronique y su madre no siempre habían coincidido en todo. De momento seguía teniendo la impresión de estar viviendo en la casa de su madre, no en la suya. Todavía no había decidido qué hacer con el dormitorio de Marie-Hélène. No quería dormir allí, pero le daba mucha lástima desmontarlo para destinarlo a otro uso. Sin embargo, la sensación de que su madre iba a entrar por la puerta sin más se debía, en parte, a que permaneciera intacto.

La cena con Doug la noche siguiente fue, como siempre, divertida. Él lo había pasado bien en su ausencia, había quedado con la joven modelo y con varias más. Salía con muchas de ellas; Véronique era una de las pocas que no había caído rendida a sus pies. Cenaron en un restaurante italiano, donde él le contó el último cotilleo del mundo de la moda. Escucharlo hizo que ella lo añorara un poco, aunque cada vez se sentía más ajena a ese ámbito, como si las cosas que tanto les importaban a ellos no significaran absolutamente nada en el mundo real.

Al día siguiente se puso a hacer limpieza a fondo en los armarios de su madre. Por la noche ya había revisado y colocado en pulcros montones toda la ropa. Al final había muy pocas cosas que deseara conservar, aparte de unas cuantas prendas con valor sentimental y unos bonitos abrigos que solía pedirle prestados. Revisó las joyas de Marie-Hélène y, como sabía que no se las pondría, las guardó en la caja fuerte, y luego se encargó del escritorio, metió las fotografías en cajas, guardó las agendas en otra caja, examinó las carpetas y los papeles. Para la hora de la cena, la mesa de despacho de Marie-Hélène estaba despejada. Poco a poco, lo estaba consiguiendo. Le parecía irrespetuoso husmear en sus cosas, pero ella no iba a volver. Véronique empezaba a asimilarlo a los siete meses de su muerte.

Se pasó el mes siguiente moviendo cosas de un lado a otro, cambiando cortinas, deshaciéndose de algunos muebles que no le gustaban. Estaba cansada de las antigüedades de sus abuelos. Mandó algunas a subasta, cambió cuadros de sitio y, en noviembre, el piso tenía un aire diferente, más juvenil, más alegre. Había creado una mezcla ecléctica con objetos antiguos y nuevos. Le había dado por rebuscar en tiendas *vintage* y casas de subastas, y se animaba llevando cosas a casa. Pensaba que ojalá pudiera habérselas enseñado a su madre, a lo mejor le habrían gustado. Como por entonces Doug había regresado a Nueva York, no tenía a nadie a quien mostrárselas, pero las disfrutaba igualmente. Cada vez salía más sin mascarilla. A veces la gente se quedaba mirándola, pero estaba aprendiendo a hacer caso omiso, y ayudaba el hecho de saber que pronto la operarían. Tenía la sensación de que las secuelas de su cara eran más pasajeras, como las heridas de un accidente en proceso de curación en vez de algo que permanecería así de por vida. Aún no se sentía preparada para ver a gente conocida; primero quería operarse en Nueva York y luego tal vez quedar con viejos amigos.

Entonces ocurrió lo inevitable. Se había despreocupado, disfrutaba de lo lindo curioseando en tiendas de antigüedades de barrios desconocidos, en busca de cosas para el piso. Era primeros de diciembre; la decoración navideña ya estaba colgada en los Campos Elíseos y la avenida Montaigne. A veces le encantaba pasear por allí de noche, cuando encendían las luces. La ciudad se afanaba en los preparativos de Navidad. Camino de casa, paró en una tienda de alimentación a comprar algo para la cena. Como iba distraída y de noche le costaba más calcular la distancia y la profundidad debido a la pérdida de visión en un ojo, chocó con una mujer que salía de la tienda. Al levantar la vista y hacer amago de disculparse, comprobó que se trataba de Stephanie, su agente, que soltó un grito ahogado. Después de meses evitando encontrarse a algún conocido, Véronique se había topado, literalmente, con la persona a la que más deseaba evitar. Stephanie se quedó mirándola conmocionada. De primeras, lo único que vio fueron las cicatrices, y acto seguido se dio cuenta de quién era.

—¡Oh, Dios mío! Véronique, ¿estás bien? —preguntó en un tono muy preocupado. Véronique sintió el impulso de correr a esconderse, pero era demasiado tarde. No tenía escapatoria. Ya no le quedaban fuerzas, ni siquiera tenía ganas, de seguir mintiendo.

—Muy bien —dijo en voz baja—. Perdona por haber chocado contigo. —No se le pasó por alto que Stephanie la estaba escudriñando.

—¿Por qué no me pusiste al corriente de la gravedad de las heridas?

—Ni yo misma lo supe durante un tiempo, ni lo que duraría la convalecencia. Todavía tengo operaciones pendientes. —A pesar de haber perdido la belleza y la posibilidad de continuar como modelo, ya no tenía la impresión de haber cometido un crimen. Al principio sentía como si hubiera fallado en cierto modo—. Ahora estoy mejor, pero este es el motivo por el que me retiré.

—Ahora lo entiendo. Pero ¿no se puede hacer nada? ¿Cómo vas a quedarte así? —Como si tuviera elección—. Hoy en día hacen maravillas. ¿Has ido a que te vea un cirujano plástico? —Como si la idea no se le hubiera pasado por la cabeza.

—Muchas veces. Me han operado veintiséis veces en seis meses —respondió, esta vez con más naturalidad—. Tengo otra operación dentro de unas semanas. Pero no van a hacer milagros. Las cicatrices jamás desaparecerán por completo. No es precisamente el look apropiado para la portada de *Vogue*. —Hubo un dejo de ironía en su voz. Ya no se despertaba con ganas de llorar. Las cicatrices se habían atenuado un poco, incluso antes de la operación.

—Oh, Dios, lo siento. Deberías habérmelo dicho.

—¿Para qué? Me he retirado, eso es lo único que necesitan saber. Las modelos vienen y van.

—No a tu nivel. Las grandes como tú tienen una larga trayectoria.

—Así no —repuso Véronique escuetamente. Esta era su realidad, no se trataba de vestidos de noche de Dior o Givenchy.

—¿Qué dicen los médicos? ¿Mejorará? ¿Pueden arreglarlo?

—Hasta cierto punto. No lo suficiente como para que pueda volver al mundo de la moda.

—¿Estás bien? ¿Tienes trabajo?

—Estoy bien. —No se sentía en la obligación de entrar en detalles—. No te dije nada porque no quería que todo el mundo se compadeciera de mí o que la prensa me persiguiera. Al parecer, algún periódico británico de tres al cuarto publicó un artículo mientras yo estaba en el hospital, pero nadie se enteró. Yo no llegué a verlo. —Por aquel entonces se encontraba en coma, aunque una enfermera la puso al corriente de ello al cabo de unos meses—. Y mi nombre pasó desapercibido en la lista de víctimas. Hablan de las personas que murieron, pero los heridos pasan sin pena ni gloria.

—Es verdad. Me alegro de verte. Ahora lo comprendo.

A Véronique no se le pasó por alto que no propusiera quedar o comer juntas algún día. No eran amigas. Había sido un producto que Stephanie vendía. Como había dejado de ser una mercancía comercializable, no interesaba. Ya se la estaba imaginando contándole a la gente qué aspecto tenía, y lo de las cicatrices. Es probable que se muriera de ganas de airearlo. Era una cotilla de cuidado, le encantaba propagar malas noticias. Véronique se sorprendió al ser consciente de que no le afectaba. Le importaba un comino lo que pudiera contar.

—Mantente en contacto —dijo Stephanie de compromiso. Véronique sabía de buena tinta que no volvería a tener noticias de ella, y que no recibiría ninguna llamada antes de la edición de la Semana de la Moda en marzo para pedirle que desfilase en una de las pasarelas. Ahora las dos tenían claro que quedaba descartado—. Bueno, cuídate —añadió, al tiempo que Véronique negaba con la cabeza.

—Feliz Navidad —dijo Véronique con una sonrisa.

—Igualmente. Llámame después de la próxima operación para ponerme al corriente de si hay alguna novedad. —Véronique, sin intención de hacerlo, asintió con la cabeza y seguidamente echó a andar diciéndole adiós con la mano.

Sintió una extraña liberación después del encuentro. Ya no tenía necesidad de esconderse o rezar para no toparse con ella. Lo peor había pasado: Stephanie la había visto, y contaría a los cuatro vientos qué aspecto tenía. Y entonces, camino de casa, cayó en la cuenta de que lo peor había pasado el 22 de marzo, cuando su madre, Cyril y otras treinta personas perdieron la vida, y tantas otras resultaron heridas. El resto, y lo que Stephanie dijera respecto a su cara, no importaba en absoluto.

11

Véronique terminó de ordenar y clasificar las cosas de su madre en diciembre. Había despejado su mesa de despacho, pues ahora estaba usando el estudio. Se había desprendido de su ropa; sus libros seguían estando en la estantería y ahí permanecerían. Aún había fotografías de Bill en el apartamento, además de las que su madre le había dejado, las cuales había llevado a enmarcar y colocado en la sala de estar y en su dormitorio. Ahora que lo conocía, habían cobrado un nuevo significado para ella. Le encantaban las de sus padres juntos y una de él henchido de orgullo sonriendo de oreja a oreja con ella de bebé en brazos.

Véronique se dio cuenta de lo diferentes que eran esas fotografías comparadas con las que él tenía en su piso, donde aparecía en pie junto a su difunta esposa con aire incómodo y gestos adustos y fríos como el hielo. La alegría y el amor que Bill y Marie-Hélène habían compartido se plasmaba de manera patente en cada foto. Siempre que las contemplaba, no podía evitar pensar qué estúpido había sido al tomar aquella decisión. Con ellas habría sido feliz. No obstante, él también lo tenía muy presente, y lo había reconocido sin tapujos en su encuentro.

Decidió cuidarse y ponerse fuerte después de meses de inactividad durante la convalecencia. Iba a nadar casi todos los días, salía a dar caminatas y a pasear en la bicicleta de su madre por el bosque de Bolonia. Leyó todos los libros cuya lectura había postergado por falta de tiempo en los últimos años, y algunos de sus clásicos favoritos.

Todavía no se sentía preparada para retomar el contacto con gente del pasado. Había perdido la relación con sus amigas del colegio mientras desfilaba, trabajaba y viajaba sin parar. Y su vida había cambiado demasiado con respecto a las de ellas. Unas le tenían envidia y otras se habían mudado a otras ciudades por trabajo o para matricularse en estudios superiores. A su edad, cuatro años era un largo tiempo, y ahora tenían poco en común. Cuando empezó a trabajar de modelo, se metió en un mundo muy diferente, con un estilo de vida más sofisticado. Aunque ahora había vuelto a lo sencillo, tanto la fama como el trauma del accidente, sumados a los meses de hospitalización, la habían aislado. Ya se había acostumbrado a la soledad. Y el golpe más devastador había sido perder a su madre. Ahora era más consciente que nunca de lo unidas que habían estado, y del vacío de su vida sin ella. El hecho de no contar con su apoyo y la cara con la que se reencontraría con la gente ahora eran obstáculos que aún le costaba horrores salvar.

Mantenía el contacto por correo electrónico con unas cuantas amigas de su madre, pero quedar con ellas sin Marie-Hélène únicamente aumentaría el dolor por su ausencia, le resultaba demasiado duro. Ellas, con la intención de no entrometerse, mantenían las distancias con discreción y también tenían sus propios problemas, obligaciones, familias y ajetreo en sus vidas. Eso hacía que valorara más el contacto asiduo que mantenía con Doug.

A menudo iba al cine por la tarde, donde se perdía en la fantasía del instante. Solo veía películas divertidas que la hicieran reír, nada demasiado emotivo o triste. Echaba de menos tener a alguien con quien compartir las risas. Y a veces, en el piso, encendía la televisión con tal de oír voces de gente a su alrededor. Desde el atentado había llevado una vida solitaria. Por ahora era lo que necesitaba, pues se sentía vulnerable después del trauma de Bruselas. Su ordenador era su principal medio de información y contacto con el mundo exterior, y escribía a su padre a menudo. Sus respuestas eran breves, pero cariñosas y afectuosas. Según decía, le encantaba recibir noticias de ella y también llevaba una vida solitaria, encerrado entre cuatro paredes, mientras su salud iba deteriorándose.

De vez en cuando sentía que el pánico se apoderaba de ella en una sala de cine o en la calle, aterrorizada ante la posibilidad de que una bomba explotase cerca. Leía mucho sobre personas que habían superado traumas, y compraba libros de psicología sobre el trastorno de estrés postraumático. Llegó a la conclusión de que se encontraba en la transición entre su antigua vida, que se había hecho añicos para siempre, y una nueva que todavía no se había perfilado. Seguía sin tener claro qué hacer en el terreno laboral, pero antes de tomar cualquier decisión quería someterse a las dos operaciones siguientes. Su mente, su cara y su cuerpo todavía se hallaban en proceso de recuperación, lo cual de momento era un trabajo a tiempo completo.

Puso rumbo a Nueva York el 20 de diciembre. Cuando despegaron en París estaba nevando. Le habría encantado ver la nieve decorando la ciudad, como encaje sobre las farolas. De pequeña le chiflaba contemplarlo.

Cuando aterrizó en Nueva York hacía un frío que calaba los huesos. Llevaba puesto un viejo abrigo de piel de mapache de su madre, junto con un voluminoso gorro de pelo a juego.

Cogió un taxi hasta el apartamento que le habían asignado. Era perfecto, lo bastante espacioso para encontrarse a gusto. El dormitorio estaba decorado en *chintz* rosa, mientras que la sala de estar era de un tono pálido de marfil, como la clínica. Había flores de bienvenida, una cesta de fruta, refrescos, champán, vino y una carta del restaurante que servía las comidas a domicilio. Enchufó el ordenador y deshizo la maleta la noche de su llegada. Se había llevado principalmente prendas de abrigo cómodas para la convalecencia. Le habían adelantado que lo más probable era que no tuviera ánimo para salir a la calle hasta tres o cuatro días después de recibir el alta; sobre la mesa habían dejado las instrucciones del pre y posoperatorio. Todo estaba organizado de forma minuciosa.

Tenía una cita con el doctor Talbot a la mañana siguiente para realizar los análisis de sangre necesarios. Ambos médicos habían estudiado con detenimiento los informes que les habían remitido desde el hospital belga, pues no querían llevarse ninguna sorpresa. Como le habían hecho una radiografía de cuerpo entero, sabían dónde continuaba alojada la metralla. Su intención no era extraerla, ya que solo les interesaba la capa superficial y las cicatrices.

Después de examinarla el doctor Talbot, se reunió con el doctor Dennis, que le dio una calurosa bienvenida y un abrazo. Al tener una hija de su misma edad, la trataba con actitud paternal. Él notó a Véronique ilusionada, y algo nerviosa, ante la idea de operarse. El único hospital en el que había estado ingresada en su vida era el de Bruselas, y ya estaba familiarizada con todas las pruebas del preoperatorio. A pesar de que aquí todo era diferente y nuevo, las cosas fueron sobre ruedas y ambos médicos le aseguraron que pasaría rápidamente y que podría irse al apartamento después de una breve hospitalización. La mantendrían bajo una fuerte sedación mientras permaneciera ingresada y con medicación para el dolor en la convalecencia. Durante los primeros días, una enfermera iría a verla a diario al apartamento por si surgían complicaciones, pero no preveían ningún imprevisto. Su evolución había sido muy buena tras sus operaciones en Bélgica. Habían leído todos los informes que les habían enviado. Aparte de las secuelas del atentado, era joven y gozaba de buena salud.

Cuando terminó el reconocimiento, el doctor Dennis charló con ella. Tenía un dibujo de todas las heridas en el que había señalado las que se disponía a operar tras la intervención del doctor Talbot. Habían trabajado en equipo en muchas ocasiones, pues eran socios desde hacía más de una década. Se habían conocido mientras el doctor Talbot realizaba su residencia en Yale. En el transcurso de su conversación con ellos, ella averiguó que el doctor Dennis estaba casado y tenía cuatro hijos, y que el doctor Talbot era divorciado. Él estaría de guardia en Nochebuena y el día de Navidad, con el fin de que el doctor Dennis pudiera pasar las fiestas en familia. Este estaría de guardia la víspera de Año Nuevo, lo cual, según él, no le suponía el menor inconveniente, pues su esposa y él nunca salían en Nochevieja. Se notaba que era un hombre familiar. El doctor Talbot tenía dos hijos en edad universitaria en la UCLA, ninguno de los cuales iba a pasar las Navidades con él; se reuniría con ellos en enero para disfrutar de un largo fin de semana esquiando en Aspen, donde tenía una casa.

—A lo mejor te tiento para que vengas a África conmigo algún día —comentó Dick Dennis como quien no quiere la cosa mientras Véronique se vestía.

—¿Por qué a África? —preguntó ella, mientras se ponía el jersey y las botas. Todas las analíticas y pruebas estaban en orden; era asombroso lo sana y fuerte que se encontraba teniendo en cuenta por lo que había pasado nueve meses antes. La juventud era una bendición y una baza; él estaba seguro de que a muchas otras víctimas no les había ido tan bien.

—Paso tres meses en Angola todos los años —le explicó—, en un hospital infantil. Angola sufrió una guerra civil durante veintisiete años, que dejó más de cuatro millones de desplazados, una hambruna devastadora y entre diez y quince millones de minas terrestres sin explotar. Esas minas causan estragos entre la población. Empecé a colaborar con la Fundación HALO hace años. Abrigamos la esperanza de limpiar Angola y varios países más de minas terrestres en los próximos años; HALO lleva más de dos décadas trabajando con ese objetivo. Yo paso tres meses allí al año, operando a los niños que son víctimas de esas minas, muchos de los cuales pierden miembros o quedan muy desfigurados. Juntamos a los niños de la zona heridos, los operamos y les prestamos servicios de apoyo gratuitos. El hospital lo dirige una pequeña congregación de monjas, además de enfermeras entregadas y maravillosas. Disponen de equipos de médicos que inspeccionan la zona periódicamente. Yo opero allí como voluntario. Vuelves sintiendo como si de algún modo hubieses marcado la diferencia. Que un crío de tres años no pierda una pierna, que un niño de siete conserve el brazo... O intentas arreglar lo que queda con el fin de que puedan valerse por sí mismos y que tal vez una niña pequeña no quede desfigurada. Allí vemos cosas espantosas. Y las enfermeras y las monjas son extraordinarias.

»Es la única forma de poder hacer lo que hago aquí. Cuando ya has inyectado tanto bótox sientes que has desperdiciado tu título de Medicina. A Phillip se le da mucho mejor todo eso que a mí. El trabajo en Angola nutre mi alma. Todos mis hijos han viajado allí al menos una vez, aunque a unos les gusta más que a otros. El mayor, que acaba de empezar sus estudios de Medicina en la Universidad de Columbia, me ha acompañado en muchas ocasiones; a los demás no les llama tanto la atención. Mi esposa odia aquello, pero se lo toma con filosofía y me deja hacer lo que es importante para mí. Se pasa tres meses cenando con sus amigas, y yo diría que le encanta. —Se echó a reír. Véronique lo escuchaba fascinada—. La princesa Diana colaboró con HALO, y el príncipe Harry ha seguido sus pasos.

—Me encantaría acompañarte en alguna ocasión a ver aquello —dijo ella de manera espontánea—. Apenas conozco África, solo he estado una vez en Johannesburgo. He trabajado prácticamente en todas partes: Sudamérica, Asia, en toda Europa, aquí en Estados Unidos..., pero no he ido a ningún otro lugar de África.

—Tengo la impresión de que te encantaría —comentó él en tono cariñoso. Su hijo mayor tenía veinticuatro años y la hija que seguía a este era de la edad de Véronique—. En esa parte del mundo se respira algo muy especial. Yo me enamoré de ese sitio cuando estudiaba en la universidad. Cada año, desde hace veinte, paso allí más o menos desde febrero hasta mayo. Cuando los niños eran pequeños solo me quedaba dos meses, pues de lo contrario mi mujer probablemente se habría divorciado de mí. Cuando llegaron al instituto, añadí un tercer mes. Ahora hablo portugués con fluidez, además de un poco de kikongo y umbundu, las otras lenguas locales. Si en algún momento tienes interés en ir, te daré más detalles. —Su patente pasión la conmovió profundamente. A pesar de que ella tenía en mente la operación del día siguiente y estaba nerviosa, lo que le había contado la fascinó y parecía emocionante.

A la salida de la clínica fue a hacer unos recados y, con la esperanza de verlo, llamó a su padre. La enfermera, que respondió al teléfono, dijo que no se encontraba bien, que había sufrido un episodio de bronquitis aguda y no podía recibir visitas. Ella le había escrito para ponerle al corriente de la intervención; en su respuesta, él le había deseado suerte. Le pidió a la enfermera que le deseara feliz Navidad, y esta le dijo que así lo haría. El personal había atendido muy bien sus llamadas desde el día del encuentro, y abrigaba la esperanza de verlo otra vez, siempre que su salud se lo permitiera, durante su estancia en Nueva York. Se lo imaginó rodeado de sus tres hijos el día de Navidad. Ella era la hija desconocida que permanecía en la sombra, de la que no sabían nada y a la que jamás conocerían. La sensación le resultaba extraña. Ella era, al igual que su madre, el secreto que él se llevaría a la tumba.

Aquella noche Doug la llamó al móvil desde Irlanda para desearle suerte. Parecía un pelín achispado; le dijo que acababa de volver del *pub* con su hermano y que lo iban a volver loco entre todos, pero que estaba pasándolo bien. Se había acordado de llamarla antes de la operación. Desde el instante en que ella regresó de Bruselas, él se había enmendado y mantenía un contacto asiduo con ella. Antes, cuando estaban ocupados, él pasaba meses sin dar señales de vida, pero ahora, sabiendo lo sola que estaba, ponía empeño en telefonearla a menudo. En estos momentos él era su único amigo, la única persona conocedora de las secuelas en su cara aparte de Bernard, su padre, Gabriella —que había ido a visitarla al hospital en una ocasión— y su agente, con la que se había tropezado y de la que no había vuelto a tener noticias.

Le costó dormir esa noche, y se levantó a las cinco. Como los análisis de sangre estaban listos, la operación se programó para las ocho y la citaron en el hospital a las seis. Según le habían adelantado los dos cirujanos, la verían antes de la intervención. Como el hospital se hallaba en East River, relativamente cerca del apartamento y de la consulta, tomó un taxi a las seis menos cuarto, llegó a tiempo y se registró. La condujeron a una sala privada a la que acudió el anestesista para verla y explicarle el protocolo. Todo era mucho más exclusivo que en Bélgica, pues se trataba de un hospital privado, a diferencia del militar, que era público. Allí había recibido excelentes cuidados, pero aquí el trato era más personalizado, atendían hasta el último detalle para contribuir a su comodidad.

Le administraron un relajante y, cuando llegaron los doctores Talbot y Dennis, ya estaba adormilada. Tras hablar con ella unos minutos, se fueron a lavarse las manos. Apenas se dio cuenta cuando los auxiliares la pusieron en una camilla y la condujeron por el pasillo hasta el quirófano. Una vez tendida en la mesa de operaciones, la sala y los potentes focos le resultaron familiares. Hacía frío y, antes de empezar, la taparon con una manta eléctrica. Ella era consciente de que ambos médicos se hallaban en la sala. Una enfermera le administró algo por vía intravenosa y, al cabo de unos minutos, el anestesista le dijo que contara hacia atrás desde diez y, en el nueve, se quedó inconsciente.

Cuando recuperó el conocimiento, oyó su nombre y a una enfermera que no paraba de hacerle preguntas. Se encontraba demasiado aletargada para responder. Estaba en la sala de reanimación, y siguió durmiendo. Luego, al ver a ambos médicos apostados junto a su cama diciéndole que todo había salido bien, se le antojó que había pasado un buen rato.

—Qué bien..., gracias... —Acto seguido se quedó dormida y, cuando se despertaba en alguna que otra ocasión, le decía algo en francés a la enfermera. Le dieron un poco de zumo, y no la trasladaron a su habitación hasta la noche. La enfermera le explicó que le estaban poniendo medicación para el dolor, aunque Véronique no notaba ninguna molestia. Le preguntó a la enfermera si había explotado una segunda bomba y si su madre estaba bien; la enfermera se hizo la despistada y se limitó a decirle que los dos médicos habían pasado a verla de nuevo mientras dormía. Al rato, cuando la ayudaron a ir al baño, preguntó cómo estaba Cyril; la enfermera le respondió que bien. Estaban acostumbradas a los posoperatorios de los pacientes y le habían administrado una fuerte medicación. Con gruesos vendajes en la cara, Véronique durmió de un tirón hasta la mañana siguiente. Al despertarse estaba nevando y sobre el alféizar de la ventana se habían acumulado dos palmos de nieve. Notó una sensación algodonosa en la boca debido a la anestesia. Estaba empezando a espabilarse cuando el doctor Talbot fue a visitarla a las ocho.

—Parece ser que vamos a tener unas Navidades blancas para ti. —Le sonrió. Había tardado veinte minutos en llegar desde su consulta, a unas manzanas de distancia, por calles resbaladizas—. ¿Cómo te encuentras, Véronique?

—Cansada, pero bien. —Le desagradaba la sensación de tener la cara vendada de nuevo. La agobiaba y le traía malos recuerdos, pero no le dolía.

—Dedícate a descansar los próximos días. —También tenía vendas en las piernas y los brazos, de las intervenciones del doctor Dennis, y una grande en la barriga—. Ayer hicimos un buen trabajo —comentó con aire satisfecho—. Creo que todos quedaremos contentos. Todo fue muy bien.

Bajo los efectos de la medicación, pasó los dos días siguientes más dormida que despierta. Los dos médicos fueron a verla la mañana del día de Navidad. Como le habían reducido la dosis de analgésicos, se encontraba más lúcida. Se había acumulado más nieve sobre el alféizar de la ventana y la ciudad se encontraba prácticamente paralizada debido a una borrasca. Ella había dormido durante todo ese tiempo.

—¿Cómo te encuentras? —le preguntó el doctor Talbot mientras el doctor Dennis le examinaba los vendajes de las piernas con gesto satisfecho. Apenas se había movido de la cama en tres días salvo para ir al baño y, la mayoría de las veces, creyó estar en Bélgica. Ahora sí era consciente de dónde estaba. Era la mañana del día de Navidad—. ¿Te gustaría volver al apartamento hoy? —le preguntó. No había motivos para que siguiera hospitalizada. En realidad dependía de ella decidir dónde se encontraba más a gusto.

—Sí —respondió, en tono desafinado debido a lo poco que había hablado en tres días y a la anestesia.

—Lo arreglaremos para que te recoja un coche esta tarde

y una enfermera se quede contigo esta noche y mañana. Después podrás manejarte sola. —En ese instante Véronique cayó en la cuenta de que el doctor Dennis había ido expresamente a verla, pese a que no estaba de guardia el día de Navidad. No obstante, sus hijos ya eran mayores para apañárselas sin él durante una hora. De hecho, tenían planes y pasarían el día de aquí para allá.

Los dos médicos firmaron los papeles del alta antes de marcharse. Ella siguió tumbada en la cama, totalmente lúcida por primera vez en tres días, que habían pasado volando desde la operación. En la habitación reinaba la calma y las enfermeras, que habían estado pendientes de ella, no tenían grandes quehaceres salvo comprobar que no se hubiera soltado ninguna venda, pero ella no se había movido.

A las cuatro, una enfermera la ayudó a vestirse y una auxiliar de enfermería la condujo en silla de ruedas a la planta baja, donde el portero la ayudó a subir al coche que los médicos habían avisado. Todo estaba nevado; en el corto trayecto hasta el apartamento, la ciudad resplandecía. La enfermera, que la esperaba en el vestíbulo, la ayudó a subir, la acomodó en la amplia y confortable cama y le preguntó si quería que encendiera la televisión, pero ella no quiso. Se había perdido la Navidad, de lo cual se alegraba. Tumbada en la cama, se puso a pensar en su madre y en las bonitas Navidades que habían compartido. Como no tardaría en marcharse, no había montado el árbol, aunque tampoco habría soportado la idea de decorarlo sin ella.

La enfermera, sentada en la sala de estar, estaba muy callada. Cada media hora más o menos iba a echar un ojo a Véronique. Pidió por encargo una comida ligera con pollo, arroz y un caldo de pollo, pero Véronique apenas probó bocado y a las nueve ya estaba dormida. Mientras la vencía el sueño, se alegró de haberse perdido la Navidad sin su madre: había sido la manera perfecta de pasar ese día, bajo una fuerte sedación. La enfermera apagó la luz y Véronique durmió de un tirón.

Cuando se despertó a la mañana siguiente, dijo que no necesitaba más analgésicos. La enfermera la ayudó a lavarse con una esponja alrededor de los vendajes y luego a ponerse unos vaqueros, una sudadera gris y unas zapatillas de peluche. Después encendió la televisión, y la enfermera le sirvió los huevos revueltos que había pedido. A las seis, cuando esta se marchó, Véronique se quedó sola, el cuarto día del posoperatorio; las enfermeras irían dos veces al día a revisar los vendajes. El doctor Talbot la llamó antes de cenar para ver qué tal se encontraba.

—Bien, solo que tengo la impresión de que he pasado dos semanas de borrachera —respondió, algo avergonzada. Una vez que salió del coma en Bruselas, no la sedaron tanto, salvo para las intervenciones quirúrgicas más serias.

—Solo han pasado cuatro días —puntualizó él— y esa es la mejor forma de hacerlo. Aparte de una gran tormenta de nieve, no te has perdido nada.

—¿Puedo salir? —Fuera estaba tan bonito que tenía ganas de salir a hacer una bola de nieve.

—Mejor no. Más te vale no caerte o darte un golpe. La nieve se fundirá en unos cuantos días; entonces podrás salir. Dick se disgustará si echas a perder su trabajo. Yo iré a verte mañana, aunque las enfermeras me han informado de que estás recuperándote. ¿No te duele nada?

—Nada. Siento un hormigueo en la cara, pero no me duele.

—Perfecto. Bueno, tómatelo con calma y aprovecha para ver películas.

Le daba la sensación de estar perezosa, pero se hallaba fatigada, y continuaba durmiendo mucho. No veía la hora de eliminar todos los medicamentos de su organismo. Era una sensación desagradable, que le recordaba la cantidad de veces que la habían operado en Bélgica.

Esa tarde llamó por teléfono a su padre, que esta vez estaba despierto y en condiciones de conversar con ella. A pesar de que tosió mucho al teléfono, lo notaba de buen ánimo.

—¿Cómo fue la operación? —le preguntó de inmediato—. He estado preocupado por ti.

—Bien, creo. Me he pasado cuatro días durmiendo. Ni siquiera sé qué pasó, solo que otra vez parezco una momia. Estoy vendada de arriba abajo.

—Descansa y ya está. De todos modos, con tanta nieve se ha paralizado la ciudad.

—Me apetecía salir a hacer bolas de nieve, pero el médico no lo ha consentido. —A él le hizo gracia su actitud infantil.

—A mí tampoco me dejan salir a hacer bolas de nieve. Tendrás que venir de visita otra vez cuando los dos nos sintamos mejor. Estoy con esta dichosa tos que no sé a qué se debe. ¿Todo bien el día de Navidad? —Había estado preocupado por ella, pues era la primera Navidad que pasaba sin su madre.

—Lo pasé durmiendo.

—Tal vez haya sido lo mejor —señaló él con pesar. Ella coincidía con él.

Siguieron conversando unos minutos más, pero como él se puso a toser con más fuerza, decidieron colgar. Antes, ella dijo:

—Feliz Navidad, papá.

Él se echó a reír; parecía complacido.

—Llevo mucho tiempo deseando oír eso. Gracias. Feliz Navidad a ti también, mi querida niña. Espero que tengas un maravilloso año por delante, mucho mejor que este.

—Sí, yo también lo espero. —No podía haber sido peor. A continuación colgaron, y ella se alegró de haber hablado con él, pues todo apuntaba a que no se encontraba muy allá. Su tos sonaba horrible, pero según él no tenía neumonía.

Las Navidades resultaron ser bastante llevaderas. Doug

tenía previsto regresar a Nueva York tres días después para pasar la Nochevieja juntos, ya que no tenía ninguna cita. Ella estaba deseando verlo, pues no había tenido noticias de él desde su llamada desde Dublín porque estaba muy liado con su familia. Ella se había llevado para la ocasión un vestido corto plateado que un diseñador le había regalado después de una sesión fotográfica. Doug dijo que él pondría el champán. Tenían pensado quedarse en el apartamento y ver películas antiguas en la tele. A ella le parecía un plan perfecto para Nochevieja, y se alegraba de haberse operado. Ahora lo único que necesitaban era esperar los resultados. Hasta ahora, los médicos la habían atendido de maravilla. Había sido una experiencia de primera categoría, nada que ver con el hospital militar belga. Se sentía como una reina, y era gratis.

Doug llegó puntualmente a las nueve la víspera de Año Nuevo y, al verla con el vestido plateado y los zapatos de tacón a juego, se quedó boquiabierto. Se le veían las vendas, pero también las piernas, y el efecto era apabullante. Lo impresionó.

—¡Hola, Hombre de Hojalata, te quiero! —exclamó con un marcado acento irlandés.

Lo que más le fastidiaba a Véronique era llevar media cara vendada de nuevo, le traía malos recuerdos. Había tenido pesadillas cada noche desde la operación. Pero se alegró de verlo. Tras abrir la botella de champán que traía en la mano, Doug sirvió dos copas, le tendió una y se sentó junto a ella en el sofá.

—Menudo casoplón —comentó, echando un vistazo a su alrededor, impresionado. Parecía un hotel de cinco estrellas de alto postín. Ella había encargado la cena al servicio de cáterin: un bistec para él y pollo para ella. Él estaba relajado y contento después de su viaje a Irlanda.

—Bueno, ¿qué tal ha ido? —preguntó ella mientras tomaban champán.

—Fantástico. Mi familia está chiflada. Hemos estado todos apretujados en el diminuto apartamento de mi madre y pasando el rato en el *pub* del barrio a la menor oportunidad. Hasta las ancianas lo frecuentan. Mi hermano mayor bebe demasiado, pero es un tío estupendo. Eso sí, su mujer es horrible. Todos la odiamos desde hace años. Y mi hermana Nuala, que es monja, consiguió pasar la Navidad con nosotros. Cuando estoy aquí, se me olvida lo mucho que disfruto allí. Mi madre se desvive cuando todos nos juntamos en casa. Nos aguanta y cocina el repertorio de platos irlandeses tradicionales para un regimiento. Me alegro de haber ido. Todo me parece demasiado engorroso, hasta que llego allí y enseguida me alegro de estar en Irlanda. ¿Tú qué tal por aquí? —preguntó preocupado.

—He pasado estas fiestas durmiendo. Me mantuvieron sedada, pero ya me encuentro bien.

La comida llegó a las nueve y media. Doug disfrutó de su bistec, pero Véronique solo picoteó el pollo. Se le había quitado el apetito con tanta medicación, aunque ya había salido a la calle a dar un paseo por el parque nevado. Había observado cómo jugaban los niños y se lanzaban por pendientes con bolsas de basura atadas alrededor del cuerpo. A ella le dieron ganas de probar, pero temía golpearse las piernas. En opinión de los dos médicos, satisfechos con su evolución después de la cirugía, podría irse a casa en dos semanas. Tenían previsto retirarle los vendajes unos días antes de su partida.

Charlaron mientras cenaban, y ella lo puso al corriente del trabajo que realizaba el doctor Dennis con los niños en África.

—Me ha invitado a que vaya de visita. Estoy barajando la idea de ir en marzo, después de la próxima operación, o en abril. Parece una pasada.

—Yo he estado en Kenia y Zimbabue. Me encantó. Hay lugares preciosos. Si hace eso y trabaja gratis tres meses al año, seguro que es un buen hombre.

—Eso pienso yo. Se le ilumina la cara cuando habla de los niños. El hospital está dirigido por monjas. Dijo que, si voy, puedo hospedarme en el convento.

—Haz el favor de no meterte a monja mientras estés allí. Todavía me cuesta creer que mi hermana lo hiciera. Salía con todos los chicos de la parroquia y, de buenas a primeras, ingresó en una orden, juró los votos y santas pascuas. Mi madre se puso eufórica: si todos nos hubiéramos metido a curas y monjas, ella encantada de la vida. Yo me mudé a Nueva York para huir de mi familia. Pero una vez al año son estupendos. —Parecía feliz y relajado.

Tenían la televisión encendida de fondo para ver la caída de la bola en Times Square, que iba a ser el mayor acontecimiento de la noche. Ella le agradecía que la pasara con ella. Había ido al cine una tarde y al Museo Metropolitano, pero no tenía nada que hacer. Después de diez días en Nueva York anhelaba volver a casa, aunque era necesario esperar a que le quitaran los vendajes. Ansiaba ver los resultados de la operación. Le advirtieron que la cara se le quedaría algo rosácea durante una temporada, si bien en principio las cicatrices se suavizarían y atenuarían.

—Todo esto es gracias a ti, ¿sabes? Si no me hubieras recomendado al doctor Talbot, estarían poniéndome parches en Bruselas como a los soldados.

—Qué bien que lo llamaras. Espero que hayan hecho un buen trabajo. Lo hizo con mi amiga, que está contenta y ha retomado el trabajo. —Ambos sabían que eso no iba a ocurrir en el caso de Véronique, ya que sus días como modelo eran historia, pero cualquier avance era de agradecer. Ella le contó su tropiezo con Stephanie en París antes de Navidad y Doug respondió con un gruñido, sentimiento que compartía con él—. Es una cotilla tremenda y la reina del drama, Dios sabe qué le irá chismorreando a la gente. Al principio me quedé preocupada, pero luego pensé «Qué diablos, no puedo impedirle que hable», y ahora estoy mejor.

Él la notaba más animada. Parecía más segura de sí misma, y ya no se ponía mascarilla nunca. Salía con la cara al descubierto, incluso antes de su reciente operación. Apuró el champán mientras hacían tiempo para la caída de la bola. Habían barajado la idea de ir a Times Square a verlo, pero ella temía recibir un empujón o un golpe entre la muchedumbre y, como hacía un frío que pelaba, se quedaron tan contentos viéndolo por televisión. Véronique se había plantado con la primera copa de champán y seguía sobria. Doug estaba un pelín achispado, pero no demasiado. Le había dado por ponerse gracioso, no desagradable. Era un bebedor alegre, incluso cuando bebía de más.

Finalmente llegó la medianoche y la bola cayó con toda la fanfarria, a bombo y platillo. Él le dio un casto beso en la boca y, al cabo de media hora, se levantó para irse.

—¿Una cita de madrugada? —preguntó ella en tono burlón.

—No, desfase horario. Si me quedo un minuto más, tendrás que dejarme dormir en el sofá. —Aunque ya lo había hecho en el apartamento de Véronique en París, ella coincidió con él en que debía irse mientras aún pudiera moverse. Le dio las gracias antes de que se marchara.

—Gracias por hacerme tan agradable la Nochevieja. —Él la abrazó con cuidado de no hacerle daño en ningún sitio. Ahora le parecía muy frágil.

—Tú también has hecho que sea agradable para mí. Un día de estos conoceremos al amor de nuestra vida, y esto no se repetirá.

—En este momento ese escenario me parece impensable —repuso ella—. El tío tendría que ser ciego.

—No. Simplemente tiene que quererte y tratarte bien, porque si no le partiré la cara. —Ella se había convertido en algo así como una hermana pequeña a la que quería proteger de todos los males del mundo, pues ya había sufrido calamidades para el resto de su vida—. Algún día, cuando dejes atrás toda esta mierda de médicos, encontrarás al tío adecuado. A los veintitrés, no eres precisamente una solterona. No me preocupas. —Sin embargo, confiaba en que ella no se cerrase al amor debido a las cicatrices. Sería terrible que se recluyera—. Un día iremos a bailar —prometió.

Sabía que a ella le encantaba bailar. La exmodelo sonrió al pensar en ello y, minutos después, él se internó en la gélida noche. Véronique se alegró de que se hubieran quedado en casa, pasando una agradable velada calentitos. Era un buen amigo. Le parecía inconcebible que un hombre entrara en su vida de nuevo. El pobre de Cyril era un vago recuerdo a esas alturas, aunque todavía pensara en él. El año anterior habían pasado la Nochevieja juntos en un fabuloso cotillón en Montecarlo. Habían ido en avión para pasar la noche. Todo eso ahora se le antojaba muy lejano. Formaba parte de otra vida, una que le resultaba inimaginable recuperar. La bomba de Zaventem se había ocupado de eso.

12

Véronique pasó tranquilamente el día de Año Nuevo leyendo y viendo la televisión. Ahora que se había acostumbrado a la visión limitada de su ojo derecho, leía muchísimo. Salió a dar un paseo por el parque, bien abrigada, y llamó a su padre al volver a casa. Sugirió ir a verlo, pero él confesó que estaba cansado y que no se encontraba bien. Daba la impresión de que su tos había empeorado.

—¿Cómo te encuentras desde la operación? —preguntó él. Para tratarse de un padre que había estado ausente toda la vida, desde que habían establecido el contacto se había mostrado accesible siempre que lo telefoneaba. Se preocupaba por ella y por todo lo que estaba afrontando. Como sabía que ya no tenía a su madre para que velara por ella, sentía que ahora le tocaba a él, incluso en una fecha tan tardía. Le debía al menos eso a Marie-Hélène, y le constaba hasta qué punto ella se había desvivido por la hija que tenían en común. Su pérdida había sido un golpe para Véronique, más duro que sus cicatrices y su carrera truncada.

—Me encuentro bien. Tengo ganas de ver cómo ha quedado. No dejan de repetirme que la mejoría no será considerable, sino leve con cada intervención, pero con el paso del tiempo las cicatrices no impactarán tanto como ahora. Es lo que hay. Nunca se borrarán completamente. —Ni el trauma que había sufrido. También lo tenía asumido, pues la embargaba la ansiedad siempre que se encontraba entre una multitud. Había sentido pavor en los aeropuertos de París y Nueva York, y, a pesar de ello, lo había superado. Se negaba a interrumpir su vida y estaba dispuesta a plantar cara a sus fantasmas. La probabilidad de que algo semejante volviera a pasarle era muy remota. La doctora Verbier y ella habían hablado largo y tendido acerca de eso. Sin embargo, los recuerdos seguían muy presentes. Solo habían transcurrido nueve meses desde el atentado.

—Quiero que vengas a visitarme de nuevo —dijo su padre en tono cariñoso, aunque parecía exánime. Había tardado dos días en recuperarse de su largo encuentro—. Ven a verme cuando te quiten los vendajes. Para entonces me habré librado de esta dichosa tos.

—No salgas, papá —le advirtió ella, saboreando la palabra. Le encantaba pronunciarla. Era como si él se la hubiera regalado—. Hace un frío de mil demonios.

—No te preocupes, no voy a ir a ninguna parte. Aunque la nieve está preciosa desde mis ventanas. Me encantaba la nieve en París cuando iba a ver a tu madre. Es una ciudad tan bonita.

—Sí. —La añoraba. En Nueva York se sentía como una extraña y no se imaginaba viviendo allí, a pesar de que había viajado ahí a menudo por trabajo. Era un lugar emocionante, pero todo se le antojaba duro y frío. Carecía del encanto de París.

Conversaron durante un rato, hasta que los ataques de tos de su padre se lo impidieron. Era una tos profunda y carraspose que la inquietaba.

—Chip va a venir a verme hoy. —Era el medio hermano de Véronique, el primogénito de su padre y su único hijo varón. Tenía cincuenta y tres años, treinta más que ella. Sus dos hermanas menores tenían cuarenta y tantos. Podrían haber sido padres de Véronique.

—Pareces cansado, papá —dijo Véronique con delicadeza—. Deberías descansar.

—Lo haré. Voy a echar una cabezada antes de que llegue. Cuídate tú también. Haz caso a los médicos.

—Lo hago. He sido muy cautelosa para evitar darme ningún golpe desde la operación. —A consecuencia de las heridas tenía la piel de los brazos y las piernas más fina—. Todos los días viene una enfermera a cambiarme los vendajes.

—Ojo con no caerte —le advirtió—. Fuera estará todo helado y resbaladizo. —No se equivocaba. Ella había estado en un tris de resbalar unas cuantas veces cuando salía a pasear.

—Tengo cuidado. Iré a verte pronto. Te llamaré mañana para ver cómo estás. —Acto seguido añadió con su agradable tono de voz—: Te quiero. —Al oírlo, a él se le empañaron los ojos. Se había perdido muchísimo de ella, su vida entera. Y le recordaba muchísimo a Marie-Hélène. Tenía su misma voz.

—Yo también te quiero. Espero que lo sepas —dijo él en tono paternal.

—Ahora lo sé.

—Siempre te quise, y a tu madre. Sé cautelosa con las decisiones que tomes, porque lamentamos nuestros errores durante el resto de nuestra vida. —Ella no supo qué decir para consolarlo. Estaba claro que se arrepentía de no haberse quedado con Marie-Hélène y con ella. Ya era demasiado tarde, pero al menos se habían conocido y reencontrado finalmente, en el momento oportuno para ambos. Su esposa ya había fallecido, y Véronique, ahora que había perdido a su madre, daba gracias por tener un padre. Él estaba intentando brindar a Véronique apoyo en su ausencia.

—Todo salió bien —dijo ella con delicadeza, procurando reconfortarlo—. Mamá y yo fuimos felices juntas. Ella tuvo una buena vida. —A esas alturas no tenía sentido que él se torturase: estaba viejo y enfermo. Su hija era de naturaleza compasiva, tal y como le había enseñado su madre, que había dado claras muestras de ello a lo largo de su vida. Había sido un ejemplo a seguir para Véronique en muchísimos aspectos.

—Hablaremos pronto —dijo él con voz apagada, y, un minuto después, colgaron. Ella se pasó el resto del día pensando en él y en lo que le había dicho.

Esa noche se acostó temprano, después de ver una película. Sabía que Doug estaba cenando con una chica a la que había conocido en el vuelo de vuelta de Irlanda. A la mañana siguiente, acababa de despertarse, sintiéndose fresca y llena de energía, cuando la enfermera fue a cambiarle las vendas. Le dejó *The New York Times* sobre la mesa y Véronique fue a prepararse un café. Al marcharse la enfermera, se sentó con su café y su periódico.

Al leer un titular en primera plana se quedó de piedra. Bajo la fotografía de su padre cuando era joven, el titular rezaba: «El senador William Hayes fallece a los 83 años. El apreciado y veterano hombre de Estado fallece de neumonía en su domicilio». Según decía, la muerte se había producido la tarde anterior, y ella, con el corazón en un puño, cayó en la cuenta de que probablemente falleciera poco después de hablar con ella. Se alegró mucho de haber llamado. Las lágrimas resbalaron por sus mejillas mientras leía el artículo acerca de sus numerosas victorias políticas, las leyes que había contribuido a aprobar, la fallida presentación de su candidatura a la vicepresidencia... Decía que le sobrevivían sus tres hijos: Charles Hayes, que ya había presentado su candidatura al Congreso, Adele Hayes Harriman y Elizabeth Hayes Sutton, además de siete nietos. Que había estado casado durante cincuenta y seis años con la difunta Florence Astor Hayes, fallecida el año anterior a causa del alzhéimer. Según el artículo, se había retirado poco después y llevaba varios años frágil de salud.

Se mencionaban las muchas actividades filantrópicas del senador. Era muy conocido por sus generosos donativos, al igual que su esposa. Se enumeraban los numerosos subcomités del Senado de los que había sido miembro, así como los importantes cambios que había promovido, y decía que era uno de los senadores más respetados y queridos. Por supuesto, en ningún momento se mencionaba a Véronique o a su madre; eran los secretos mejor guardados de su vida, los cuales se había llevado a la tumba. Pero todo cuanto se decía de él hacía referencia a una vida honorable, dedicada a mejorar la calidad de vida de la gente, y al papel decisivo que había desempeñado en muchos programas contra la pobreza.

Le dio por preguntarse si él y su madre habrían hecho lo correcto al protegerlo a toda costa del escándalo. Qué diferente habría sido el contenido del obituario de haber salido a la luz la existencia de una amante en París y una hija natural, o un desagradable divorcio por ese motivo. La decisión de no exponerse a eso la habían tomado conjuntamente. Sin embargo, a juzgar por lo que él le había dicho, Véronique tenía claro que al final lamentó esa decisión. No lo añoraría menos de haber sido su hija legítima. Habían establecido contacto y, aunque reciente, su vínculo era fuerte. Él había llegado a tiempo para suponer una enorme pérdida para ella. Permaneció sentada llorando, dándole vueltas a la conversación que habían mantenido el día anterior. Por encima de todo, él le había dicho que la quería, que siempre la había querido, igual que a su madre, y ella lo creyó. Ahora era una huérfana de verdad, y no tenía a nadie con quien llorar la pérdida. Sabía que su muerte le habría roto el corazón a su madre, y tal vez estuvieran juntos ahora. Eso esperaba. Después de un matrimonio vacío de cincuenta y seis años con Florence Astor, sus últimos años con ella enferma de alzhéimer seguro que tampoco fueron fáciles. Era de Marie-Hélène de quien hablaba como el amor de su vida.

Según el artículo, el funeral se celebraría cuatro días después en la catedral de San Patricio, en una ceremonia abierta al público. El entierro se organizaría en la intimidad, exclusivamente para la familia. La noche anterior se rezaría el rosario en la catedral.

Véronique pasó horas sentada, con la mirada perdida, pensando en él, consternada por que se hubiera desvanecido tan deprisa sin verlo otra vez. Valoraba profundamente el poco tiempo y los momentos que habían compartido. Cada vez que pensaba en él y en la conversación del día anterior, se ponía a llorar. Como él se había mostrado tan claro e insistente al decirle que la quería, se preguntó si tendría el presentimiento de que se acercaba el final.

Cuando Doug la llamó, seguía hundida en el sofá con el periódico en la mano. Él acababa de leer la noticia en la prensa.

—Oh, Dios mío, Véro, lo siento mucho. Su trayectoria es impresionante. ¿Cuándo lo viste por última vez?

—No lo he visto desde la última vez que estuve aquí, cuando vine a conocerlo, pero hemos charlado mucho por teléfono. Ayer sin ir más lejos hablé con él y me dijo que me quería —sollozó—. Ahora soy huérfana con todas las de la ley —añadió, entre lágrimas, y él se sintió fatal—. Me dijo que lamentaba no haberse quedado con mi madre, pero a lo mejor hicieron lo correcto, pues de lo contrario habrían provocado un enorme escándalo. No sé si deberían haberse arriesgado o no. —Pero, por la razón que fuera, no lo habían hecho—. Mi madre no deseaba perjudicar su futuro político. Supongo que él tenía sus miras puestas en la presidencia, pero no llegó a presentarse como candidato, solo a la vicepresidencia, y de todas formas perdió.

—Si lees el artículo del *Times,* verás la cantidad de cosas magníficas que hizo. Lideró todos los programas contra la pobreza, y a nivel personal fue un gran filántropo. En serio, es digno de admiración. Es un gran honor tener a alguien como él de padre.

—Lo sé, solo que ojalá hubiera pasado más tiempo con él,

aunque fuera ahora, de adulta. Aunque me crie solo con mi madre y no me faltó de nada, habría estado bien tenerlo con nosotras. Con la pérdida de mi madre, se ha mostrado muy atento y entregado, pero ahora se ha ido también. —La verdad es que había tenido un año aciago, con la muerte de ambos progenitores; la de su padre tan poco tiempo después de entrar en su vida—. Seguramente es una estupidez, pero voy a asistir al funeral. Es una ceremonia pública, de modo que no pondré a nadie en un aprieto. Nadie reparará en mi presencia siquiera, pero quiero estar allí por él. No importunaré a nadie, ni me acercaré a sus hijos. Creo que mi madre habría querido que fuera. Al fin y al cabo es mi padre, aun cuando nadie lo sepa.

—Va a estar muy concurrido. Todo el mundo lo admiraba y apreciaba. Pero opino que, si no te resulta demasiado duro, deberías ir. —No había necesidad de que pasara otro mal trago con todas las desgracias que había sufrido, pero asistir quizá le proporcionara algo de consuelo y la ayudara a pasar página—. Ojalá pudiera acompañarte, pero el viernes tengo una sesión importante para *Harper's Bazaar.*

—Estaré bien —dijo ella, un poco más tranquila. El funeral le daba algo en lo que centrarse—. La enfermera me ha quitado las vendas de la cara hoy, y, como ahora solo llevo gasa y esparadrapo, si voy no pareceré una momia en una película de terror, aunque me habría presentado así de no haber tenido alternativa. —Él lo sabía de primera mano; no lo puso en duda en ningún momento, pues en los últimos diez meses Véronique tan solo había dado muestras de agallas y valentía.

Conversaron durante unos minutos más y ella salió del apartamento instantes después, muy abrigada para protegerse del frío. Quería buscar algo apropiado para ponerse en el funeral de su padre. Había enterrado a su madre en una ceremonia íntima a la que únicamente habían asistido Bernard y ella. En esta ocasión deseaba que su padre se sintiera orgulloso de ella, aunque pasara desapercibida entre el gentío y fuera un secreto para todo el mundo que lo conocía. Ella era su hija con todas las de la ley e iría vestida como tal, en representación de ella misma y de su madre.

Fue en taxi a Bergdorf, donde emprendió una búsqueda exhaustiva de algún atuendo apropiado. Como conocía bien a todos los diseñadores y quién era más probable que tuviera lo que necesitaba, para las seis ya había encontrado todo. Iba a ser la mujer más discreta y elegante del funeral, que pasaría desapercibida entre miles de desconocidos y asistentes. Encontró un bonito abrigo de lana negro, de la colección de alta costura de Balenciaga, que evocaba el estilo de Audrey Hepburn y Jacqueline Kennedy. No se había llevado a Nueva York nada apropiado, ni tenía nada tan formal, pero este iba a ser uno de los eventos más serios de su vida y deseaba que él, dondequiera que estuviera, se enorgulleciera de ella. Encontró un sencillo vestido de lana negro de Dior para combinarlo con el abrigo. Tenía intención de ponerse medias negras tupidas con el fin de ocultar las vendas de las piernas, unos zapatos de ante negros con tacones de vértigo de Manolo Blahnik, un sencillo bolso de cocodrilo negro que a su madre le habría chiflado y unos guantes negros cortos de piel de cabrito.

Sabía que sería más difícil encontrar el último complemento que necesitaba, pero cómo iba a presentarse allí con la cabeza al descubierto y un gran apósito cuadrado sobre la mejilla, que sería lo primero en lo que se fijarían. Bajo ningún concepto se pondría mascarilla de nuevo. Así pues, tras probarse hasta el último sombrero negro de la tienda, dio con uno perfecto de Gucci de fieltro negro, ala muy ancha y copa corta que le quedaba que ni pintado. El ala era grande, pero no hasta el punto de resultar ridícula. El sombrero era muy glamuroso dentro de la discreción y hacía falta ser tan alta como ella para lucirlo. Se lo ladeó ligeramente, tal como haría para una foto de portada. Además de imprimirle un toque especial, esa minúscula inclinación casi le tapaba el apósito de la cara, no del todo, pero sí lo justo, y dirigía la atención hacia el lado izquierdo de su rostro. El maltrecho lado derecho quedaba ligeramente ensombrecido y semioculto por el sombrero, lo cual le confería un aire elegante y misterioso. Combinaba de maravilla con el abrigo y el vestido. Todo le sentaba de miedo. Al llegar a casa se lo probó de nuevo y quedó satisfecha. Tenía claro qué le sentaba bien y cómo lucirlo. Se haría notar de la mejor manera posible: como una joven elegante, vestida apropiada e impecablemente para la ocasión. Intuía que, de poder verla, sus padres se sentirían orgullosos de ella, y abrigaba la esperanza de que así fuera. Parecía una modelo de nuevo, a la altura de la portada de *Vogue.*

Se pasó los tres días siguientes pensando en su padre, y fue a una iglesia cercana a encender una vela por él. El viernes se acicaló con mimo. Tras ponerse un toque mínimo de maquillaje en los ojos, perfectamente aplicado y casi imperceptible, se vistió. Se colocó el sombrero con sumo cuidado, en el ángulo preciso, y el espejo le dijo que había conseguido el efecto adecuado. Se marchó en el coche con chófer que había contratado para la ocasión y llegó una hora antes de la misa, con el fin de asegurarse un asiento en la iglesia. La gente hacía cola en silencio para presentar sus respetos. Muchos habían ido a rezar el rosario la noche anterior, pero ella no. Le resultó más fácil de lo que esperaba encontrar un sitio: uno de los ujieres, elegidos entre el personal del senador, nada más verla la condujo a un banco situado unas diez filas detrás de la familia, pues parecía alguien importante a quien le correspondía estar allí. Tomó asiento y se puso a rezar en silencio, mientras la mirada se le iba al féretro de caoba, cubierto con un paño de lirios del valle y orquídeas mariposa blancas. Con la iglesia llena a rebosar, se puso en pie junto con el resto de asistentes cuando la familia hizo su entrada: Charles, su medio hermano, a la cabeza, sus tres hijos adolescentes detrás y las medio hermanas de Véronique a la zaga, una de ellas con sus gemelos y la otra con un niño y una niña. Ambas iban acompañadas de sus respectivos maridos, los dos banqueros. Todos los hombres de la familia vestían de traje negro; las mujeres llevaban vestidos negros combinados con abrigos negros lisos. Pero ninguna llamaba tanto la atención como la benjamina de Bill con su exquisito sombrero y abrigo. Todas tenían un aire sobrio y muy triste.

Como era de esperar, el sermón y el panegírico fueron impresionantes y respetuosos. Tres de sus colegas del Senado mencionaron lo importante que Bill Hayes había sido para el país y para ellos. Charles, que tomó la palabra en nombre de la familia, pronunció un emotivo panegírico en memoria de su padre. Véronique no pudo evitar fijarse en que la hija mayor de Bill se parecía muchísimo a ella. Las dos eran de complexión alta y esbelta, con rasgos similares, solo que Adele era rubia. Elizabeth, más baja y de pelo oscuro, se parecía más a su madre. Adele se había puesto un pequeño gorro de pelo negro, y Elizabeth lucía una mantilla de encaje negro, heredada de su madre, que había llevado en el funeral de esta el año anterior. Se trataba de una doble pérdida que les pesaba a todos ellos, igual que a Véronique, aunque en diferentes circunstancias, pero perder a ambos progenitores era un gran revés. Y los hijos de Bill Hayes también habían perdido a su madre el año anterior.

Véronique, sentada junto al pasillo, se incorporó a la fila para comulgar. Avanzó despacio en la cola y se detuvo a escasos centímetros de su medio hermano, sentado junto al pasillo en el primer banco. Él, instintivamente, giró la cabeza para mirarla. Era una mujer bella. A pesar de que con el sombrero ladeado él apenas alcanzaba a ver el apósito de su mejilla, al fijar sus ojos en ella algo le llamó la atención. Percibió algo muy familiar, en su porte y su forma de moverse, incluso en su rostro. Era tan bella que habría llamado su atención de todos modos. Cuando se cruzaron la mirada de forma fugaz, a él le chocó que sus ojos reflejaran todo lo que sentía por su padre. La siguió con la mirada mientras comulgaba y, cuando dio media vuelta por el pasillo, se fijó en su exquisito perfil izquierdo, más a la vista que el otro lado de su cara, oculto bajo el sombrero. Instantes después, ella desapareció entre la multitud hasta llegar al banco donde se sentaba.

Al final de la misa, tras susurrar «Adiós, papá», se abrió paso entre el gentío con las lágrimas resbalándole por las mejillas. Charles perdió de vista el sombrero cuando ella se aproximó a la puerta de la iglesia y desapareció. Nada más bajar los escalones se fue derecha hacia el coche. Aunque la fotografiaron varias veces por su gran elegancia y distinción, confiaba en que no la hubieran reconocido. Se puso rápidamente unas gafas oscuras y, en cuanto subió al coche, el conductor arrancó para llevarla de vuelta al apartamento. Al llegar se quitó el sombrero y el abrigo con cuidado y se sentó con el vestido negro a leer el programa del funeral de nuevo. En primer plano había una bonita fotografía de su padre; la música de la ceremonia, con el órgano de la catedral, había sido magnífica. La interpretación del *Ave María* y *Amazing Grace* durante la misa, y, de colofón, la *Sinfonía n.º 9* de Beethoven, hicieron que a Véronique se le saltaran las lágrimas. Comparado con el sencillo servicio religioso de su madre al pie de la sepultura, el funeral de su padre había sido un derroche de pompa y boato, acorde con su estatus de respetado senador.

Tras el largo y emotivo día, se le había quitado el apetito y se preparó un poco de caldo de pollo y una rebanada de pan tostado para cenar. Estaba sentada a la mesa, en camisón, cuando la llamaron por teléfono. Se figuró que sería Doug, para preguntarle cómo había ido. Estaba exhausta y no le apetecía hablar con nadie, ni siquiera con él. No tenía intención de responder, pero el teléfono no paraba de sonar. Cuando por fin respondió, la llamada era de un número oculto.

—¿Señorita Vincent? —preguntó una voz masculina grave.

—¿Sí?

Le pareció serio y algo cauteloso; la voz le resultaba vagamente familiar, pero no supo identificarla.

—Soy Charles Hayes, el hijo de William Hayes —explicó el hombre. Le dio un vuelco el corazón. No tenía ni remota idea de por qué la estaría llamando. Parecía tan formal que temió que fuera a proferir alguna amenaza y a advertirle que no se pusiera en contacto con ninguno de ellos, cosa que aun así no tenía intención de hacer. Marie-Hélène también había sido sumamente prudente y respetuosa—. Si no tiene inconveniente, me gustaría concertar una cita con usted. Fue uno de los últimos deseos de mi padre el día en que falleció. —Ella recordó que su padre le había comentado que Chip iría a verlo ese día. Se preguntó qué le habría dicho de ella—. ¿Sería posible que nos viéramos? —preguntó.

La dejó tan estupefacta que se quedó muda durante unos instantes y enseguida se apresuró a responder:

—Sí, por supuesto. La ceremonia ha sido preciosa. Todo: la música, las flores, los elogios... Sus palabras han sido muy emotivas.

—Era un hombre increíble y un padre maravilloso. Hemos sido muy afortunados —señaló él. Más afortunados que ella, que solo disfrutó de él durante un cortísimo tiempo—. ¿Le vendría bien mañana?

—Sí. —Estaba desocupada y, de lo contrario, habría accedido de todas formas. Era algo importante. Le picaba la curiosidad, pero no deseaba preguntarle por teléfono. Él propuso que se reunieran en el Carlyle, que les pillaba cerca a ambos.

—¿A las cinco? —sugirió él.

—Muy bien. —Como él no mencionó a sus hermanas,

Véronique se preguntó si irían también. No intuía si se trataba de un encuentro para advertirle que se mantuviera al margen y zafarse de ella, o bien para recibir a su nueva hermana con los brazos abiertos. No pudo sacar ninguna conclusión a tenor de la conversación. Se preguntó si se trataría de una especie de encerrona, pero en cualquier caso deseaba ir.

—Gracias —dijo él educadamente—. Este encuentro era importante para mi padre. Fue muy claro al respecto.

—Lo siento mucho. Sé que se encontraba delicado, pero no esperaba esto; al menos no tan pronto.

—Ni nosotros. Ha sido traumático para todos. Ojalá hubiera llegado a los cien.

—Ojalá —repitió ella en voz baja.

—Nos vemos mañana a las cinco —dijo él antes de colgar.

Véronique pasó la noche en vela dándole vueltas al porqué querría reunirse con ella y qué le diría. ¿Y si la amenazaba? Era tan cortés y educado que costaba imaginarlo. Cuando lo vio en el funeral, le pareció muy conservador y formal. No le preocupaba lo que le dijera o hiciera, porque ella tenía muy claro que su deber era ir, aunque no fuera nada más que para honrar a su padre. Lo tenían en común, pese a que no compartieran nada más y no volvieran a verse después del encuentro.

13

Véronique llegó al Bemelmans Bar del hotel Carlyle a las cinco en punto. Iba vestida de negro integral con el abrigo de Balenciaga de nuevo, unos sencillos pantalones holgados, un suéter y unas bailarinas. No le apetecía llevar nada colorido. A pesar de que el apósito de su cara quedaba totalmente al descubierto sin el sombrero, peor aspecto tenía lo que había debajo. Se había recogido el pelo en un moño. Aunque tenía un aire más juvenil y menos glamuroso que el día anterior, estaba guapa y elegante. Con independencia de cómo se vistiera, era una mujer despampanante.

Charles Hayes, que ya estaba sentado a una mesa en un rincón tranquilo, esperándola, se levantó nada más verla entrar. Ella también lo reconoció y se dirigió hacia él esbozando una sonrisa nerviosa, sin estar segura de lo que se avecinaba. Él, sin apartar los ojos de ella en ningún instante, la invitó a sentarse y le dijo sin preámbulos:

—Te vi ayer, o eso me pareció. Tenías un aire muy elegante y francés, y te pareces mucho a mi hermana, a mi abuela paterna y a mi padre. Espero no haberte alterado ayer con mi llamada. Mi padre me reveló el secreto el día de su muerte. Nunca supe nada acerca de ti o de tu madre, ni siquiera lo sospeché. Nadie lo hizo. Creo que él no quería llevarse un secreto semejante a la tumba y, como soy su albacea, llegados a un punto se habría descubierto el pastel, y pienso que prefería que lo oyera de su boca. —Véronique asintió con la cabeza mientras escuchaba. De momento no parecía enojado con ella ni la estaba tratando como a una intrusa. Ahora compartían un secreto que en teoría podría convertirlos en aliados o en enemigos, si así lo decidía él, dependiendo de su punto de vista. Pero no parecía hostil; tenía una actitud muy correcta y la mirada amable.

»Mis padres tuvieron un matrimonio difícil. Todos nos dimos cuenta cuando nos hicimos mayores. No eran muy compatibles. Mi madre era muy distante, incluso con nosotros. Lo compensaba mi padre, que era una persona mucho más cariñosa. Pero, hasta que se sinceró hace unos días, jamás sospeché que hubiera otra mujer o una hija. Dijo que quiso muchísimo a tu madre, a la que puso por las nubes, que te habías puesto en contacto con él hace poco y que os habíais visto. —Sonrió a Véronique. Este encuentro, el conocer a la hija natural de su padre y sacar a colación a la amante de este, también era difícil para él—. Aunque parezca mentira, mi madre detestaba la política y su carrera, siempre lo hizo. Y, sin embargo, él no la abandonó. Pero me confesó que quiso evitar el escándalo que su divorcio habría provocado, sobre todo de haberse aireado las circunstancias que rodeaban tu existencia y la de tu madre. Los estadounidenses son puritanos, y, a veces, hipócritas. La noticia no habría sentado bien entre sus votantes ni habría beneficiado a su imagen en la prensa, a pesar de que muchos políticos tienen aventuras e hijos fuera del matrimonio. Los estadounidenses esperan que la conducta de sus líderes políticos sea intachable. Yo mismo lo estoy comprobando. Me encuentro en pleno divorcio. Mi padre me alentó a dar el paso, para no pasar el resto de mi vida amargado con la persona equivocada. El otro día me dejó muy claro que lamentaba no haberse quedado con tu madre y arriesgarse a la repercusión pública. Según dijo, ella lo abandonó para no truncar su futuro político, lo cual fue sin duda un gesto noble por su parte. Debió de ser una mujer muy buena, y jamás le causó problemas a mi padre, ni tú. —Charles le sonrió—. Era una mujer honorable y él un buen hombre. Quería que te conociera, pues al fin y al cabo somos hermanos. De todos modos habría sabido de tu existencia, porque, como ya te he comentado, soy el albacea de su testamento y en él hay una cláusula que te concierne. —Ella se quedó atónita—. Con la pérdida de tu madre y después de lo que te ocurrió en Bruselas, él quiso asegurarse de tu bienestar. —Así que él también estaba al corriente de eso.

Se quedó helada al enterarse de la noticia. La pilló por sorpresa, dado que él ya la había provisto muy generosamente cuando Marie-Hélène y él rompieron su relación.

—¿Saben algo de mí tus hermanas? —Sentía curiosidad. Él negó con la cabeza con gesto circunspecto. Era un hombre de aspecto serio, con canas en las sienes.

—Mi padre también fue específico en lo que respecta a eso. Aunque dejó la decisión en mis manos, en su opinión no debían enterarse. Lo que quería era sincerarse conmigo antes de morir, por eso me lo confesó aquel día. Creo que ese es el motivo por el que me pidió que nos reuniéramos. Falleció escasas horas más tarde, echando la siesta después de irme. Mis dos hermanas son muy tradicionales y conservadoras. Están casadas, ambas con banqueros, y creo que bajo ningún concepto se les pasaría por la cabeza que nuestro padre tuviera una aventura u otra hija. Prefieren creer en la falacia del matrimonio de nuestros padres. No creo que quieran conocer la verdad, y, de enterarse, tal vez reaccionaran mal. Yo soy más realista. Mi matrimonio ha sido un desastre, y sé de buena tinta lo que se siente al estar atrapado en un matrimonio sin amor. No culpo a mi padre por su relación con tu madre, o por el giro que dio. Casi lo envidio por sus arrestos para decir tan abiertamente, con tanta sinceridad, que fue el amor de su vida. No se arrepentía de nada en lo concerniente a ella, tan solo de que se separaran, de no haber permanecido juntos. Dijo que lo lamentaba en lo más profundo, y, al parecer, también sentía haberse perdido toda tu infancia.

—También me lo confesó —dijo ella en voz baja.

—No creo que mis hermanas sean lo bastante abiertas de miras como para entender eso. Son de esas personas autocomplacientes que se conforman en su matrimonio. Me han criticado por divorciarme, y sospecho que lo habrían hecho en el caso de mi padre. Él opinaba lo mismo. Ahora, en su ausencia, no tiene mucho sentido forzar las cosas. Si siguiera vivo, sería diferente, pues podrías ser aceptada abiertamente. Pero ahora que no está, en lo que a ti respecta da igual. Dispuso tu legado en secreto, para que ellas no tuvieran conocimiento de ello, y, como albacea, es mi obligación cumplir su voluntad y mantener el secreto. Tampoco hay motivos para despertar envidias, pues hay más que suficiente para todos.

»Quizá después lo vea de manera diferente con mis hermanas y, en última instancia, depende de ti. Estás en tu derecho de ponerte en contacto con ellas si quieres, pero, dada la firme postura que han adoptado conmigo, debo advertirte que seas cautelosa con ambas. Si lo deseas, yo puedo ayudarte en ese sentido, quizá cuando se mitigue la conmoción por su muerte. Pero lo que quería hacer hoy era conocerte, tenderte la mano como hermano y llorar contigo la pérdida de nuestro maravilloso padre. Estoy aquí para ayudarte en todo lo que pueda.

Antes de poder responderle se le llenaron los ojos de lágrimas y, sin saber qué otra cosa hacer, lo abrazó. Él la estrechó entre sus brazos y se compadeció de ella. Se había enterado por su padre de lo sucedido en el atentado de Bruselas, de todo lo que había perdido y de sus graves heridas. A pesar de eso, la encontraba guapa, aunque el gran apósito cuadrado que llevaba en la cara apuntaba a que las secuelas iban para largo y, tal como le había comentado su padre, se había quedado sumamente desfigurada debido a la explosión, además de perder a su madre. Pero, con independencia de lo que cubriera el apósito, le parecía que seguía siendo espectacular.

—Gracias, Charles —dijo ella al apartarse de él.

—Llámame Chip. —Le sonrió—. Bueno, ahora tienes un hermano mayor. —Cayó en la cuenta de que ella podía ser su hija, pues era prácticamente de la edad de sus propios hijos—. Me gustaría que conocieras a mis hijos, a tus sobrinos, algún día. —Siguió sonriéndole. Ahora entendía mejor por qué su padre, pese a sus ambiciones políticas, le había alentado a divorciarse en vez de permanecer al lado de una mujer a la que ya no amaba. Su padre había sufrido las consecuencias de eso en sus propias carnes y pagado un alto precio por ello. A raíz de la separación de Marie-Hélène, jamás volvió a ser realmente feliz.

—No sé cómo darte las gracias. Temía que fueras a advertirme que me mantuviera alejada de todos vosotros y que te hubieras enterado de mi existencia por otro lado.

—Solo me enteré de tu existencia por mi padre. Pero cuando te vi ayer en la iglesia, enseguida supe que eras tú. Estabas preciosa, por cierto. —Fue consciente de que debió de haber sido una modelo increíble antes de la explosión. Como no seguía la moda, no le sonó el nombre cuando su padre se sinceró con él—. Voy a París de vez en cuando. Te avisaré cuando lo haga. Y tú puedes llamarme a Nueva York siempre que quieras. ¿Sabes lo que vas a hacer ahora?

—No. —Negó con la cabeza—. No dejo de darle vueltas. Y, lo que quiera que me haya dejado, quiero hacer algo en su memoria y en la de mi madre, algo para ayudar a la gente, tal y como ellos habrían querido.

—¿Te irá bien ahora que no trabajas de modelo? —Parecía estar preocupado por ella, como lo habría estado su padre. Lo que ella había superado era una barbaridad para cualquier ser humano.

—Sí. He disfrutado dedicándome a eso durante cuatro años, pero me da la impresión de que ahora he de hacer algo mejor, tal vez ayudar a las víctimas de otros atentados terroristas y de Bruselas también. Hay mucha gente malherida y necesitada en el mundo. Yo tuve suerte. Sobreviví, pero muchas de las víctimas de París y Bruselas han salido, con diferencia, peor paradas que yo. —Él asintió con la cabeza y le consternó pensar en ello, en semejante barbarie. Había leído algunos artículos en internet después de que su padre le diera la noticia. No podía imaginar cómo lo había superado Véronique—. Volveré dentro de dos meses y medio para operarme otra vez. Igual podríamos quedar entonces.

—Claro que sí. Y no te pierdas ahora. Pronto tendremos que ocuparnos de unos asuntos de negocios. —No entró en detalles acerca de cuánto dinero se trataba, aunque de momento ella tampoco tenía interés en saberlo. Para ella significaba mucho más lo que él había compartido con ella y su aceptación. Su padre le había hecho otro regalo al revelarle la historia a Chip con el fin de que este no lo averiguara por su cuenta tras su muerte. Había unido a los hermanos dándoles su bendición y confesado a Chip lo que Véronique significaba para él.

—Soy fácil de localizar. —Le sonrió—. Estoy viviendo en el piso de mi madre, donde me crie. Y me quedo aquí diez días más, hasta que los médicos me den el alta.

—Mi padre me dio un número de teléfono fijo. Es donde te llamé. Y también tengo los otros, incluido tu teléfono móvil de París.

Continuaron conversando otra hora y él le contó anécdotas de su padre que la ayudaron a conocerlo mejor, la hicieron reír y la conmovieron. Al parecer, sus hermanas eran de trato algo complicado, más como su madre, lo cual no negó, y comentó que a pesar de ello estaban unidos y que por otro lado quería protegerla de ellas. Deseaba evitar que fueran severas con Véronique y cabía esa posibilidad, pues le doblaban la edad y eran mucho más duras. A él le daba la impresión de que Véronique, pese a todo lo que había padecido y a su enorme éxito como modelo, era una persona dulce. No parecía una engreída, ni estaba amargada o enfadada, ni siquiera por el hecho de que su padre la hubiera ignorado durante tantos años. Al contrario, agradecía el tiempo que había pasado con él, por breve que hubiera sido, y ahora, la amistad y amabilidad de Chip hacia ella.

Se despidió de él en la puerta del Carlyle y se dirigió a casa en la fría tarde. Tenía mucho en lo que pensar, y mucho por lo que sentirse agradecida. Ahora tenía un hermano. Al final no estaba completamente sola en el mundo.

Los doctores Talbot y Dennis, que se reunieron con ella al cabo de diez días, quedaron muy satisfechos con los resultados. Se apreciaba una visible mejoría en las cicatrices de sus brazos y piernas, así como en las del abdomen, algunas de las cuales eran prácticamente imperceptibles. No impactaban tanto, ni de lejos. Y las de su cara se habían atenuado considerablemente; no habían desaparecido ni mucho menos, pero no estaban tan profundas ni enrojecidas, y la pequeña que tenía junto al borde inferior de la mandíbula se había desvanecido. Phillip Talbot estaba muy contento con los resultados. En su opinión, se suavizarían aún más con la siguiente operación. Nunca llegarían a desaparecer, pero con el tiempo dejarían de ser lo primero en lo que uno se fijara al ver a Véronique. Él deseaba que pudiera vivir tranquila con su rostro, sin espantar a la gente. Quería evitar que se avergonzara o que quisiera esconderse. Dijo lo mismo que Doug: que era una mujer bella con cicatrices, a pesar de lo cual seguía siendo espectacular. Ella trascendía las cicatrices. Eran algo que le había tocado por circunstancias de la vida, pero no la definían.

Hasta ella misma empezaba a planteárselo de manera diferente.

Le pusieron un apósito en la cara de nuevo, solo a modo de protección, y le dijeron que podía quitárselo en una semana. La piel de las zonas dañadas se había vuelto más fina y era preciso tratarla con más cuidado. Fijaron una fecha para la siguiente operación en marzo, que curiosamente coincidía con el aniversario del atentado de Bruselas, aunque hasta cierto punto a ella le pareció apropiado.

Cenó con Doug antes de marcharse y, al mostrarle los avances, él se quedó impresionado y se alegró por ella. Le habló de Chip, a quien llamó antes de partir. Él le dijo que se cuidara y que pronto se pondría en contacto con ella por cuestiones financieras.

Luego puso rumbo a París, donde irremediablemente revivió la dolorosa experiencia que había tenido con anterioridad: la de esperar ver a su madre al entrar en el apartamento y que no hubiera un alma allí, tan solo el eco de sus propios pasos. Se preguntó cuánto tiempo tardaría en asimilar que su madre se había ido y que, incluso en la casa familiar, ahora estaba sola.

Dos días después de su llegada recibió una llamada que la dejó atónita. Una importante cadena de televisión francesa, la principal, se puso en contacto con ella. Estaban preparando un documental para cubrir el aniversario del atentado en Bruselas y rendir homenaje a los supervivientes. Querían saber si estaría dispuesta a ser la portavoz e invitada principal para narrarlo. La idea era entrevistar a todos los supervivientes, sobre todo a los heridos, muchos de los cuales, según supo, continuaban hospitalizados, y otros tantos a la espera de recibir ayudas gubernamentales, lo que suponía la ruina económica para la mayoría de ellos. A diferencia de muchos otros, ella disponía de medios para mantenerse gracias a sus ahorros y a la herencia de su madre. Le pareció un proyecto noble, pero se negó en rotundo a participar. Prefería recuperarse discretamente en el anonimato.

—¿Consideras que eso es justo para las demás víctimas? —le preguntó con cierta aspereza el productor que la había telefoneado—. Eres una persona de enorme relevancia. Tienes un nombre y una cara que todo el mundo reconoce. A diferencia de muchas de las víctimas, tú tienes voz para alzarla en su nombre; algunas ni siquiera pueden hablar o apenas hablan francés. Hemos localizado a todas, sabemos dónde están, hay muchísimas hospitalizadas. Tú podrías mostrar las secuelas de un suceso como este en la gente. Hasta perdiste a tu madre. Al oír la palabra «heridos», la gente se imagina una visita a urgencias y que a las dos horas los despachan a casa. Algunas de estas personas han pasado más de setenta veces por el quirófano. Si yo narro la historia, seré un comentarista más. En cambio, si lo haces *tú*, todo el mundo te escuchará. Da igual que llores o te quedes sin palabras: la gente querrá oírlo de tu boca. Y, encima, eres guapa. —La contundencia de sus argumentos la enervó. El mero hecho de escucharlo le provocó ansiedad y pánico.

—Tengo cicatrices muy marcadas en la cara —adujo ella con rabia—. No pienso hacer apariciones públicas, y yo misma estoy sometiéndome a operaciones todavía.

—A eso me refiero. Nadie lo sabe. ¿Sigues trabajando de modelo?

—No, no puedo. —Estaba irritada. Le fastidiaba su actitud avasalladora.

—Precisamente por eso. Hay montones de personas que ya no pueden trabajar: enfermeras, secretarias, maestros, madres que han perdido los brazos y las piernas y no pueden atender a sus hijos, un médico que ya no puede ejercer... No permitas que el mundo piense que todo ha quedado en eso. La cosa no ha quedado ahí para ninguno de los supervivientes, ni para las próximas víctimas, porque volverá a pasar.

—En eso coincidía todo el mundo.

—¿Por qué yo? ¿Por qué tengo que ser yo quien lo haga?

—Porque eres guapa, y la gente preferiría verte a ti en vez de a otra persona. Te escucharán, y las cicatrices te dan legitimidad. Se lo debes al resto de supervivientes y a todas las víctimas, incluida tu madre. —Al oír eso le dieron ganas de colgar el teléfono, aunque se contuvo. Sus argumentos eran muy convincentes, pero ella se resistía.

—No pienso ser la abanderada de la lucha contra el terrorismo —repuso en tono airado.

—¿Por qué no? ¿Qué mejor causa que esa? Rodamos un documental sobre el suceso en Bataclan y la respuesta fue apabullante. —Aunque ella sentía el deseo de hacer algo para ayudar a los demás y poseía cierta relevancia social, esto le tocaba demasiado de cerca.

—Lo pensaré —respondió, lo cual no tenía intención de hacer—. ¿Cuándo quiere hacerlo? El día del aniversario me operan en Nueva York —dijo en tono de suficiencia, pensando que con eso se libraría de él.

—Queremos empezar a grabar dentro de una semana, tenemos un montón de víctimas a las que entrevistar, y tardaremos alrededor de seis semanas.

—Lo tendré al corriente —dijo. Se sintió aliviada al colgar. La sacó de quicio su actitud subyugante; había dado en el clavo con sus palabras, que destilaban tintes de verdad. Se preguntó si tendría razón. ¿Tenía ella una obligación para con el resto de supervivientes? Pero ¿por qué ella? Sus argumentos no la habían convencido, solo turbado.

A lo largo de los cinco días siguientes la llamó y le dejó mensajes, pero ella no devolvió las llamadas. No tenía ganas de pensar en aquello, ni de que la presionaran para participar en el programa y exponerse. Se le ocurrían infinidad de razones por las que no deseaba hacerlo.

Una noche se desveló tumbada en la cama dándole vueltas a la cabeza, recordando las historias que había oído contar a las enfermeras acerca de otras víctimas, de la infinidad de personas que habían quedado mutiladas, junto con otras treinta, además de Cyril y su madre, que habían perdido la vida. Se levantó, se puso a deambular por el piso y fue a parar al estudio de su madre, donde exclamó en voz alta: «Mamá, ¿tú qué harías?». Y entonces lo supo, porque su madre era una persona abnegada, que haría lo correcto por un bien mayor. Intentó plantearse con honestidad por qué se mostraba renuente a hacerlo, y supo que se debía a que no quería exhibirse ante el mundo con la cara destrozada, imperfecta, cuando antes había sido tan perfecta. Ahora era una sombra de lo que fue, pero, como Doug había dicho, no era culpa suya, así como tampoco su madre era responsable de su muerte. Los culpables eran otros, y se habían quedado en el camino. No obstante, era preciso llevar ante la justicia a otros como ellos con el fin de evitar que se repitiera, y aquellos que tan caro lo habían pagado a costa de un brazo, una pierna o la vida merecían ser honrados y recordados. El programa no era sobre ella, sino sobre ellos.

Volvió a la cama y, por primera vez en varios días, durmió plácidamente durante las siguientes horas. Por la mañana llamó al productor y le dijo secamente:

—Lo haré. —Él se puso eufórico y le dio las gracias—. ¿Cuándo empezamos? —preguntó.

—En cuanto podamos —respondió él.

—Llámeme entonces —dijo, y colgó antes de cambiar de parecer.

14

Los productores del programa la llamaron dos días después para ponerla al tanto de la agenda. Tenían previsto comenzar en una semana. Iban a entrevistar a cuarenta y siete víctimas que habían resultado heridas, más de una treintena de las cuales se hallaban hospitalizadas a la espera de pasar por el quirófano, así como a nueve familias de las víctimas mortales. Ella cumplía ambos requisitos.

Les dijo que en la medida de lo posible prefería que fotografiaran o filmaran su perfil izquierdo, aunque no tenía inconveniente en que sacaran su lado derecho también. Su única concesión a la vanidad fue contratar a un maquillador con el que había trabajado en muchas ocasiones y que era un genio. Le pidió si al menos sería capaz de disimular un poco sus feas cicatrices. Ni siquiera él podía ocultarlas, pero sí camuflarlas en gran medida. Si ella iba a salir en un documental que se emitiría en toda Europa y posiblemente en el mundo entero, tenía derecho a lucir el aspecto más digno posible. A pesar de eso, la realidad estaba ahí, a la vista. El maquillador, Jean-Louis, se mostró encantado de ayudar; le dijo que la primera semana trabajaría gratis, para contribuir al proyecto. Ella se sintió agradecida porque él normalmente cobraba un dineral, varios miles de euros al día, y la cadena contaba con un exiguo presupuesto para producir el documental.

Estaba segura de que al contarle a Doug lo que tenía entre manos este opinaría que era una locura exponerse de esa manera, pero, en vez de eso, dijo que se sentía orgulloso de ella. En el fondo, ella también se enorgullecía. A pesar de que iba a ser el reto más difícil de su vida, daría voz a todos los heridos, a las personas rotas que pugnaban por salir adelante y a las treinta y dos que habían muerto tan inútilmente.

Iba al estudio todos los días para estudiar el material de investigación sobre las víctimas, con el fin de plantearles preguntas interesantes y entenderlas mejor. Se dijo a sí misma que cuando el proyecto finalizara no se convertiría en la portavoz de las víctimas del atentado. Tal y como les dijo a los productores, solo lo haría una vez. Había tenido la suerte de sobrevivir y este era su modo de corresponder.

Estaba tan liada que no tenía tiempo para reflexionar o hacer nada más. Gabriella se desplazó a París desde Bélgica y Véronique comió con ella rápidamente, pues tenía una prueba de maquillaje con Jean-Louis para ver cuál era la mejor forma de disimular las cicatrices. Mientras la maquillaba se puso furioso y pensó que se había enfadado con ella.

—Qué cabrones. Tenías la cara más perfecta que jamás he maquillado. Todavía lo es, pero como te hicieron esta..., esta mierda..., este desaguisado... Es como pintar con grafiti la *Mona Lisa* o acuchillarla. Todo el mundo puede apreciar todavía lo guapa que eres —le aseguró—, pero los odio por lo que hicieron.

—A lo mejor la intención era que aprendiera una lección. Que la belleza, tal y como la concebimos, no importa. Algún día envejeceré y dejaré de tener este aspecto. Ha sucedido antes de tiempo, y he de encontrar otras fórmulas para ser bella, por dentro.

Él se quedó mirándola, asombrado por sus palabras.

—Eres una especie de santa —comentó él.

—No, pero tienes que encontrar la manera de vivir con

ello. Eso también atañe a las personas mutiladas. Algunas son extraordinarias por su entereza y por cómo se están adaptando. Quienes están llenos de odio, rabia o autocompasión son los que no lo superan, o no lo llevan bien.

—Sigo pensando que eres una santa. —Cuando la maquilló para salir en cámara, las cicatrices aún se apreciaban, pero no con tanta crudeza. En su reciente operación también se las habían suavizado. Lo que impresionaba era cuando la grababan desde el ángulo izquierdo y se veía la tersura de su cara perfecta, y luego enfocaban su perfil derecho, atravesado por dos profundas cicatrices, una carnicería de la explosión. Pero cuando sonreía, te olvidabas de todo lo demás. Los productores estaban eufóricos por haberla vinculado al documental.

Filmar a las víctimas fue muy arduo: lloraban, relataban sus historias, mostraban sus miembros cercenados junto con fotografías donde aparecían antes de la explosión y justo después. Los relatos eran desgarradores, se te clavaban en el alma, y el sufrimiento de las familias que habían perdido a seres queridos partía el corazón. Le recordó a Cyril y sus padres de nuevo.

También grabaron a las víctimas que habían salido adelante, que luchaban por dar un giro, por crecer a partir de la experiencia, que estaban en rehabilitación, en sillas de ruedas, que habían retomado el trabajo o tenían que buscar nuevos empleos adaptados a sus minusvalías. Todas decían que las ayudas gubernamentales llegaban con cuentagotas y que el papeleo era interminable. Muchas se encontraban en graves apuros económicos, incapaces de pagar el alquiler o dar de comer a sus hijos, pues ya no eran aptas para trabajar.

Lo que se ponía de manifiesto en la mayoría de los casos era su valentía, el gran empeño que estaban poniendo un año después en superar las secuelas físicas, en salir adelante, en tomárselo con filosofía. Eran muy pocas las víctimas enojadas o amargadas. Comentaban que bajo ningún concepto permitirían que lo sucedido les arruinara la vida, se negaban a echar leña al fuego con su odio y tenían la firme determinación de mirar al futuro y vivir una buena vida.

Véronique y el equipo entero lloraban cada día. Fueron seis emotivas semanas de rodaje. Ella declinó cobrar sus honorarios y los donó a una fundación para las víctimas. Tras editar la grabación, el documental se emitiría en el aniversario del atentado. Como en esas fechas estaría en el hospital en Estados Unidos para someterse a la segunda operación, prometieron enviárselo en un archivo digital.

Se sentía bien por ello, como si hubiera marcado la diferencia en vez de mover muebles de aquí para allá, salir de compras o quedar con los amigos, cosa que todavía no hacía, con la excepción de Gabriella cuando fue a pasar el día desde Bruselas o con Doug en Nueva York.

Mientras estaba trabajando en el documental, Chip le había enviado unos documentos que no había tenido tiempo de ver con calma. Finalmente se sentó a leerlos una noche. Su padre le había dejado dos millones de dólares, una gota en el océano comparado con lo que habían heredado sus otros hijos, pero le asombró su generosidad y deseó destinarlos a algo significativo también, algo que lo honrase a él y a su madre, pero no tenía ni remota idea de qué. Su madre le había dejado lo suficiente para mantenerse, además del piso y lo invertido con los ingresos de Véronique. No necesitaba llevar un tren de vida lujoso y quería aportar algo bueno al mundo para compensar todo el odio.

Estuvo ocupada con la posproducción del programa justo hasta su partida a Nueva York. Hubo que repetir los análisis de sangre por si se hubiera producido algún cambio. Ambos médicos la encontraron animada y, en su opinión, todas las cicatrices, incluso las faciales, tenían mejor aspecto. Se quedaron impresionados cuando los puso al corriente del documental en el que había estado trabajando.

Le costaba creer que hubiera transcurrido un año desde el suceso. Su vida había dado un gran giro: había perdido a su madre, encontrado y perdido a su padre, y conocido a su hermano. Su padre le había dejado un enorme legado. Había sobrevivido. Salía a la calle sin mascarilla. Su carrera de modelo se había truncado de golpe, había trabajado en el documental y conocido a muchas víctimas como ella. Existía entre ellas una solidaridad tácita, como entre supervivientes de una guerra, de un naufragio o de un acto de odio de tal magnitud que escapaba a la comprensión de cualquiera. Había salido victoriosa y sufrido derrotas y pérdidas. El mero hecho de estar viva era un triunfo, y, aprender a vivir con las cicatrices, un acto de valentía.

Después de que el doctor Dennis le examinara las cicatrices, conversaron y ella le dio más detalles acerca del documental.

—¿Has vuelto a sopesar la idea de venir a África a ver el hospital en el que trabajo de voluntario? —le preguntó.

—La verdad es que no. He estado tan atareada con el programa de televisión que no he tenido tiempo de reflexionar, pero me gustaría ir. —Tras pasar allí el mes de febrero, él había regresado a Nueva York para trabajar en marzo y tenía previsto volver a África desde mediados de abril hasta mediados de junio—. Podrías venir en abril, a mi regreso —sugirió—. Me gustaría estar allí para enseñarte todo. O a lo mejor en mayo, cuando mejor te cuadre. —Ahora que había terminado el rodaje del documental estaba desocupada—. Eres bienvenida siempre que te apetezca. Es un lugar bastante remoto y no recibimos muchas visitas. Cuesta mirar a los niños heridos, para algunas personas es superior a ellas —dijo simple y llanamente. Ya le había señalado qué cicatrices iba a operar a continuación. El doctor Talbot le había explicado la parte de la intervención que él iba a realizar en el rostro. Hasta ahora ella estaba satisfecha con los resultados, aparte de que el maquillaje para el programa había surtido efecto, logrando que su imagen resultara más agradable para los espectadores.

Se lo pensó aquella noche y, al día siguiente, le dijo a Dick Dennis que iría en abril, unos días después de que él llegara. Él le comentó que esa fecha le iba bien.

Su operación era al día siguiente, el aniversario del atentado en Zaventem, así como de la muerte de su madre y de Cyril. La madre de este no había vuelto a dar señales de vida, aunque a Véronique no le extrañaba. Habían perdido a su único hijo y, cuando respondió a la carta de pésame que Véronique le escribió, no parecía estar bien ni se mostró cariñosa con ella, como si la culpara de su muerte. Necesitaba a alguien a quien echar la culpa, igual que muchos supervivientes, o al menos algunos. Por lo general se mostraban compasivos, pero algunos padres estaban muy amargados, lo cual Véronique entendía.

Esa noche lo pasó mal rememorando sus escasos recuerdos: el estar consciente a la espera de ser rescatada mientras los sanitarios la daban por muerta y no dejaban de pasar de largo a toda prisa, el no tener fuerzas para pedir auxilio, y la infinidad de veces que pasó por el quirófano una vez que salió del coma. Aún alcanzaba a oler el hedor de la explosión. A veces, en pesadillas, se le impregnaba en las fosas nasales. Otros también lo habían mencionado, así como el olor a sangre y carne desgarrada por todas partes. Estaba totalmente despierta cuando llegó el momento de marcharse al hospital y, cuando los médicos la vieron antes de la intervención, tenía el semblante serio.

—¿Una noche dura? —le preguntó Dick Dennis. Sospechaba que así sería. Ella asintió con la cabeza.

—A veces sigo teniendo la impresión de que fue ayer.

—Un año no es mucho tiempo —señaló él con dulzura—. Has recorrido un largo camino, Véronique. Lo estás haciendo realmente bien. Siento que tengas que pasar por otra operación. Espero que sea la última. —Ella no tenía intención de eliminar todas las cicatrices, solo las más visibles. Tanto Phillip Talbot como él querían proporcionarle el mejor resultado posible, pero sin pasarse. Las cicatrices faciales eran las más importantes, porque influían en cómo se veía a sí misma y en cómo se relacionaba con los demás. Todavía era muy joven y tenía muchos años por delante. Querían que tuviera la mejor calidad de vida posible, con las mínimas secuelas de la explosión. Y ella había llevado una vida solitaria el año anterior, lo cual era una pena a su edad.

—Vamos a pasarlo bien en África —comentó Dick Dennis para distraerla mientras le ponían la vía intravenosa. Con la sedación empezaría a relajarse y adormecerse enseguida. No estaba tan asustada como la vez anterior, pues ahora sabía a qué atenerse y confiaba plenamente en ambos médicos.

—¿Te vas a África con Dick? —le preguntó Phillip Talbot, y ella asintió con una sonrisa somnolienta—. Madre mía, cuánto bicho, serpiente y sabandija —dijo, y todos se echaron a reír—. Se empeñó en que fuera en una ocasión. Yo soy un chico de ciudad, aunque es una causa noble.

—Véronique tiene más agallas que tú —terció Dick. A su colega le hizo gracia.

Al cabo de unos minutos, los ayudantes la condujeron en una camilla al quirófano y poco después la anestesiaron. Los dos médicos se miraron el uno al otro desde sendos lados de la camilla. Deseaban hacer lo imposible por ella; era una chica estupenda y se lo merecía. No era a la top-model a quien veían allí tumbada, sino a la joven valiente en la que se había convertido en un año, a la que habían llegado a profesar tanta admiración y respeto. Se había convertido en una de las pacientes favoritas de ambos, y deseaban que tuviera el mejor futuro que pudieran proporcionarle, y que merecía.

Tras realizar el mismo proceso que tres meses antes, volvió al apartamento para huéspedes tres días después y esta vez tardó aún menos en recuperarse.

Cuatro días después del aniversario echó un vistazo en su ordenador y vio que le habían enviado el archivo digital con el vídeo del programa. Estaba deseando verlo, y le preguntó a Doug si le apetecía acompañarla. Él se defendía en francés como para entender casi todo, y ella podía traducirle el resto.

Doug se presentó con una pizza, y ella descargó el programa en su portátil. Duraba dos horas, y ninguno de los dos dijo una palabra durante todo ese tiempo. Lo vio enjugarse las lágrimas varias veces, y ella, a pesar de haber realizado las entrevistas y conocer el contenido, lloró como cada vez que las había visto, pues eran muy emotivas. Ni siquiera pudieron terminar la pizza; se limitaron a escuchar a los entrevistados. Todo lo que narraban, sobre todo los padres de los fallecidos y las personas que habían quedado mutiladas hasta tal punto que resultaban irreconocibles, era desgarrador. El programa, magníficamente editado, carecía de narrativa documental: todos los relatos eran de los protagonistas, lo cual le daba más fuerza. Véronique se había mostrado respetuosa a la hora de formular las preguntas. La mayor parte del tiempo salía favorecida en cámara, aunque a veces, cuando la toma se realizaba desde ciertos ángulos, sus cicatrices también impresionaban. Hizo una mueca al ver sus propias imágenes y Doug le apretó la mano.

Cuando terminaron de verlo, agotados, se miraron el uno al otro.

—No sé cómo pudiste hacer esas entrevistas —comentó Doug con un hilo de voz mientras servía una copa de vino. Ella no podía beber, ya que seguía con medicación para el dolor.

—El equipo lloraba sin cesar, lo mismo que yo, pero he de reconocer que hicieron un buen trabajo. A veces oír los relatos de una tragedia tras otra simplemente te superaba, pero los mezclaron bastante bien.

—Lo mires por donde lo mires, es una tragedia —señaló él.

—Me niego a ser eso —repuso ella—, una historia triste que la gente cuenta. Fue espantoso, y ninguno de nosotros lo olvidará jamás, pero tenemos que seguir adelante. Yo tuve más suerte que muchas otras personas, y no estoy pasando hambre porque haya perdido mi trabajo, pero me niego a ser un personaje trágico, a que la gente me vea de esa manera o a verme yo misma de esa manera.

—Yo no te veo como un personaje trágico —repuso él con una mirada pícara—. Eres tan pesada como siempre, incluso ahora que has dejado de ser una top-model. —Estaba siendo irónico porque ella nunca se lo había puesto difícil y le había encantado trabajar a su lado—. No eres más que la sombra de lo que fuiste.

—Sí, lo sé. Por eso me metieron en el programa, para que la gente se compadeciera de mí —soltó ella. Pero era innegable que había perdido mucho, igual que todos; incluso quienes habían salido ilesos tenían que aprender a vivir con el trauma, que era tremendo. Una mujer contó que, aunque no tuviera heridas, había sido incapaz de salir de su casa en un año, por miedo a que volviera a suceder. Hacía falta muchísimo valor para superarlo, para salir adelante. Véronique había luchado mucho, y aún lo hacía, con ese fin.

Después conversaron un rato sobre su viaje a África.

—¿Cuánto tiempo te quedarás? —le preguntó él.

—No lo sé. Un mes, puede que dos si me encanta aquello. No tengo ninguna prisa en regresar. Tomaré el avión desde aquí. —No soportaba la idea de volver a París. Se le caía el alma a los pies al entrar en el piso vacío con la expectativa de que su madre estuviera allí. Se preguntó cuánto duraría eso, pues no se mitigaba. Según Chip, a él le ocurría lo mismo cuando tenía que ir a la casa de su padre a por algo. Habían sido personas tan notables en vida que su ausencia calaba hondo.

Desde su regreso a Nueva York había conversado con Chip en varias ocasiones, y estaba barajando la idea de quedar con él a almorzar cuando se encontrara mejor y dejara de sentirse aletargada debido a los medicamentos. En el apartamento se sentía bien, pero todavía no le apetecía salir. Habían hablado sobre el dinero de su herencia; él iba a continuar invirtiéndolo para ella. No se lo había contado a Doug. Se trataba de una suma astronómica y daba apuro hablar a la gente normal y corriente de semejantes cifras. Todavía no salía de su asombro por el hecho de haberlo heredado, pero daba la impresión de que a Chip no le importaba en absoluto. Ahora la conocía, sabía que no era una sacacuartos de esas, que su padre había querido de verdad a Marie-Hélène, la cual había sacrificado mucho por él. Desde su perspectiva, sus hermanas lo verían de otra forma, y, tal y como su padre había dispuesto, jamás se enterarían. Antes de que este entrara en la política había ejercido de abogado especialista en derecho tributario y de sucesiones, de modo que había dejado todo bien atado.

Como intuía que Véronique no deseaba estar sola después de ver la grabación, Doug se quedó con ella hasta bien entrada la noche. Los relatos de primera mano la hicieron recordar todos los detalles, algunos de los cuales desconocía hasta que se puso a trabajar en el documental. Los médicos y cirujanos habían hecho gala de una gran discreción en todo momento con los pacientes, y también con ella, lo cual era de agradecer.

—No te quedes demasiado tiempo en África —le dijo con melancolía—. Te voy a echar de menos.

—Parece bastante interesante. En el pequeño hospital donde trabaja el doctor Dennis solo tratan a niños, por lo visto con heridas muy graves. Más o menos como en Bruselas —dijo con aire pensativo—. Me pregunto si algún día se nos borrará de la mente —añadió con un suspiro.

—Al final todo se borra, lo bueno y lo malo. Lo bueno se borra antes, lo malo tarda más. —Por mucho que ella procurara no aferrarse a los terribles recuerdos, se le agolpaban en la cabeza. Y con el tiempo y la distancia, los recuerdos eran más nítidos, y las imágenes, durísimas.

Se quedó sentada pensando en ello después de que Doug se marchara. Desde el instante en que sucedió, él se había portado como un excelente amigo.

Los médicos quedaron contentos con los resultados de nuevo. Se le habían borrado más cicatrices de las piernas y los brazos, aunque aún le quedaban muchas. La del abdomen era menos impactante, igual que la del tobillo, a pesar de que había estado a punto de perder el pie. Consiguió ganar esa batalla incluso antes de recobrar la consciencia, en coma. Le habían puesto clavos en el tobillo, pero no los notaba. Las cicatrices del rostro se habían atenuado en gran medida, los marcados bordes se habían suavizado, ese tono rojo intenso se había apagado y la zona de alrededor ahora presentaba una tonalidad normal. Aún se apreciaban dos marcas profundas, pero más tenues, no como si se las hubieran causado a cuchilladas. Todo se iba mitigando con el paso del tiempo.

Los médicos le advirtieron que evitara el sol en África y que llevara sombrero siempre. De todas formas, si surgía algún problema, Dick Dennis estaría allí y, si las cosas se ponían feas, siempre podía volver a casa o a Nueva York a que la viera el doctor Talbot.

Tal como había prometido, comió con Chip dos días antes de partir.

—Estás impresionante —comentó él, y ella no supo si con el cumplido se refería a las cicatrices o a su imagen en general. Iba vestida con un jersey y un abrigo de color rosa combinados con unos vaqueros. No había tenido más remedio que comprarse ropa para el viaje a África porque no se había llevado a Nueva York las cosas apropiadas, algunas de las cuales ni siquiera tenía en París. Iba a dejar las que no podía ponerse en Angola en el apartamento de Doug—. Pareces más relajada —añadió.

—Al menos he dejado atrás las operaciones. En principio esta es la última, a menos que algún resto de metralla se desplace, aunque espero que no. —Tenía presente que, en ese caso, podrían crearse situaciones que pusieran en peligro su vida, bloquear una arteria o afectar a un órgano vital, incluso al corazón. Pero los fragmentos no se habían desplazado en un año y, con suerte, jamás lo harían. Los clavos del tobillo permanecerían ahí, pues no había razón para sacarlos.

Hablaron de cómo iba su campaña para el Congreso, de sus hijos y de su divorcio. A él le gustaba conversar con ella, a pesar de su juventud. Había vivido mucho, más que la mayoría de la gente, entre su carrera de modelo y el hecho de haber sobrevivido a un atentado terrorista y a un año de operaciones. Parecía muy sensata para los años que tenía, más que los hijos de Chip, que eran prácticamente de la misma edad. Ella lo notó desanimado por su divorcio. Su mujer pretendía sacar tajada, y estaban peleando por la casa y por su herencia.

—Ten cuidado en Angola —le advirtió él— y tenme al corriente de cómo estás. Acabo de encontrarte, no quiero perderte. —Lo dijo con gesto serio.

—No me perderás. —Le sonrió. Estaba hecha de una madera especial y él lo sabía. Su padre también la admiraba por eso.

Puso rumbo al aeropuerto con una sola maleta, atestada con todas las cosas que según Dick Dennis necesitaría: pantalones cortos, vaqueros, botas de montaña recias a pesar del calor, todos los repelentes de mosquitos habidos y por haber, crema solar para protegerse las cicatrices, además de óxido de zinc, analgésicos por si acaso, antibióticos por si se ponía enferma, camisas de manga larga, unas cuantas camisetas y un par de sencillas faldas largas de estilo campestre. No llevaba nada de vestir, pues no tendría ocasión de lucirlo. Se trataba de un viaje de trabajo improvisado a una pequeña y primitiva aldea en una zona escarpada. Por lo visto, hasta las monjas llevaban botas de montaña con el hábito. Él se había marchado unos días antes, con tiempo para instalarse antes de la llegada de Véronique.

Dick Dennis había dispuesto una habitación para ella en el convento, donde residían las monjas. Todo parecía una gran aventura. Puso rumbo al aeropuerto en un taxi, con el pasaporte guardado en la riñonera. Llevaba encima dinero suficiente para cualquier emergencia, y, por una vez, ni siquiera pensó en sus cicatrices o en cómo reaccionarían al verlas. En lo que a ella concernía, había superado lo de Zaventem. Se sentía libre y se moría de ganas de descubrir Angola. Por fin había dejado atrás un año de pesadilla. Era una mujer libre lanzándose al futuro y a todas las sorpresas que este le depararía. Estaba decidida a aprovecharlas. No era la misma que el año anterior, e intuía que tampoco sería la misma después de este viaje. Todo resultaba nuevo para ella y cada día era un regalo.

15

Véronique voló con la compañía aérea Emirates a Luanda, la capital de Angola, con escala en Dubái. El vuelo fue largo y, a su llegada a Luanda, realizó un corto trayecto en avión a Cuito Cuanavale, adonde operaban dos vuelos a la semana desde la capital. El hospital se hallaba en una zona rural a casi dos horas de distancia por carretera desde Cuito. A pesar de que la Fundación HALO seguía despejando de minas la zona, todavía quedaban en los alrededores, lo cual causaba estragos y heridas espantosas a la población local.

En el aeropuerto la recibió un joven que se llamaba Joachim, con una amplia sonrisa de marfil. Alegre y simpático, hablaba inglés con acento portugués asombrosamente bien. Cojeaba al caminar y, nada más salir del aeropuerto, le dijo:

—El doctor Dick me salvó las piernas. Tenía doce años cuando mi hermano y yo pisamos una mina. Mi hermano, con nueve años, murió. El doctor Dick me salvó la vida —apostilló con orgullo, mientras atravesaban la zona rural de las afueras de Cuito Cuanavale.

Había cabras y gallinas en las márgenes de la carretera, niños jugando en la tierra y mujeres ataviadas con llamativos *panos,* unas piezas de tela *batik* liadas al cuerpo, algunas de ellas con telas de colores vivos alrededor de la cabeza o cargando con cestas. Joachim conducía una vieja camioneta

Ford roja baqueteada y vestía una llamativa camisa y vaqueros. Había provisto agua embotellada para ella, que para entonces llevaba viajando veintisiete horas. Estaba acalorada y polvorienta cuando llegaron a un recinto de escasas dimensiones con una pequeña iglesia, un gran edificio de madera construido por los lugareños con un cartel en la fachada que rezaba SAINT MATTHEW'S HOSPITAL y otro gran edificio que parecía una escuela. Subiendo la escalera de la entrada había un grupo de monjas vestidas con unos inmaculados uniformes blancos de enfermeras que contrastaban con la diversidad de colores vivos del entorno, con macizos de buganvillas y otras flores que no supo reconocer. Justo cuando las monjas se dieron la vuelta entre risas para ver quién era la recién llegada, el doctor Dennis salió a la puerta. Había estado pendiente de su llegada desde la oficina que utilizaban en la planta principal del hospital. Había pequeños grupos de lugareños sentados en el suelo, junto a niños y personas mayores que los habían llevado al hospital para que los atendieran. Algunos estaban cocinando.

—¡Bienvenida! —exclamó Dick Dennis, dirigiéndose a toda prisa a su encuentro. Bajo la corta bata de médico llevaba una camisa hawaiana, unos vaqueros y unas botas de montaña. Le dio un abrazo a Véronique en cuanto llegó a su lado. Ella había realizado el viaje también con vaqueros y botas de montaña. Las monjas bajaron los escalones del edificio que parecía una escuela y se aproximaron a ella con gesto sonriente. Una era alta, corpulenta y entrada en años; otra, de rostro angelical, parecía algo mayor que Véronique; y las otras dos eran treintañeras, en la medida en que sus pequeñas cofias blancas permitían calcularlo. Los hábitos les caían a la altura del tobillo, y también calzaban botas recias.

—Hermana Anne —dijo Dick Dennis, presentando a la mayor, que sonrió de oreja a oreja a Véronique. La hermana Claire era la más joven, y las dos de mediana edad eran las hermanas Rita y Charity. Él había decidido no dar explicaciones acerca de la estancia de Véronique antes de la llegada de esta y dejar que lo hiciera ella misma, si así lo deseaba. Era reacio a ponerlas en antecedentes de una historia trágica si ella prefería no compartirla. Las cuatro monjas la recibieron calurosamente.

—Aquí somos doce —explicó la hermana Anne, refiriéndose a la congregación—, ya averiguarás los nombres luego. Tenemos una habitación preparada para ti. —Señaló hacia el edificio del que acababan de salir—. Ese es nuestro convento; nuestra residencia, como la llamamos nosotras. Las enfermeras viven con nosotras y disponemos de algunas habitaciones de invitados. Estamos muy contentas de que hayas venido a visitarnos. —Cuando la hermana Rita le habló, Véronique se percató de que era francesa. A simple vista eran las mujeres más felices que había conocido en su vida.

—Te enseñaré el hospital cuando te instales —prometió Dick Dennis—. Estarás agotada. —Sin embargo, no daba esa impresión. Parecía rebosante de vitalidad y entusiasmo por estar allí.

—Dormí en el avión —explicó ella.

La hermana Claire cargó con la maleta y la condujeron al convento. Había gente pululando en la zona común situada entre las instalaciones, con árboles para ponerse a la sombra y flores por todas partes. A Véronique, loca de contenta por encontrarse allí, se le antojó el paraíso. Tenía la impresión de estar entrando en una escuela femenina. Se cruzó con más monjas por los pasillos y unas cuantas enfermeras con uniformes blancos.

—Somos una gran familia feliz —explicó la hermana Claire—. Además de las doce hermanas hay diez enfermeras, la mayoría británicas. La hermana Rita es francesa, como tú, y hay dos australianas y una estadounidense. Asistimos en muchas operaciones cuando nos visitan los médicos, que se van rotando en periodos de uno o dos meses. El doctor Dennis pasa aquí tres meses al año. Todo funciona con bastante fluidez. ¿Eres enfermera? —preguntó la joven monja a Véronique.

—No, solo me despierta interés lo que hacéis aquí. El doctor Dennis me puso al corriente de ello y me invitó a venir, así que aquí estoy —respondió ella, sintiéndose como la nueva compañera del colegio.

—Te hemos asignado una habitación individual —terció la hermana Charity—. La mayoría de las enfermeras comparten habitación, pero como tienen turnos diferentes funciona bastante bien. Nosotras acabamos de terminar nuestro turno, así que volvemos al convento para rezar las vísperas antes de cenar.

—¿Cuántos niños hay en el hospital? —preguntó Véronique mientras se dirigían a su cuarto.

—Por lo general alrededor de ochenta, aunque en una emergencia podemos atender hasta cerca de un centenar. Nos traen a niños de aldeas de los alrededores. Todavía quedan algunos campos de minas sin examinar y limpiar. Y a veces atendemos a niños que llevan mucho tiempo con heridas y no llegaron a recibir el tratamiento adecuado.

—Eso son muchos niños. —Véronique estaba impresionada.

—Son muchos niños los que nos necesitan aquí —señaló la hermana Anne—. Hay una gran cantidad de heridas, accidentes graves, miembros cercenados, infecciones sin tratar que luego requieren amputaciones. Mantenemos a nuestros médicos ocupados. —Ya habían llegado a la habitación. Cuando la hermana Anne abrió la puerta, a Véronique le sorprendió ver una amplia y aireada estancia con un ventilador de techo dando vueltas. Sobre la cama había un mosquitero, al que ellas llamaban «cortinilla», y los muebles estaban pintados de blanco. Había mosquiteras en las ventanas, con visillos. En vez de la pequeña y oscura celda que esperaba ver, todo resplandecía, incluida la cama, recién hecha para ella, que resultaba muy tentadora, pero estaba decidida a mantenerse despierta hasta la hora de acostarse para aclimatarse al horario local.

—Hay una ducha al fondo del pasillo —explicó la hermana Charity—. Solo tienes que apuntar tu nombre para tu turno. Como eres una invitada, tienes prioridad. —La hermana Claire soltó una risita—. El comedor y la cocina se encuentran al otro lado del edificio. El desayuno se sirve de seis a siete, cuando cambia el turno, el almuerzo de doce a una y la cena a las seis. Tenemos a mujeres de la zona al frente de la cocina, y la comida es deliciosa, en su mayor parte platos locales. Detrás del hospital hay una cabaña donde se aloja el doctor residente. ¿Necesitas algo? —le preguntó con la mirada inocente y una cálida sonrisa.

—No, todo esto parece maravilloso. —Les sonrió. Formaban un comité de bienvenida perfecto.

—¿Tienes hambre? ¿Te apetece comer algo? —le preguntó una de las hermanas.

—No, estoy bien. —Se encontraba demasiado cansada como para tener apetito y demasiado excitada como para malgastar el tiempo comiendo.

Cuando se marcharon, se lavó la cara y las manos en el lavabo de la habitación, se cepilló el pelo y fue a buscar al doctor Dennis al hospital, que la estaba esperando en su oficina. Ella contempló la cabaña desde la ventana.

—Es sencillo, pero todo funciona de una manera muy eficiente. Recibimos donativos de organizaciones de todos los rincones del mundo. Las monjas y las enfermeras son increíbles. ¿Está bien tu cuarto?

—Es perfecto. —Le sonrió—. Gracias por invitarme. No sabía qué esperar.

—Mañana daremos una vuelta en coche para que conozcas las aldeas y la zona. ¿Te apetece que te haga un *tour* del hospital ahora?

—Me encantaría. —Parecía estar muy orgulloso de las instalaciones, y más en su salsa allí que en su lujosa consulta de Nueva York. El contraste entre ambas era impresionante. Costaba creer que se sintiera a gusto en los dos sitios y que ejerciera el oficio en dos entornos tan diferentes.

—Yo vivo para esto. Es un mundo del todo diferente y da sentido a mi vida. Aquí realmente puedes marcar la diferencia, más que para la mayoría de nuestros pacientes en Nueva York, si cabe. La primera vez que vine se seguía librando una guerra civil y las heridas eran brutales. Así es como comenzaron los campos de minas.

A continuación la llevó a recorrer los pabellones. En cada uno había dieciséis niños al cuidado de dos monjas y dos enfermeras. Los pabellones eran designados en función de la gravedad de los niños. Había un pabellón quirúrgico más reducido para los pequeños convalecientes a los que habían operado recientemente. Sus familiares rondaban alrededor de ellos, sentados en el suelo o en las camas y sosteniéndolos en brazos.

—Las familias desempeñan un papel muy importante en sus cuidados. Algunas vienen desde muy lejos, otras son de aldeas vecinas. —Acurrucados entre sí, se notaba que se trataba de una cultura familiar.

Mientras cruzaba los pabellones con él, observó a muchos niños con muñones. Más de la mitad de los heridos por minas terrestres en Angola eran menores que salían a buscar leña por el campo y quedaban atrapados en explosiones de minas. Todos los críos se pusieron como locos al ver al doctor Dick, que se detuvo para abrazar a varios y charlar con ellos y con sus padres en portugués o umbudu. Hablaba ambas lenguas, además de otros dos dialectos autóctonos. Para Véronique, después de su ingreso en el hospital militar de Bélgica y sus recientes operaciones en Nueva York, aquello era una experiencia diferente por completo. Se respiraba un ambiente diametralmente distinto, en el que la cultura y las costumbres locales se conjugaban con la medicina occidental.

—Yo traigo un montón de medicamentos de Estados Unidos que no es posible conseguir aquí. Supone una gran ayuda, y también recibimos remesas de Alemania, Francia y el Reino Unido. Agradecemos todo cuanto podamos conseguir. Dirigimos el hospital con un presupuesto muy ajustado, no disponemos de muchos fondos, pero los estiramos. Casi todas las familias cocinan en el recinto. Aunque nos dedicamos principalmente a la cirugía, les administramos a todos vacunas que les sería imposible obtener por otros medios. —Era evidente lo mucho que lo apasionaba, cómo disfrutaba con la labor que realizaba allí y hasta qué punto se preocupaba por sus pacientes. Todos los niños lo saludaban agitando la mano y lo llamaban por su nombre de pila mientras conducía a Véronique por el inmaculado hospital.

Después del recorrido volvieron a la oficina. A ella le llamó la atención la pulcritud y lo cuidado del espacio, y la sorprendió que el equipamiento pareciera tan moderno y avanzado.

—Tenemos un programa de rotación de médicos de Estados Unidos, Francia y el Reino Unido. Yo alargo mis estancias más que los demás, ya que a la mayoría les resulta imposible ausentarse de sus clínicas durante tanto tiempo. Pero Phillip se lo toma muy bien. Sabe lo mucho que disfruto aquí, y una de las condiciones que puse para abrir la consulta con él fue que me permitiera hacer esto. Si me necesita y se ve con el agua hasta el cuello siempre puedo adelantar el vuelo, como hice en marzo, pero me gustaría pasar aquí el mayor tiempo posible. Esta vez estaré aquí hasta mediados de junio. ¿Sabes cuánto tiempo vas a quedarte?

—Todavía no lo tengo claro. Lo que sí me gustaría es ser

útil durante mi estancia, como voluntaria en el hospital. Es el único servicio que puedo ofrecer.

—Toda ayuda es bienvenida —dijo él cariñosamente—. Las enfermeras y las monjas te explicarán cómo puedes colaborar. A veces lo único que necesitan, si andamos escasos de personal, es hacer compañía a un niño que ha salido de una operación. Algunos niños resultan heridos por culpa del peligro que entraña el uso de la maquinaria agrícola. La mayor parte del tiempo estamos al completo. Las propias monjas solían dirigir el hospital con un médico que venía una vez al mes; hemos contratado a una gran cantidad de personal médico voluntario y ahora siempre hay uno de servicio. El año pasado tuvimos por aquí a unos médicos australianos fuera de serie.

Se respiraba un ambiente muy internacional, respetuoso al mismo tiempo con las tradiciones africanas y cómo cuidaban a sus enfermos. Las enfermeras pasaban muchas horas enseñando a los padres a cambiar vendas, para evitar infecciones.

Cuando se marchó de la oficina eran casi las seis. Él tenía que atender a más pacientes y examinar a convalecientes de posoperatorios. Véronique regresó tranquilamente a la residencia, fue a buscar el comedor y, al llegar, comprobó que se trataba de una amplia sala con largas mesas de refectorio y más ventiladores de techo en movimiento. De las cocinas emanaban olores deliciosos. Mientras echaba un vistazo, las enfermeras a las que había conocido en los pabellones entraron y la invitaron a sentarse a su mesa.

Minutos después se incorporaron más enfermeras y, media hora después, todas las mesas se llenaron de mujeres que reían, conversaban y charlaban. A juzgar por el ambiente, parecía una escuela femenina para adultas, con la salvedad de que nadie estaba triste o disconforme por estar allí. Se respiraba una atmósfera de puro gozo y orgullo por la labor que estaban realizando, y era contagioso. Varias monjas insistieron en presentar a Véronique al resto de monjas y enfermeras, que mostraron interés en saber de dónde era, cómo había conocido el lugar y cuánto tiempo tenía pensado quedarse. Era un grupo de mujeres abiertas y simpáticas que la hicieron sentirse bien recibida. Para cenar había pollo a las finas hierbas, gachas de maíz, plátano frito y unas verduras que no reconocía, pero todo le supo delicioso. Después de la cena acusó el cansancio del viaje; de camino a su cuarto, apenas podía mantener los ojos abiertos. Tras cepillarse los dientes y ponerse el pijama, se deslizó a gatas bajo el mosquitero. Después de apagar la luz, sin darle tiempo a apoyar la cabeza sobre la almohada, se quedó dormida en el acto. De momento, le encantaba todo lo que había visto y a todos a quienes había conocido en Saint Matthew's. Tenía la impresión de haber vuelto a casa.

A la mañana siguiente, después de desayunar a las seis y darse una ducha rápida en su turno, llegó al hospital cuando el doctor Dennis empezaba su ronda. Él le presentó a las dos enfermeras británicas que lo acompañaban, Prudence y Felicity. Se unió a ellos y observó lo que hacían en los pabellones, donde muchos niños presentaban heridas graves a consecuencia de accidentes y varios tenían las caras desfiguradas, sobre todo debido a las minas terrestres. Una niña pequeña, que aparentaba unos cuatro o cinco años, se puso a llorar cuando el doctor le revisó el vendaje. Una mina había explotado cuando se dirigía al río con su madre. Tenía cicatrices profundas en el rostro, similares a las de Véronique, que le sonrió y se llevó el dedo a la cara. La niña se quedó mirándola, dejó de llorar y le preguntó a su madre en su dialecto cómo se había lastimado la cara la señora. Felicity se lo tradujo a Véronique, y esta respondió sin sentirse cohibida, posiblemente por primera vez.

—Una gran explosión —explicó a la madre, y, haciendo un ademán con los brazos para indicar la magnitud, añadió para darle énfasis—: ¡Bum! —A la niña le hizo gracia el gesto, y dejó que el doctor Dennis la examinara. Observó a Véronique con interés durante todo el reconocimiento.

Cuando se marcharon, la cría sonrió de nuevo, miró a Véronique y, apuntando hacia ella, dijo:

—¡Bum! —Todos se echaron a reír.

—¡Sí, bum! —repitió Véronique, señalándose la cara.

Seguidamente la niña dijo algo a su madre, que Felicity tradujo de nuevo con una sonrisa:

—Dice que eres muy guapa.

—¡Gracias! —exclamó Véronique—. Tú también eres muy guapa —añadió con gesto risueño, señalando en dirección a la niña, mientras Felicity traducía de nuevo. La cría soltó una risita nerviosa y se tapó la cara con la almohada. Continuaron el recorrido y a Véronique no se le borró la sonrisa de la cara. Las enfermeras no hicieron ningún comentario ni le pidieron a Véronique más detalles acerca de las cicatrices de su cara; al parecer, con «bum» fue suficiente.

Cuando terminó la ronda médica, Dick condujo a su antigua paciente hasta el coche que los médicos tenían a su disposición durante su estancia.

—Se me ha ocurrido darte una vuelta para enseñarte las aldeas vecinas. —Hablaba los dialectos locales con bastante soltura como para desenvolverse bien con los pacientes y, muy de vez en cuando, recurría a un traductor para casos difíciles con el fin de obtener con exactitud toda la información necesaria. Estaba profundamente comprometido con los habitantes de la zona y los objetivos de la Fundación HALO, cuya traducción del inglés significaba Organización de Apoyo a la Vida en Zonas de Riesgo; limpiar Angola de minas terrestres en el futuro. Y conocía a muchos de los jóvenes de las aldeas desde que nacieron.

Condujeron por una carretera llena de baches y, a unos quince kilómetros, pararon en un poblado con un montón de chozas de adobe y unas pequeñas construcciones de madera de aspecto precario. Mientras caminaban, varios lugareños lo reconocieron y lo saludaron calurosamente. A lo largo del poblado discurría un arroyo donde las mujeres estaban lavando la ropa y cargando con baldes de agua y cestas sobre la cabeza; la mayoría de ellas llevaban sandalias, aunque muchas iban descalzas. Pese a su evidente pobreza, mostraron una actitud cordial y hospitalaria hacia Dick y Véronique. A simple vista nadie parecía hostil o descontento. Unos cuantos aldeanos estaban comiendo, y había vacas pastando en las inmediaciones.

—Las vacas pertenecen al jefe —explicó Dick—, señal de que es el hombre más rico de la aldea.

Cuando se disponían a meterse en el coche para irse, un hombre corrió hacia ellos e intentó darle un cabrito a Dick. No dejaba de hacerle reverencias y darle las gracias al doctor en kikingo, pero Dick hizo un ademán hacia el vehículo dándole a entender que no podía llevárselo, y el hombre no se lo tomó a mal.

—Nosotros les proporcionamos atención sanitaria gratuita —le explicó a Véronique—, pero como ellos no acostumbran a hacer las cosas así, nos regalan melones, pollos y, ocasionalmente, alguna cabra o algún cochinillo. Les gusta pagar sus deudas, son gente honrada. Siempre se lo cuento a Phillip y me planteo qué pasaría si nuestros pacientes nos regalaran cerdos o cabras a cambio de inyecciones de bótox. Sería interesante. —Ella se rio pensando en el lujo que se respiraba en su consulta. Desde luego, un cerdo correteando allí sería todo un espectáculo.

Tras visitar varias aldeas similares, Chiumbo y Lioema, pusieron rumbo de vuelta al hospital por otra vieja carretera accidentada. En el recorrido ella vio multitud de niños heridos. Los había a montones, y entendía por qué el hospital atendía a esa gran cantidad de pacientes con regularidad.

—A veces se inundan las carreteras durante la época de las lluvias y nos resulta más difícil acceder a ellos, y a ellos desplazarse al hospital. Disponemos de una camioneta vieja con tracción a las cuatro ruedas, pero es una tartana. Aquí tenemos muchas necesidades. Hemos de establecer prioridades de forma muy minuciosa. Los equipos y suministros médicos son lo primero. —Se notaba la falta de equipamiento diverso. Según decía, el hospital se mantenía gracias a donaciones del material necesario y de suministros médicos. Sin embargo, con independencia de los medios que tuvieran, nunca resultaban suficientes. Y los fondos con los que contaban eran limitados.

Para cuando llegaron al hospital ya había pasado la hora del almuerzo, por lo que Véronique fue en busca de algo de comida a la cocina y seguidamente a asearse después del trayecto por abruptas carreteras. Se quitó las botas de montaña y los vaqueros, que estaban polvorientos. Mientras se cambiaba, Prudence, una de las enfermeras inglesas, pasó a saludarla y reparó en las cicatrices de sus piernas.

—¿Eso también fue en el «bum»? —Ambas sonrieron, pensando en la cría con cicatrices en la cara de esa mañana. Véronique asintió con la cabeza y se enfundó unos vaqueros limpios.

—Efectivamente. Fue un «bum» colosal.

—¿En el ejército? —le preguntó la enfermera. Había servido cinco años en el ejército antes de abandonarlo para irse a África a trabajar en Saint Matthew's, contratada por un médico al que conocía y que era voluntario allí.

—En el aeropuerto de Bruselas hace un año —respondió Véronique sin más.

—Mierda —dijo Prudence, haciendo una mueca—. Hoy en día el mundo es un lugar de locos. Solía ver heridas así cuando era enfermera militar y alguna maniobra salía mal. —Reconocía las heridas de metralla.

—Ya estoy bien —comentó Véronique, y lo dijo de verdad.

—¿A qué te dedicabas antes de eso y antes de venir a África? —le preguntó, curiosa. Le sonaba su cara.

—Antes del «bum» era modelo —respondió con una sonrisa. Prudence se quedó mirándola.

—Oh, Dios mío, ¿Véronique Vincent? He visto absolutamente todas las revistas en las que has salido. Eras mi ídolo. Una vez me teñí el pelo del mismo color que el tuyo; a mí me quedaba fatal. Qué mala pata, de verdad. Me extrañaba no haberte visto en un año. Pensé que a lo mejor habías dado a luz y te habías tomado un año.

—No, he tenido un año de parón, a raíz del «bum», en un hospital militar en Bruselas. Ahora estoy intentando replantearme todo.

—¿Volverás a trabajar de modelo? —preguntó con inquietud.

—Así no. —Se llevó el dedo a la cara—. Ahora tiene mejor aspecto que antes, pero no desaparecerá. De modo que aquí estoy. Parece una locura, pero me gusta esto —dijo sonriente.

—Es una locura, pero nos pasa a todas. Por eso nos quedamos. Nos necesitan desesperadamente. Por las noches te vas a la cama sabiendo que has marcado la diferencia. No era esa mi impresión en el ejército, ni más tarde en un hospital londinense. Los médicos de Saint Matthew's realizan una magnífica labor. Trabajar aquí, aunque no contemos con grandes recursos, es un orgullo. Improvisamos muchísimo.

—Entiendo por qué te encanta —comentó Véronique mientras se dirigían al comedor.

—Espero que te quedes una temporada. Nunca viene mal un par de manos extra.

—Por eso he venido.

Se dirigieron juntas al hospital, donde Véronique fue a prestar sus servicios de voluntaria a las enfermeras de los pabellones. Le encargaron que les llevara bandejas con vendas mientras ellas cambiaban los vendajes. Por desgracia, le resultaba demasiado familiar. En Bélgica lo había vivido todo.

Después ayudó a cambiar camas y se puso a colorear con ceras con dos niñas de corta edad. Su amiguita de por la mañana la saludó agitando la mano desde el otro lado del pabellón, gritó «¡Bum!» y rompió a reír a carcajadas. Véronique también se rio.

Al final del día no supo cómo describir lo que había hecho a lo largo de la jornada, principalmente tareas de poca importancia, facilitar las cosas a las monjas y enfermeras, pero el caso es que transcurrió el día, y muchos más como ese. Enseguida se habituó a una rutina en la que ofrecía su ayuda a todas. De momento era la única voluntaria ajena al personal sanitario, y todo el mundo agradecía su ayuda, disposición y buen humor. Allí era feliz. Sentía como si hubiera encontrado un sitio donde encajaba. El doctor Dennis la observaba y a menudo se cruzaba con ella por los pasillos. Véronique parecía estar contenta y a gusto. La falta de comodidades y la austeridad no le importaban, y hacía buenas migas con todo el mundo. Había trabado amistad con monjas y enfermeras. Los niños la adoraban; jamás pensó que se le dieran bien los críos, ni le interesaban especialmente, pero aquello era distinto. Le gustaba estar con ellos y echar una mano dondequiera que pudiera. Por primera vez en un año se sentía a gusto en su piel. Se encontraba en el lugar adecuado en el momento oportuno. Tan solo seis meses antes habría sido demasiado pronto. En aquel entonces no estaba preparada, pero ahora sí. Se sentía competente, útil y conectada.

Llevaba allí un mes cuando preguntó a Dick Dennis si alguien había ido a filmar allí alguna vez, a mostrar lo que hacían y los niños a los que atendían, ya que podría servirles para recaudar dinero. Él se quedó pensativo durante unos instantes. Existía una grabación de la visita de la princesa Diana de Gales, pero de eso hacía mucho tiempo.

—Nadie de por aquí ha tenido nunca la preparación, el tiempo, el interés, los fondos o los contactos para hacerlo.

—¿Serviría de algo? —le preguntó Véronique.

—Por supuesto. Cuesta describir cómo es esto. A la gente de fuera le resulta muy ajeno, no lo entienden realmente y son incapaces de hacerse una idea. —Ella sacó a colación el documental de la televisión francesa en el que había participado, dedicado a las víctimas y los supervivientes de Zaventem.

—Se emitió en la televisión francesa, pero si grabaran algo similar aquí, podrías enviar copias del programa a otros sitios para recaudar fondos. ¿Quieres que llame al productor?

—Me encantaría. Se puede aprovechar toda la publicidad que podamos darle para despertar interés entre el público europeo o estadounidense.

—Llamaré al productor —prometió ella, lo cual hizo al día siguiente. A Olivier Berger, el productor del programa de Zaventem, le fascinó la propuesta de desplazarse a Angola para rodar un documental y mostrar el hospital, los pacientes y los poblados a los que daba cobertura, así como a la variopinta plantilla médica internacional, algunos de cuyos miembros eran precisamente de nacionalidad francesa. Además, el asunto de las minas terrestres que aún quedaban sin desactivar era de gran relevancia.

—Estoy pillado el resto del mes, pero si me dan el visto bueno, podría ir con un equipo de rodaje a principios de junio. ¿Qué tal te irían esas fechas?

—Tendría que preguntar. Aquí solo estoy de paso, de voluntaria. Conozco al médico que está al frente de esto justo ahora. Pasa aquí tres meses al año. Es estadounidense, pero se rota con médicos británicos y franceses.

—Lo consultaré con mis jefes y te pondré al corriente. Podría interesarles. Estamos intentando grabar más documentales, y no van a ser todos tragedias. Esta podría convertirse en una historia muy interesante. —Y los niños le daban un tono optimista y muy enternecedor.

—Creo que te quedarías impresionado —señaló ella. Puso al corriente de la llamada a Dick Dennis y este le dio las gracias.

Olivier la llamó por teléfono a la semana siguiente.

—Les encanta. Me han dado el visto bueno para grabarlo con un pequeño equipo de rodaje. ¿Cómo lo organizamos? —Ella le pidió que se pusiera en contacto con Dick Dennis para planificarlo todo. El equipo de rodaje francés tenía prevista su llegada el 1 de junio, y Dick seguiría allí en esas fechas. Véronique se alegró de que la idea hubiera cuajado. Iban a poner el hospital de Saint Matthew's en el mapa. Allí necesitaban ayuda desesperadamente y, haciendo lo que estuviera en su mano por una buena razón, experimentaba una sensación maravillosa.

16

Una semana después de que Véronique planteara a Olivier Berger la idea de rodar un documental sobre Saint Matthew's, un periodista británico, Patrick Weston, se presentó por su cuenta. Era amigo de uno de los médicos que rotaban, un británico, y se había desplazado allí para escribir un artículo sobre la labor que estaban realizando. Habló con Dick Dennis, que congenió con él y quedó impresionado por sus credenciales; había colaborado con algunas publicaciones de gran prestigio. Al término de la conversación, Dick le dio carta blanca para echar un vistazo. Trabajaba por su cuenta y tenía pensado acompañar el artículo con unas fotos e intentar colocarlo a su regreso a Londres.

Era joven, de treinta y cuatro años, afable y de aspecto serio. Tenía el pelo rubio apagado y alborotado, los ojos azules y un aire muy inglés. Había estudiado en Oxford.

Entrevistó, además de a Dick, a algunas monjas y a casi todas las enfermeras. Le asignaron una de las habitaciones de invitados de la residencia. Era muy discreto, y consiguió algunas instantáneas maravillosas de las monjas riendo, de las enfermeras trabajando, de los niños en los pabellones y de sus familias. Habló largo y tendido con Dick Dennis acerca de la perspectiva médica del reportaje. No encontró hueco para abordar a Véronique hasta varios días después. Ella ya se había enterado de que había estudiado en Oxford, que sus credenciales eran excelentes y que también había publicado artículos en Estados Unidos.

Tras pasar la mañana en el pabellón, Véronique se sentó a la sombra unos minutos. Él se aproximó y, al sentarse a su lado, sonrió y la miró fugazmente.

—La de veces que he intentado charlar un rato contigo, pero da la impresión de que no paras nunca. Cada vez que miro, estás ocupada con un niño en brazos, consolando a una madre o haciendo una cama. ¿Eres enfermera? —A diferencia de las demás, ella no llevaba uniforme.

—No, soy una amiga.

—¿Eres francesa? —Notó su acento, pero había dado por sentado que era estadounidense o británica, como casi todas. Ella asintió con la cabeza.

—Mi padre era estadounidense —explicó con orgullo.

—¿Qué te trajo por aquí? —Había algo en ella que lo intrigaba, pero no había averiguado qué. A pesar de su simpatía, ella mantenía las distancias, cautelosa.

—El doctor Dennis. Lo conocí en Nueva York, y me habló de esto. Me pareció interesante, de modo que vine a verlo con mis propios ojos. —Mientras tanto, también se había despertado su pasión por un mundo libre de minas terrestres.

—¿Así, por las buenas? —Se había fijado en sus cicatrices, pero no le preguntó nada. Era muy educado.

—Pues sí, por las buenas —aseguró, al tiempo que asentía con la cabeza con una sonrisa misteriosa.

—Si no eres enfermera, ¿guardas alguna relación con el mundo de la medicina? —Era incapaz de etiquetarla.

—No, me gustó lo que hacen por estos niños. Es una labor maravillosa. Llevo aquí más de un mes y me asombro cada día. Me interesan los proyectos a los que la gente se dedica para marcar la diferencia en el mundo.

—Eso es noble por tu parte. —Sonrió. Su cara le sonaba—. ¿Por qué tengo la sensación de que te he visto en alguna parte?

—Me pareceré a alguien que conoces —respondió ella como quien no quiere la cosa.

—Que yo sepa, no. No todos los días conozco a mujeres que se parezcan a ti, Véronique —dijo. Ella se sintió cohibida.

—¿Un cartel de «Se busca» en la oficina de correos, quizá? —preguntó ella en tono burlón.

A él le hizo gracia.

—¿Por qué? ¿Has estado en la cárcel?

—Últimamente no. —Él sonrió. Ella estaba jugando con él, y sospechó que había gato encerrado. Tenía buen olfato para la gente, y Véronique se mostraba evasiva.

—¿Estás aquí de incógnito? —le preguntó en tono burlón también.

—Ni mucho menos.

—Bueno, desde luego te dejas la piel trabajando —dijo él como un cumplido.

—Me encanta estar aquí. Solo conocía Johannesburgo.

—¿Por trabajo?

Ella asintió con la cabeza y percibió tristeza en sus ojos, como si le hubiera ocurrido alguna desgracia. Era una mirada que entendía y que avivó su interés por él.

—Es sanador estar aquí —comentó él. Véronique asintió con la cabeza y acto seguido se levantó. Coincidía con él, pero sentía que ya había hablado suficiente.

—Es hora de comer.

Él también se levantó y la observó cuando le tomó la delantera para subir los escalones de la residencia. Se estaba devanando los sesos; sabía que la había visto antes en alguna parte.

Patrick se sentó junto a Prudence en el comedor, y Véronique, con las monjas. Prudence se puso a coquetear descaradamente con él. Aunque tenía novio en Londres, llevaba meses sin verlo. Tenían previsto reunirse en Zimbabue en agosto. Se dio cuenta de que el periodista miraba fijamente a la francesa mientras esta charlaba con las monjas. Él le comentó:

—No sé por qué, pero tengo la sensación de haberla visto en alguna parte antes.

Prudence se quedó callada y, tras unos instantes, asintió con la cabeza.

—Tú y el mundo entero —dijo en voz baja, y añadió con un hilo de voz—: ¿Te suena el nombre de Véronique Vincent? —Él se quedó pasmado y fijó sus ojos en ella.

—¿La modelo? —Entonces miró fugazmente a Véronique y cayó en la cuenta. Su mente hizo clic—. ¡Oh, Señor! —Mientras la observaba con atención a lo lejos, alcanzó a verle el lado derecho de la cara y las cicatrices en todo su esplendor—. ¿Qué le pasó? ¿Un accidente de tráfico puso fin a su carrera? —Supuso que, a juzgar por las cicatrices, era probable que hubiera salido despedida a través del parabrisas.

Prudence respondió con expresión seria:

—Algo mucho peor.

—¿Qué podría ser peor que eso?

—Tendrás que preguntárselo tú. No soy quién para revelar el secreto.

De manera que no se había equivocado al suponer que ella estaba allí de incógnito. Había algo enigmático en su persona, como si ocultara algo. Después de comer se dirigió a su habitación y la buscó en Google. Aparecieron millones de fotos de ella posando y desfilando, una tras otra, cada cual más espectacular. Luego salió el reciente documental de la televisión francesa. Pinchó en el enlace y vio el principio. Se defendía en francés como para entenderlo todo; entonces conoció la historia. Era obvio que Véronique se mostraba renuente a hablar de ello, pues de lo contrario se habría sincerado. Pero, si había sido la principal entrevistadora del programa de televisión, tampoco es que lo ocultara. Intuía que, de preguntarle, se lo tomaría a mal. Se le encogió el corazón escuchando los relatos, hasta llegar a la parte donde Véronique contaba su implicación en aquello y lo que sucedió. Sintió como si hubiera abierto la caja de Pandora. Pero eso explicaba su presencia allí, en una zona remota de África, obviamente buscando darle un nuevo sentido a su vida a raíz de lo sucedido. Se sintió muy apenado por ella; vivir con esas cicatrices y perder una fulgurante carrera no podía ser fácil. Una carrera que, resultaba evidente, la había definido, puesto que su vida entera giraba en torno a su físico. En el programa dijo que en la explosión había perdido a su madre y a un amigo que las acompañaba.

No volvió a abordarla hasta media tarde, cuando se la encontró sentada en los escalones de la residencia antes de cenar, protegiéndose del sol con un gran sombrero de rafia. El hecho de que lo luciera ella le imprimía glamour.

—Me gusta tu sombrero —dijo él, y lo dijo en serio.

—Gracias. —Ella levantó la vista con gesto sonriente.

Patrick no sabía cómo sacar el tema y confesar que había averiguado su identidad. Parecía ofensivo, como si hubiera estado fisgando, y no quería disgustarla.

—¿Te importaría que te hiciera una foto para mi artículo? —Había fotografiado al resto, de modo que pedírselo no tenía nada de raro.

—Pues sí —soltó ella sin más.

—¿Y eso? —preguntó él sin miramientos.

—¿A ti qué te parece? No me gusta que me hagan fotos. —En su opinión, era una obviedad.

—El lado izquierdo de tu cara es perfecto. Podría sacarte de perfil, con el paisaje angoleño de fondo.

—Eso sería trampa —señaló ella, frunciendo el ceño.

—No, para nada.

—Claro que sí. Yo ya no soy así.

—Las cicatrices no cambian nada. Todavía eres increíblemente bella —afirmó en tono solemne, impresionado por su honestidad y valor.

—Gracias por el cumplido, pero lo dudo.

—Pues te equivocas. Las cicatrices no son ni tú ni lo que queda de ti, son algo añadido. No te anulan. No deslucen tu belleza.

—Gracias. —Decidió sincerarse con él hasta cierto punto. Al mirarlo a los ojos, le sorprendió de nuevo la tristeza que reflejaba su mirada—. Yo no quiero ser objeto de lástima ni parecer una friki.

—No hay nada penoso en ti. Estás aquí, en Angola, ayudando a la gente, marcando una gran diferencia, como tú dices. No estás de brazos cruzados en casa, lloriqueando o comiéndote la cabeza. Eso es admirable, no penoso. Yo diría que tienes la sartén por el mango. Eres una mujer fuerte porque, de lo contrario, no estarías aquí. Esto no es precisamente el Ritz de París.

Ella se rio.

—Tú no sabes cómo me hice las cicatrices. —Patrick se dio cuenta de su renuencia a hablar acerca de ello.

—No, no lo sé —convino él, a sabiendas de que estaba mintiendo. Ella le gustaba, y no quería mentirle—. No, no es cierto —rectificó. Véronique se sorprendió—. Te busqué en Google cuando intuí quién eras. —No quiso delatar a Prudence confesando que se había ido de la lengua—. Sí que lo sé. Estás viva, Véronique, lo bastante viva como para estar aquí y realizar una buena obra. No ganaron los malos, ganaste tú. Y te diré algo que normalmente tampoco cuento a la gente: yo estaba en París en la sala Bataclan, en noviembre del año pasado. Mi mujer tenía ganas de ir al concierto. Yo odio ese tipo de música, pero accedí por ella porque era en París. Le dispararon y murió en mis brazos. Llevábamos seis meses casados. Era una mujer fantástica, todo cuanto jamás soñé. Y daría lo que fuera por recuperarla, con mil cicatrices, o sin brazos y sin piernas, en vez de haberla perdido. Estos ataques son brutales, pues no solo aniquilan a la gente, sino que te aniquilan por dentro pese a haber sobrevivido, como en tu caso y el mío. No permitas que te hagan eso. No dejes que se salgan con la suya. A ella la mataron y destrozaron mi vida.

»A la mierda las cicatrices, Véronique. Tú eres increíblemente bella, incluso con cicatrices. Haces bien en estar aquí. No tienes necesidad de ocultar ese lado de tu cara, ni siquiera la obligación de dar explicaciones a la gente y, mucho menos, pedir disculpas. Sigues siendo bella, y lo serás hasta que se te caigan los dientes y te quedes calva.

Los dos se rieron.

—¿Por qué iba a quedarme calva? ¿Es que no basta con esto? —dijo, fingiendo indignación.

—Bueno, al final te quedarás sin dientes y calva como todos. Hasta entonces sigues siendo la mujer más preciosa sobre la faz de la tierra, con cicatrices y todo. Y desde luego no das ninguna pena.

Se quedó mirándolo y, al cabo de unos instantes, se levantó y puso las manos en jarras.

—Estupendo; adelante, hazme una foto.

Él no daba crédito a que hubiera accedido. Se lo estaba ordenando.

—¿Así, de morros? Da la impresión de que vas a darme una patada. Ni pensarlo.

—¡Me has llamado calva y desdentada! —A él le hizo gracia que fingiera estar furiosa.

—De eso nada. He dicho que te quedarás calva y sin dientes, no que ya lo estés.

—Bueno, pues no lo estoy, así que dispara. —Seguidamente se puso seria, suavizó el tono de voz y añadió con delicadeza—: Y siento lo de tu mujer.

—Yo también. Era fantástica. No tan guapa como tú, pero eso es imposible. Era una gran mujer y la amaba. Tenía muchas agallas, como tú. —Véronique intuía que era verdad—. Era medio italiana medio inglesa, fuego y hielo. Una periodista con muchísimo talento, mucho mejor que yo; comparado con ella, yo escribo bazofia. Ella anhelaba escribir una novela, y habría escrito una magnífica. Procedíamos de mundos diferentes, yo de una familia estirada y pretenciosa de esnobs intelectuales de clase alta. Su padre era dueño de una *trattoria* en Venecia y ella, que carecía de los prejuicios que me inculcaron a mí, me convirtió en un ser humano. Y luego se fue y todo dejó de tener sentido. ¿Por qué sobreviví yo y no ella? Era mucho mejor que yo. —Daba la impresión de que lo decía de corazón.

—Yo me hago esa pregunta cada día por mi madre y el amigo que nos acompañaba. ¿Tienes hijos? —preguntó. Le daba la sensación de que Patrick se iba a echar a llorar.

—No. Mi mujer estaba embarazada. Acabábamos de enterarnos. Resulta difícil encontrarle sentido a la vida después de algo semejante: por qué sucedió, por qué te pilló allí, por qué la mataron a ella y no a mí... Ni siquiera me dispararon. Ella murió y yo salí sin un rasguño. Llevo dieciocho meses intentando encontrarle una explicación, y soy incapaz.

—Nunca lo harás. Yo tampoco he sido capaz de encontrarle sentido a por qué mi madre y mi amigo murieron y no yo. A lo mejor fue pura suerte. El destino. Simplemente tienes que seguir adelante. Por eso estoy aquí. Bueno, ¿vas a hacerme la foto o no? Antes cobraba una pasta por dejarme retratar, y estoy dejando que me fotografíes gratis, así que no desperdicies la oportunidad. —Al oírlo, él sonrió de oreja a oreja, cogió la cámara y le tomó una foto de frente, riñéndolo, con ambos lados de su cara a la vista, la de antes y la de ahora, la tersa y la marcada con cicatrices bajo el gran sombrero de rafia. Ella se sorprendió—. ¡Qué horror de foto! —rezongó.

—En absoluto. Es magnífica. Y no he hecho trampa. Te

he sacado los dos lados de la cara, la de antes y la de ahora, con ese sombrero tan gracioso, y echándome la bronca. No te preocupes, no la usaré; esta es para mí. Voy a enmarcarla. Es perfecta. ¿Puedo mencionar en el artículo que estabas trabajando aquí de voluntaria? No lo haré si no quieres.

Tras reflexionar durante unos instantes, ella asintió con la cabeza.

—Supongo que no tiene nada de malo, siempre y cuando no publiques la foto. —Le sonrió, y seguidamente subieron las escaleras en dirección al comedor—. Qué complicado eres.

—Y tú.

A ella le hizo gracia.

—Supongo que tenemos derecho a serlo —señaló Véronique con más dulzura.

—Creo que sí. —Patrick se sentó a su lado en la cena, donde mantuvieron una interesante conversación acerca de diversos temas y pasaron un agradable rato juntos. Parecía extraño conocerse allí, pero daba la impresión de que así lo había querido el destino, teniendo en cuenta sus respectivas experiencias.

—¿Sabes? Hasta ahora nunca había hablado tan abiertamente acerca de ello con nadie —dijo él en alusión a su confesión. Resultaba fácil conversar con ella, y sabía escuchar. Se notaba que era una persona compasiva.

—Yo tampoco. Supongo que tenemos eso en común. —Los dos sabían lo que era tocar fondo, resurgir de las cenizas y luego tratar de encontrar sentido a tu vida. Ambos seguían en ello. Encima ella sentía la culpa del superviviente, por Cyril y su madre. Era obvio que a él también lo corroía, por su esposa.

—¿Cuánto tiempo vas a quedarte aquí? —preguntó Patrick.

—No lo sé. Hasta que me apetezca volver a París. A lo mejor hasta que me sienta contenta con mi vida de nuevo.

Allí no tengo nada que me ate. Y quiero hacer algún bien y dejar un poco de amor en el mundo en vez de tantísimo odio. Tú has pasado por eso, ya sabes.

—Pues sí. Supongo que sobrevivimos por alguna razón, solo que todavía la desconozco.

—Y yo —reconoció Véronique—. Me da la sensación de que ahora se supone que he de hacer algo importante. Lo que pasa es que no sé qué es. Por eso vine aquí. Quería ver qué estaban haciendo en Saint Matthew's. Y es impresionante. Además aquí me siento feliz —dijo sin más.

—Creo que están realizando una labor notable. Y pienso que usted, señorita Vincent, también es bastante impresionante —añadió sonriente.

—Y yo pienso que eres un pésimo fotógrafo. Espero que seas mejor escritor —espetó, y él se rio.

—Te mandaré el artículo para que juzgues por ti misma. —Con el semblante sonriente no parecía tan triste.

—Gracias. —Le devolvió la sonrisa—. Van a rodar un documental aquí dentro de un par de semanas para la televisión francesa.

—Eso será positivo para la gente de aquí. Le dará peso a la hora de recaudar fondos —convino.

—Eso mismo pensé yo. Me gustaría echarles una mano. Todos trabajan a destajo.

Él asintió con la cabeza. Solo por ese motivo iba a escribir un artículo brillante sobre Saint Matthew's. Se trataba de una labor desinteresada que ayudaba a muchas personas, incluso a quienes trabajaban allí.

Después de cenar la acompañó a su cuarto y, a la mañana siguiente, coincidieron en el comedor a la misma hora y desayunaron juntos. Charlaron unas cuantas veces más y, dos días después, se marchó. Tenía otros lugares que visitar en África y otros artículos que escribir por si los colocaba. Al despedirse, Véronique le deseó suerte. Ambos tenían un duro camino por delante, superar un trance. Ella se sentía mejor, pero intuía que él aún estaba pasando un mal trago. Lo percibía en su mirada. Él le volvió a prometer que le enviaría el artículo cuando se publicase. Y acto seguido arrancó y se marchó. En un par de días tomaría el avión de regreso.

Véronique pasó las dos semanas siguientes ayudando a Dick con los preparativos para la productora de televisión francesa. Pensó en Patrick Weston en varias ocasiones y dio por sentado que jamás volvería a verlo. Ambos eran supervivientes, como barcos que se cruzan en la noche. Habían conectado, pero las posibilidades y la distancia jugaban en su contra. No le dio muchas más vueltas. Él era una persona interesante y parecía un buen tipo. Abrigaba la esperanza de que algún día se recuperase de todo cuanto había perdido. Con las cartas que el destino les había repartido, era lo mejor que podían hacer ahora.

17

Cuando llegaron Olivier Berger y el equipo de la productora de televisión francesa, pusieron patas arriba Saint Matthew's durante una temporada. Los seguían a todos con las cámaras por los pabellones, el quirófano, el convento y las aldeas de las inmediaciones. Los entrevistaron a todos para saber qué hacían allí, por qué habían ido, por qué se quedaban. La idea era que los espectadores conocieran a fondo a las personas que trabajaban en ese sitio y la labor que realizaban por los niños de Angola, con los limitados medios y recursos de los que disponían y con los retos a los que se enfrentaban, dado que aún quedaban minas terrestres sin desactivar.

Le hicieron una larga entrevista a Dick Dennis y, como Véronique era una recién llegada y allí desempeñaba el papel de menor relevancia, la entrevistaron brevemente. Les explicó lo mucho que significaba para ella estar allí y hasta qué punto le había cambiado la vida después del atentado de Bruselas. Dijo que era lo primero que le había dado un nuevo sentido a su existencia.

Y, conociendo su anterior trabajo, Véronique estaba convencida de que el resultado sería un bonito programa y que ayudaría a todo el mundo en Saint Matthew's.

Dick y ella lo comentaron antes de que él se marchara, cuando la gente de la productora regresó a París. Le expresó su agradecimiento por haberlo propiciado. Faltaban dos días para su partida, y no tenía ninguna gana de regresar. Su corazón estaba en África, con los niños que necesitaban su ayuda.

—¿Hasta cuándo calculas que te quedarás? —le preguntó a Véronique. Lo conmovía que la estancia allí significara tanto para ella. Tal como él esperaba, la experiencia había sido positiva para su antigua paciente y le había devuelto las ganas de vivir una vida más plena, con un sentido más profundo que la anterior.

—Me quedaré hasta que esté preparada para volver a París —respondió ella en voz baja—. Aún no lo estoy. Ya no tengo ningún cometido allí, ningún motivo para regresar.

Dick asintió con la cabeza. Lo entendía. Ella estaba curándose allí, en Angola, y él se alegraba de haberle propuesto que fuera.

El siguiente médico en el plan de rotación, un cirujano plástico de Londres, ya había llegado ese día. Dick le pasó la batuta, le dio el parte de todos los pacientes.

—No regresaré hasta enero —le dijo a Véronique antes de marcharse—. Tal vez sigas aquí para entonces.

—Tal vez —dijo ella vagamente—. En algún momento tendré que irme, pero todavía no tengo claro cuándo. —No le dijo que su intención era donar una considerable suma al hospital. Ya había enviado un correo electrónico a Chip para que se ocupara de ello. Él le había preguntado qué tal estaba, y ella le había respondido que muy bien—. Hasta ahora tú has hecho más que nadie para curarme trayéndome aquí.

—Esa era mi esperanza cuando te lo propuse. —Dick le sonrió—. Tu cara tiene buen aspecto también. Se lo diré a Phillip.

Por encima de todo, Véronique había aprendido a vivir con ello. Ni siquiera se maquilló demasiado para salir en televisión. Lo que Doug llevaba meses diciéndole finalmente había calado en ella, al igual que las palabras de Patrick cuando se sinceró con él. Este había enviado a Dick un correo electrónico en el que le decía que había vendido el artículo a la revista *Sunday Times Magazine* y que se publicaría unas semanas después.

—Bueno, no te quedes en África para siempre —le dijo Dick al marcharse—. Ven de visita a Nueva York. —Pero aquello la ataba aún menos que París. En África tenía un lugar donde vivir.

—Quizá me quede uno o dos meses más. No estoy preparada para retomar aquello. Me gustaría seguir tu ejemplo, venir unos cuantos meses al año. Y coincidir contigo en tu rotación.

—Normalmente es desde enero hasta finales de marzo más o menos.

—Puede que pase aquí la Navidad. Ahora no tengo dónde ir para las fiestas. Esta sería una buena manera de pasarlas. —Él asintió con la cabeza.

—Descubrirás tu camino de nuevo, Véronique —le aseguró—. Ya estás en ello. Cuando todo se derrumba y termina así, tienes que volver a encontrar una razón para vivir. Creo que a lo mejor acabas de hacerlo.

—No tengo tan claro en qué medida mis razones eran de peso. No sé, parece vacío vivir de tu belleza y que ese sea el pilar de tu existencia. Era imposible dedicarse a eso para siempre. Esas cosas no te las planteas con dieciocho o diecinueve años, ni siquiera con veintitrés, a menos que te suceda algo importante que te haga replantearte la vida.

—Puedes implicarte en un proyecto como este, y marcar la diferencia. Todo el mundo está encantado de tenerte aquí. Y nos ayudaste muchísimo con el programa de televisión. Nos dará credibilidad cuando pidamos donativos. Todo eso es gracias a ti.

A Véronique, igual que al resto, la entristeció verlo partir al día siguiente. No obstante, el médico que lo relevó era joven y dinámico. Llevaba dos años pasando un mes en Saint Matthew's, y a Véronique le gustó.

Tras sopesar la idea de regresar a París en julio, decidió esperar hasta el final del verano. No tenía ningún lugar donde ir de vacaciones ni nadie con quien ir. Marie-Hélène y ella las pasaban en el sur de Francia todos los años, pero no le apetecía ir sola ni al mismo sitio sin su madre. El año anterior por esas fechas seguía convaleciente en el hospital belga. Ahora, el tiempo que había pasado ingresada empezaba a parecerle surrealista, como si le hubiera ocurrido a otra persona, a alguien a quien ya ni siquiera conocía. Había experimentado un considerable cambio en los últimos dieciséis meses. Se tardaba lo que se tardaba y era imposible controlar los tiempos.

Angola era precioso. Cada día la fascinaba más. Poseía una especie de belleza salvaje, y, pese a la dureza de las condiciones de vida, la gente tenía una dulzura e inocencia que a ella le encantaban. Intentaba describírselo a Doug en los correos electrónicos, pero era imposible. Le despertaba sentimientos desconocidos hasta la fecha.

Se había encontrado a sí misma allí después de pasar un año perdida. Sentía como si hubiera resurgido de sus cenizas, y no quería perder el norte de nuevo a su regreso a París. Allí su vida tenía muy poco sentido, muy poca sustancia. Su madre había sido el pilar de su existencia, la que le había dado peso y significado. Y ahora que ya no estaba, nada podía reemplazarla.

Chip le había escrito un correo electrónico para decirle que tenía previsto viajar a París en septiembre y, como ella quería coincidir con él allí y hacer de cicerone, decidió marcharse a finales de agosto. Para esas fechas habría pasado allí cuatro meses. Pensó que de momento tal vez fuera un tiempo suficiente.

Un día, mientras jugaba con los niños fuera al atardecer, levantó la vista y vio un coche entrar en el recinto. Cuando se detuvo, la sorprendió ver a Patrick Weston bajar de él. Él la vio al instante y, con gesto resuelto y una cálida sonrisa, fue a su encuentro.

—¿Qué haces aquí? —le preguntó Véronique.

—Vaya, hola a ti también. Dije que te enviaría el artículo, pero, como no tenía tu dirección, te lo he traído.

Ella sonrió al oír su respuesta, al tiempo que él sacaba un recorte del artículo de su bolsillo y se lo tendía. El niño con el que estaba jugando se fue en busca de su madre, y Véronique se sentó a leerlo. Era bueno, contundente y muy conciso, con un mensaje claro sobre la labor que realizaban y la importancia de limpiar Angola y otros países de minas terrestres de una vez por todas. En él mencionaba que la había visto allí, trabajando de voluntaria, y, tal como había prometido, no aparecía ninguna foto de ella.

—¿Cómo te ha ido? —le preguntó él.

—Bien, muy bien. He andado ocupada por aquí. —Le sonrió. Véronique tenía un aire sereno y saludable, mejor que la última vez que se habían visto. Él también—. He estado replanteándome mi vida y lo que ahora me importa. Todavía no tengo claro a qué me dedicaré —comentó mientras contemplaban el atardecer juntos—. Aunque mi vida volviera a ser la de antes por arte de magia, dudo que a estas alturas pudiera llevar esa misma existencia. Tenía ese rollo emocionante, divertido, excitante y complaciente, pero pasar la vida entera a costa de tu imagen no es muy gratificante. Mi madre insistía en eso, y yo hacía oídos sordos. Con dieciocho y diecinueve años era divertido, y jamás me lo cuestioné.

—¿Por qué ibas a hacerlo? Ganabas un dineral como top-model. ¿Qué chica no iba a desear eso? Es el sueño de todas.

—Un sueño bastante vacío, eso sí. Regreso a París dentro de unas semanas. Creo que volveré aquí uno o dos meses al año de voluntariado. Pero ahora no tengo más remedio que encontrar un trabajo como Dios manda, porque si no voy a morirme de aburrimiento y a matar de aburrimiento a todos mis conocidos. —Ahora se sentía preparada para reencontrarse con sus viejos amigos. Se sentía entera de nuevo, más que nunca. Lo había logrado gracias a Saint Matthew's, a la gente a la que había conocido allí y a los niños.

—Pues a mí no me aburriste cuando te conocí —señaló él, observándola—. ¿Qué tipo de trabajo?

—No lo sé, algo relacionado con la filantropía, como buscar proyectos similares a este, donarles dinero o recaudar fondos para ellos. Me gustaría hacer algo de provecho con lo que mi padre me dejó en herencia, para honrar su memoria y la de mi madre. Pienso que a ellos les gustaría. —Lo mismo le había dicho a Chip, al que le pareció una buena idea. Él le sugirió que crease una fundación dedicada a ambos—. ¿Y tú qué? ¿En qué has andado metido? —preguntó, tratando de adoptar un tono despreocupado. Se alegraba de verlo.

—Igual que tú. Intentando aclararme las ideas. —Mostraba un mejor aspecto que la última vez que se habían visto y la mirada menos triste—. Tengo la disparatada teoría de que si sobreviví fue por una razón. Todavía no sé cuál es, pero sí que está por ahí en alguna parte. A lo mejor debería escribir un libro sobre los ataques perpetrados en París en noviembre, o sobre el terrorismo en general y lo ubicuo que es. Yo perdí a mi mujer y a nuestro futuro bebé. Me niego a que eso quede en el olvido, ni ellos ni ninguna de las víctimas. Quiero que la gente se acuerde de ella y de lo maravillosa que era. Como era escritora, pienso que la idea le gustaría. Siento que tenemos la obligación de resarcirlos como supervivientes. No basta con sobrellevarlo, con independencia de que las cicatrices sean internas o externas, porque es importante hacer algo, como lo que tú haces aquí. Y si sobrevives, tienes que seguir adelante. Yo llevo haciéndolo veinte meses, y tú casi otros tantos.

—Lo único que he sacado en claro es que la vida es algo más que tener una cara bonita. Eso no es suficiente. Que los demás puedan mirarte no es una razón para vivir. Yo quiero ser algo más que eso.

—Ya lo eres —dijo él en voz baja—. Cuando llegué hace dos meses aprendí algo de ti: que tu vida se hace añicos, como en nuestro caso o en menor medida, y tienes que recomponerla y destapar una razón para vivir cuando las cosas cambian. Yo no fui capaz de encontrar esa razón. Tú sí, la encontraste aquí, y tuviste agallas para lanzarte a buscarla.

»Cuando regresé a Londres, me di cuenta de que tal vez yo también la había encontrado aquí y ni siquiera fui capaz de verlo. He vuelto para averiguar si la respuesta que buscaba está aquí y se me pasó por alto. Igual que cuando tú te mirabas en el espejo después del atentado y lo único que veías eran las cicatrices. Aquí lo que importa no son las cicatrices, ni siquiera la cara perfecta. Lo valioso es lo que hay en tu interior y quién eres. Eres bella, Véronique, en todos los aspectos que cuentan. Con cicatrices, sin cicatrices...; es irrelevante. La belleza está en estos atardeceres, en los niños, en las caras sonrientes, en la labor que están desarrollando aquí, en Saint Matthew's. Está en tus ojos, y en todas las personas que sobrevivieron al infierno por el que pasamos.

»Nosotros sobrevivimos. Quizá sea eso lo único que importa, y la verdadera cuestión es qué vamos a hacer al respecto. Yo he vuelto para verte —confesó. No quería jugar con ella, ni engañarse a sí mismo—. Nunca he conocido a nadie como tú; no por tu cara, sino por tu corazón. Tu corazón y el amor que hay en ti compensa el odio y la barbarie de lo que nos sucedió. Al mirarte supe que estaba vivo de nuevo, así que aquí estoy —añadió en voz baja.

Alargó la mano hacia la de Véronique y, con las manos agarradas, contemplaron la puesta de sol sobre el horizonte africano. En Angola habían hallado la paz y una razón para vivir, pero tenían que descubrir la manera de interiorizarlo, de mantener la llama viva y protegerla contra las fuerzas del mal. Ella se dio cuenta de que eso era a lo que su padre se refería: que jamás pasase eso por alto o permitiese que la llama se extinguiese. Su madre lo había entendido mejor que él.

—Sabía que, si no volvía a verte y dejaba pasar la oportunidad, lo lamentaría toda mi vida cuando pensase en ello de mayor. —Le sonrió—. Así que aquí estoy. Yo llevo mis cicatrices por dentro, pero no son más bonitas que las tuyas. Las tuyas son más honestas, porque se ven, las llevas como un distintivo de valor. Yo he tenido miedo a vivir desde aquella noche en París.

—Yo también —reconoció ella—. Pensé que mi vida había terminado en Bruselas. Eso es lo que quería, pero no fue así. Nuestro castigo fue tener que vivir sin ellos. Nosotros también intentamos enterrarnos. Tú, después de lo de París, y yo, después de lo de Bruselas. Gracias por volver —le susurró, al tiempo que le apretaba la mano con fuerza—. Tu vuelta ha sido un acto de valentía.

—Gracias por estar aquí. —Le sonrió. Por primera vez en más de un año, ambos estaban presentes y vivos.

Se habían reencontrado con la vida en África. Ella estaba preparada para irse a casa y empezar de cero. Con independencia de las cicatrices que tuviera por dentro y por fuera, seguía siendo bella. Los ojos de Patrick se lo decían, y ella lo creía. Del mismo modo que él ahora creía que el amor no se había acabado en París, que volvería. Tras sobrevivir, al final habían descubierto que a pesar de todo valía la pena vivir la vida con toda su belleza y, a veces, tragedias y terror.

La vida es bella, y ni las cicatrices ni nada podían cambiar eso.

«Para viajar lejos no hay mejor nave que un libro».

EMILY DICKINSON

Gracias por tu lectura de este libro.

En **penguinlibros.club** encontrarás las mejores recomendaciones de lectura.

Únete a nuestra comunidad y viaja con nosotros.

penguinlibros.club

Penguin Random House Grupo Editorial

penguinlibros